D1341884

GEREDE TWIJFEL

Vertaald door Rob Gerritsen

Gianrico Carofiglio

Gerede twijfel

2009 Prometheus Amsterdam

Eerste druk maart 2009
Tweede druk juni 2009

De vertaler ontving voor deze vertaling een werkbeurs van
de Stichting Fonds voor de Letteren.

Oorspronkelijke titel *Ragionevoli dubbi*
© 2006 Gianrico Carofiglio
© 2009 Nederlandse vertaling Uitgeverij Prometheus
en Rob Gerritsen
Omslagontwerp Janine Jansen
Foto omslag Plainpicture/ImageStore
www.uitgeverijprometheus.nl
ISBN 978 90 446 1027 7

Toen Margherita zei dat ze me moest spreken, dacht ik dat ze in verwachting was.

Het was op een late namiddag in september. In het volle dramatische nazomerlicht dat het halfduister en het mysterie van de herfst aankondigt. Een goed moment om te horen dat je vader gaat worden, was de heldere gedachte die bij me opkwam terwijl we op het terras gingen zitten, de lage zon in de rug.

'Ik heb een aanbod gekregen voor een nieuwe baan. Een heel mooi aanbod. Maar als ik het aanneem zal ik een flink aantal maanden weg moeten. Misschien wel een jaar.'

Ik keek haar aan met de uitdrukking van iemand die iets niet goed heeft gehoord, of niet heeft begrepen wat hij heeft gehoord. Wat had dat aanbod te maken met het kind dat we over een paar maanden zouden krijgen? Ik begreep het niet en zij legde het me uit.

Een belangrijk Amerikaans reclamebureau – ze noemde ook de naam maar die vergat ik onmiddellijk of ik hoorde hem niet eens – had haar het coördinatorschap aangeboden van de campagne om een luchtvaartmaatschappij een nieuwe impuls te geven. Ze noemde een heel grote naam. Ze zei dat het een eenmalige kans was.

Een eenmalige kans. Ik liet die woorden door mijn hoofd stuiteren, wat net zo'n pijn deed als het doffe gebonk van een migraineaanval. Opeens leek het alsof de zin van dit alles rondom één onzichtbaar punt draaide dat ik niet kon ontdekken of definiëren.

'Wanneer heb je dit aanbod gekregen?'

'In juli. Daarvóór had ik wel contact met ze gehad, maar het formele aanbod hebben ze in juli gedaan.'

'Dus voordat we op vakantie gingen,' zei ik alsof dat van belang was.

Maar misschien was het van belang.

Toen drong het tot me door. Als ze het in september tegen me zei, twee maanden na het formele aanbod, en wie weet hoe lang na de informele contacten, dan wilde dat zeggen dat ze al een beslissing had genomen, of dat ze het aanbod zelfs al had aangenomen.

'Je hebt het al aangenomen.'

'Nee. Ik wilde het eerst tegen jou zeggen.'

'Maar je hebt al een beslissing genomen.'

Ze aarzelde heel even – dat was het enige moment – en knikte toen bevestigend.

Ik dacht dat je me ging vertellen dat je in verwachting was. Ik dacht dat mijn duffe leven, op mijn tweeënveertigste, opeens zin en betekenis zou krijgen, als bij toverslag. Door dat jongetje, of dat meisje dat ik nog net een paar dingen zou kunnen leren voordat ik een oude man werd.

Maar dat zei ik niet. Ik hield het allemaal voor me, alsof ik me er alleen al voor schaamde dat het bij me was opgekomen. Want je schaamt je voor je zwakheid, voor je kwetsbaarheid.

In plaats daarvan vroeg ik haar wanneer ze zou vertrekken, en mijn gelaatsuitdrukking moet heel kalm zijn geweest want ze keek me aan met een licht verbaasde en verontruste blik. Uit de straat steeg het woeste, langgerekte geraas op van een opgevoerde bromfiets, en ik wist dat ik me dat lawaai zou herinneren. Ik wist dat ik het iedere keer zou horen als ik weer moest denken aan die onverwachte, meedogenloze scène.

Ze wist niet wanneer ze zou vertrekken. Over tien dagen, twee weken. Vóór het einde van de maand moest ze in ieder geval in Milaan zijn, en omstreeks half oktober in New York.

Dus ze wist wél wanneer ze zou vertrekken, dacht ik.

We zwegen twee, drie minuten. Of langer.

'Wil je niet weten waarom?'

Ik wilde niet weten waarom. Of misschien wel maar ik zei toch nee. Ik wilde niet dat ze haar motieven – die ongetwijfeld zeer goed waren – over mij uit zou storten om zo haar hart, haar ziel, of waar onze schuldgevoelens zich ook mogen ophouden, te ontlasten. Ik had mijn eigen pijn, en zij de hare. Ik zou er de komende weken en maanden over nadenken en mij kwellen met die vraag, met mijn herinneringen en alle andere dingen.

Maar voor die lauwe, meedogenloze namiddag in september was het genoeg.

Ik stond op en zei dat ik naar mijn eigen appartement ging, of misschien naar buiten.

'Guido, doe me dit niet aan. Zeg iets, alsjeblieft.'

Maar ik zei niets. Ik wist niet wat ik moest zeggen.

'Ik ga toch niet voor altijd weg. Als je zo doet, geef je me het gevoel dat ik een verachtelijk wezen ben.'

Ze had het nog maar net gezegd of ze had er al spijt van. Misschien zag ze de verloren blik op mijn gezicht, of misschien besefte ze dat het niet eerlijk was. Het was misschien onvermijdelijk – ze had er vast en zeker al die weken lang over nagedacht –, maar het was absoluut niet eerlijk.

Ze zei nog een paar dingen, met een gebroken stem. Ze klonken als verontschuldigingen. En dat waren ze ook.

En terwijl ze die dingen zei, hield ik op met naar haar te luisteren, het hele tafereel kreeg het onwezenlijke karakter van een fotografisch negatief, en zo bleef het in mijn herinnering gegrift.

I

Terwijl ik wachtte tot de rechters de zaal binnenkwamen en mijn zaak zou beginnen, viel me een jonge vrouw op die op de publieke tribune zat. Oosters, maar met iets Europees in haar trekken; ze was mooi, maar maakte een enigszins verwarde indruk.

Ik vroeg me af voor wie ze was gekomen en een aantal keren deed ik alsof ik iets zocht op mijn tafel om me te kunnen omdraaien en naar haar te kijken.

Het leek alsof ze ook naar mij keek, wat natuurlijk onzin was. Zo iemand zou nooit naar mij kijken, zelfs niet in mijn betere dagen, dacht ik. Overigens wist ik niet goed wat die betere dagen waren geweest.

Op deze manier verstreken minstens tien minuten. Vervolgens kwamen de rechters eindelijk uit de raadkamer, begon de zitting en hield ik op met die stompzinnige overwegingen.

Het was een proces over een gewapende roofoverval, en we moesten de hoofdgetuige horen: het slachtoffer. Een vertegenwoordiger in juwelen die beroofd was van zijn monsterkoffer, en ook van het zinloze pistool dat hij bij zich had.

Twee van de daders waren kort na het delict gearresteerd, de buit nog in de auto. Ze hadden gekozen voor de versnelde rechtsgang en waren reeds veroordeeld tot vrij milde straffen. Mijn cliënt was ervan beschuldigd dat hij op de uitkijk had gestaan. Het slachtoffer had hem herkend op het hoofdbureau, in een album met foto's van eerder veroordeelden. Het proces werd bij verstek gevoerd omdat mijn cliënt – de heer Albanese, amateurvoetballer en beroepscrimineel – was ondergedoken toen hij hoorde dat hij werd gezocht. Hij had net een straf uitgezeten en wilde niet weer de gevangenis in. Hij zei dat hij met deze zaak niets te maken had.

Het verhoor door de officier van justitie ging vrij snel. De vertegenwoordiger in juwelen kwam zelfverzekerd over en leek niet geïntimideerd door de omgeving. Hij bevestigde alles wat hij al eerder had gezegd tijdens het vooronderzoek, hij bevestigde de man op de foto te hebben herkend, de foto werd toegevoegd aan het dossier, en de president gaf mij het woord om over te gaan tot het tegenverhoor.

'U heeft verklaard dat de daders van de roofoverval met zijn drieën waren. Twee daarvan pakten de monsterkoffer en het pistool van u af, terwijl de derde zich op een afstand bevond, en op de uitkijk leek te staan. Is dat juist?'

'Ja. De derde stond op de hoek, maar daarna zijn ze met zijn drieën gezamenlijk vertrokken.'

'Kunt u bevestigen dat de derde, degene die u later op de foto heeft herkend, op ongeveer twintig meter afstand stond?'

'Vijftien, twintig meter.'

'Goed. Nu zou ik graag willen dat u ons in het kort vertelt hoe de fotoherkenning op het hoofdbureau, de dag na de roofoverval, in haar werk is gegaan.'

'Ze lieten mij een paar albums zien en in een daarvan stond de foto van deze persoon.'

'Had u hem ooit eerder gezien? Ik bedoel vóór de roofoverval?'

'Nee. Maar toen ik zijn gezicht in dat album zag, zei ik onmiddellijk tegen mezelf: ik ken die man. En vervolgens realiseerde ik me dat het degene was die op de uitkijk stond.'

'Voetbalt u?'

'Pardon?'

'Ik vroeg u of u voetbalt.'

De president vroeg me welk belang deze vraag had in het kader van het proces. Ik verzekerde hem dat alles binnen een paar minuten duidelijk zou worden, en hij zei dat ik door kon gaan.

'Voetbalt u? Doet u mee aan een competitie of aan een toernooi?'

De man zei ja. Ik haalde uit mijn dossier een foto tevoorschijn van twee voetbalteams, zoals die worden gemaakt vóór de wedstrijd. Ik vroeg de president of ik dichterbij mocht komen en liet hem aan de getuige zien.

'Herkent u iemand op deze foto?'

'Jazeker. Ik sta er zelf op, en mijn teamgenoten...'

'Kunt u ons zeggen wanneer hij is genomen?'

'Afgelopen zomer, het was de finale van een toernooi.'

'Herinnert u zich de datum?'

'Het was, geloof ik, twintig of eenentwintig augustus.'

'Ongeveer een maand vóór de roofoverval.'

'Ja, dat lijkt me juist.'

'Kende u de spelers van het andere team?'

'Sommigen, niet allemaal.'

'Wilt u alstublieft nogmaals naar de foto kijken en zeggen wie u herkent van het andere team?'

De man pakte de foto en bestudeerde hem, terwijl hij zijn wijsvinger langs de gezichten van de spelers liet gaan.

'Deze ken ik, maar ik weet niet hoe hij heet. Die daarnaast heet geloof ik Pasquale... ik herinner me zijn achternaam niet. Deze...'

Hij kreeg een vreemde uitdrukking op zijn gezicht. Hij draaide zich naar mij toe, met een verwonderde blik, en keek toen weer naar de foto.

'Heeft u nog iemand herkend?'

'Deze man... lijkt op...'

'Op wie lijkt hij?'

'Hij lijkt een beetje op die foto...'

'U bedoelt dat hij lijkt op de man die u heeft herkend in het album op het hoofdbureau?'

'Hij lijkt er een beetje op. Het is niet zo makkelijk...'

'In feite is het dezelfde persoon. Herinnert u zich hem nu?'

'Ja, het zou hem kunnen zijn.'

'Zou u, nu u zich hem herinnert, kunnen bevestigen dat de persoon die tegen uw team heeft gevoetbald op die avond in augustus dezelfde is als degene die betrokken was bij de roofoverval?'

'...dat weet ik niet... dat is moeilijk te zeggen na zo veel tijd.'

'Daar ben ik me van bewust. Laat ik de vraag enigszins anders stellen. Toen u werd beroofd, en u, op een afstand van twintig meter, de derde medeplichtige zag, besefte u toen dat het dezelfde persoon zou kunnen zijn tegen wie u, een maand daarvoor, had gevoetbald?'

'Nee, hoe had ik dat kunnen zien... hij stond ver weg...'

'Precies, hij stond ver weg. Ik ben klaar, mijnheer de president, dank u.'

De president dicteerde de datum van de volgende zitting en terwijl hij de gerechtelijke ambtenaar opdroeg de volgende zaak te laten beginnen, draaide ik me om, op zoek naar de oosterse jonge vrouw. Het duurde een paar seconden omdat ze niet meer zat waar ik haar had gezien aan het begin van de zitting. Ze stond heel dicht bij de uitgang, op het punt te vertrekken.

Onze blikken kruisten elkaar heel even. Toen draaide ze zich om en verdween in de gangen van het gerechtsgebouw.

2

Het telegram kwam twee dagen daarna. De formulering is altijd min of meer identiek.

Gedetineerde Pietje Puk stelt jou aan als zijn verdediger, geeft zijn procesnummer op en vraagt je hem te komen opzoeken in de gevangenis om over zijn positie te spreken.

In dit geval heette de gedetineerde die zijn procesnummer opgaf en me vroeg hem *met spoed* in de gevangenis te komen opzoeken niet Pietje Puk, maar Fabio Paolicelli.

Fabio Paolicelli. Wie was dat ook alweer? De naam zei me iets, maar ik kon er niet opkomen wát. Dat irriteerde me in hoge mate omdat ik er al een tijdje van overtuigd was dat ik niet meer in staat was namen goed te onthouden. Het leek me een verontrustend voorteken van de achteruitgang van mijn geestelijke vermogens. Lulkoek natuurlijk – ik had nooit namen kunnen onthouden en ik had hetzelfde probleem op mijn twintigste. Maar als je over de veertig bent, krijg je steeds meer dwaze gedachtes en worden onbeduidende verschijnselen symptomen van de naderende ouderdom.

Hoe dan ook, ik deed een paar minuten mijn uiterste best en gaf het toen op. Ik zou er gauw genoeg achterkomen of ik die man inderdaad kende wanneer ik hem in de gevangenis ging opzoeken.

Ik belde Maria Teresa en vroeg of we die middag nog afspraken hadden. Ze zei dat we nog op mijnheer Abbaticchio wachtten, maar dat hij pas laat zou komen, tegen sluitingstijd.

Gezien het feit dat het vier uur was, dat het donderdag was, dat het op donderdag mogelijk was om cliënten in de gevangenis tot zes uur te bezoeken, en vooral gezien het feit ik geen enkele zin had om de dossiers te bestuderen voor de zittingen van de volgende dag, besloot ik kennis te gaan maken met de heer Fabio Paolicelli, die mij *met spoed* wenste te zien. Op die manier zouden we, wat die middag betrof, er allemaal een tevreden gevoel aan overhouden. Min of meer.

Al een paar maanden nam ik de fiets. Sinds het vertrek van Margherita had ik een paar dingen in mijn leven veranderd. Ik wist niet goed waarom, maar die veranderingen hadden me geholpen. Een ervan was het aanschaffen van een mooie ouderwetse fiets, zwart en zonder versnellingen omdat die in de straten van Bari toch geen enkel nut hadden. Kortom, ik was opgehouden de auto te nemen en dat beviel me. Ik was begonnen met de fiets naar het gerechtsgebouw te gaan; vervolgens ging ik er ook mee naar de gevangenis, die verder weg ligt, en ten slotte gebruikte ik de auto zelfs niet meer voor mijn avondlijke uitjes aangezien ik in de regel alleen uitging, waarheen dan ook.

Bari doorkruisen op de fiets brengt enig risico met zich mee: er zijn geen fietspaden en automobilisten zien je vooral als een hinderlijk obstakel, maar je bent overal veel sneller dan met de auto. Dus stond ik, een kwartier later, enigszins verkleumd voor de ingang van de gevangenis.

De onderofficier die die middag verantwoordelijk was voor de controlepost was nieuw en kende me niet. Dus deed hij alles heel stipt: het inspecteren van mijn papieren, het innemen van mijn mobiel, het controleren van mijn aanstelling als verdediger. Ten slotte liet hij me door, en ik passeerde de gebruikelijke reeks gepantserde deuren die voor mij open- en weer dichtgingen, tot ik aankwam bij de kamer voor advocaten. Nog steeds hetzelfde, even aangenaam als de ontvangstruimte van een mortuarium in de provincie.

Ze deden daar nogal rustig aan en mijn nieuwe cliënt arriveerde na ruim een kwartier, op het moment dat ik overwoog een tafel of een paar stoelen in brand te steken om mij eraan te warmen en om aandacht te trekken.

Ik herkende hem zodra hij binnenkwam, ook al waren er vijfentwintig jaar verstreken sinds ik hem voor het laatst had gezien.

Fabio Paolicelli, bijgenaamd Fabio Raybàn, met het accent op de tweede lettergreep, zoals gebruikelijk in Bari. Hij werd zo genoemd vanwege de zonnebril die hij altijd droeg, ook 's avonds. Daarom had ik me niet direct kunnen herinneren wie hij was. Voor mij, en voor de anderen, was hij altijd Fabio Raybàn geweest.

Het was in de jaren zeventig die ik me herinner als één lang, grauw tv-journaal in zwart-wit dat begon met beelden van Piazza Fontana onmiddellijk na de bom. Ik was zeven maar ik herinner me alles heel goed: de foto's in de kranten, de reportages op de televisie, zelfs de gesprekken thuis tussen mijn ouders en hun vrienden die hen kwamen opzoeken.

Op een middag – misschien de dag na de aanslag – vroeg ik aan opa Guido waarom ze die bom hadden geplaatst, of we in oorlog waren, en met welk land. Hij keek me aan en zweeg. Het was de enige keer dat hij geen woorden kon vinden om mijn vragen te beantwoorden.

Ik herinner me bijna alle belangrijke gebeurtenissen uit die jaren. Ik herinner ze me van de tv-journaals waarin gaandeweg gezichten van jongens zoals wij begonnen te verschijnen.

Heel af en toe, en zonder al te veel overtuiging, bezocht ik de bijeenkomsten van linkse, extraparlementaire groepen.

Fabio Raybàn, daarentegen, was een fascistische rel-schopper.

En misschien wel meer dan zomaar een relschopper. Over hem, en anderen zoals hij, deden veel verhalen de ronde. Verhalen over gewapende roofovervallen omwille van de waaghalzerij. Over militaire kampen in de meest afgelegen gebieden van de Murgia, bijgewoond door dubieuze personages uit de strijdkrachten en de geheime dienst. Over zogenaamde arische feesten in luxueuze villa's in de buitenwijken. Wat je vooral hoorde was dat Raybàn deel had uitgemaakt van de knokploeg die een communistische jongen van achttien, die aan polio leed, had doodgestoken.

Na een lang proces werd een van die fascisten veroor-deeld wegens moord en pleegde zelfmoord in de gevange-nis, wat heel goed uitkwam omdat het de mogelijkheid om de andere verantwoordelijken te identificeren afsloot met een grafsteen.

In de dagen die volgden op die moord was Bari gevuld met de rook van bommen, de scherpe geur van brandende auto's en het lawaai van rennende voeten op verlaten trot-toirs. Winkelruiten werden bekogeld met glazen stuiters. Sirenes en blauwe zwaailichten die de grijze stilte van die namiddagen in november doorbraken.

De fascisten waren professioneel georganiseerd. Zoals beroeps*criminelen*. Hun politieke argumenten bestonden uit ijzeren stangen, kettingen en messen. Tenminste, zolang er geen pistolen aan te pas kwamen. Je hoefde maar met de verkeerde krant, het verkeerde boek, of zelfs de verkeerde kleren door de Via Sparano te lopen, in de buurt van de kerk van San Ferdinando, die werd beschouwd als *zwarte zone*, om het slachtoffer te worden van een vreselijk pak slaag.

Het is mij ook overkomen.

Ik was veertien en droeg altijd een groene parka waar ik heel trots op was. Op een middag was ik aan het wandelen in het centrum met twee vriendjes die, net als ik, eigenlijk nog kinderen waren, toen we van het ene moment op het andere werden ingesloten. Het waren jongens van zestien, zeventien, maar voor ons waren het mannen. Op die leeftijd maken twee jaar een wereld van verschil.

Tussen hen bevond zich een blond type, lang en mager, met een gezicht zoals David Bowie. Hij droeg een Ray-Ban-zonnebril, ook al was het al donker. Hij glimlachte met zijn dunne lippen, op een manier die mijn bloed deed stollen.

Een klein, zeer fors type, met een gebroken snijtand, kwam dichterbij en zei tegen mij dat ik een rooie klootzak was. Ik moest onmiddellijk die kolereparka uittrekken, anders zouden zij mij wel eens de wonderoliebehandeling geven die ik verdiende.

In de doffe schrik van dat moment wist ik me toch nog af te vragen wat die zin betekende. Tot dan had ik nooit gehoord van wonderolie, fascistische purgeermiddelen en dat soort dingen.

Mijn vriend Roberto pieste in zijn broek van angst. En niet overdrachtelijk. Ik zag hoe het natte spoor zich verspreidde over zijn gebleekte spijkerbroek, terwijl ik met een dun stemmetje vroeg waarom ik mijn parka moest uittrekken. De forse jongen gaf me een mep tussen mijn kaak en mijn jukbeen, keihard.

'Trek uit, kutkameraad.'

Ik was doodsbang en moest bijna huilen, en toch trok ik de parka niet uit. Terwijl ik wanhopig probeerde mijn tranen te bedwingen, vroeg ik opnieuw waarom. Hij gaf me weer een mep, en daarna een stomp, en toen een schop, en nog meer stompen en klappen, terwijl mensen voorbijliepen en de andere kant op keken.

Op een bepaald moment – ik lag op de grond, in elkaar gedoken om me te beschermen tegen de klappen – joeg iemand ze op de vlucht.

Wat daarna gebeurde staat me helderder voor de geest.

Een mijnheer helpt me opstaan en vraagt me met een sterk lokaal accent of ik naar de Eerste Hulp wil. Ik zeg dat ik naar huis wil. Ik heb de sleutels, voeg ik er nog aan toe, alsof dat hem zou kunnen interesseren, of voor hem van belang is.

En dan loop ik weg, mijn vrienden zijn er niet meer en ik weet niet wanneer ze zijn weggelopen. Op weg naar huis moet ik huilen. Niet zozeer vanwege de pijn van de klappen, maar vanwege de vernedering en de angst. Er zijn maar weinig dingen die je zo goed bijblijven als vernedering en angst.

Vuile fascisten.

En terwijl ik huil en mijn neus ophaal, zeg ik hardop dat ik de parka ondanks alles niet heb uitgetrokken. Deze gedachte doet mij de rug rechten en ophouden met huilen. Ik heb de parka niet uitgetrokken, vuile fascisten. En ik herinner me jullie gezichten.

Op een dag zal ik het jullie betaald zetten.

Toen Paolicelli de kamer voor advocaten binnenstapte, kwam alles weer bij me boven, alles tegelijk. Met de hevigheid van een plotselinge windvlaag die ramen openrukt, deuren doet klapperen en papieren alle kanten op doet vliegen.

Hij stak zijn hand naar mij uit en ik aarzelde heel even voordat ik hem aannam. Ik vroeg me af of hij het had gemerkt. Herinneringen – onduidelijke dingen, geluiden, stemmen van jongens en meisjes, geuren, angstkreten, de liederen van de groep Inti Illimani, het gezicht van iemand wiens naam ik me niet herinnerde en die op zijn zeventiende was overleden door een overdosis, in de toiletten van de school – verdrongen zich in mijn hoofd als wezens die plotseling zijn verlost van een betovering die hen gevangen hield in de kelders, of op de zolders van het geheugen.

Het was duidelijk dat hij zich mij niet herinnerde.

Ik liet een paar seconden voorbijgaan, om niet al te bruusk over te komen, voordat ik hem vroeg waarom hij mij had aangewezen als zijn verdediger en vervolgens waarom hij in de gevangenis zat.

'Ze hebben me anderhalf jaar geleden gearresteerd vanwege internationale handel in verdovende middelen. Ik heb gekozen voor de versnelde rechtsgang en ze hebben me zestien jaar gegeven, plus zo'n hoge boete dat ik me het bedrag zelfs niet herinner.'

Dat heeft het lot zo gewild, fascist. Je moet alsnog boeten voor alles waarvoor je destijds niet hebt geboet.

'Ik kwam terug van een vakantie in Montenegro. In de haven van Bari voerde de douanerecherche toevallig een controle uit met antidrugshonden. Toen ze bij mijn auto kwamen leken de honden gek te worden. Ze hebben me naar de kazerne gebracht, ze hebben de auto gedemonteerd, en onder de carrosserie vonden ze veertig kilo zuivere cocaïne.'

Veertig kilo zuivere cocaïne was voldoende rechtvaardiging voor die straf, ook bij een versnelde rechtsgang. En dat verhaal over die toevallige controle konden de rechercheurs de kat wijsmaken. Iemand had ze getipt dat een drugskoerier de grenspost zou passeren, en, alles volgens het draaiboek, hadden ze een routinecontrole in scène gezet. Om de identiteit van hun informant niet in gevaar te brengen.

'De drugs waren niet van mij.'

De woorden van Paolicelli onderbraken abrupt mijn gedachtegang.

'Hoe bedoelt u dat ze niet van u waren? Was er nog iemand anders bij u in de auto?'

'Mijn vrouw en mijn dochter zaten bij mij in de auto. We kwamen terug van een week vakantie aan het strand. En de drugs waren niet van mij. Ik weet niet wie ze daar heeft verborgen.'

Zie je wel, dacht ik. Hij schaamt zich omdat hij de drugs heeft vervoerd in dezelfde auto waarin zijn vrouw en zijn dochtertje zaten. Typisch voor jullie fascisten: jullie zijn zelfs niet in staat het beroep van crimineel waardig uit te oefenen.

'Sorry, Paolicelli, maar hoe kan iemand de drugs daar nu hebben verborgen zonder dat u het wist? We hebben het wel over veertig kilo, een flinke hoeveelheid om onder de carrosserie weg te werken... ik ben dan wel geen expert in dit soort dingen, maar dat zal tijd gekost hebben. Heeft u uw auto aan iemand uitgeleend in Montenegro?'

'Ik heb hem aan niemand uitgeleend, maar hij heeft de hele vakantie op de parkeerplaats van het hotel gestaan. En de portier had de sleutels; ik moest ze bij hem achterlaten omdat de parkeerplaats vol was, en af en toe was het nodig om auto's te verplaatsen, ze te herschikken. Iemand moet, met medeweten van de portier, de drugs 's nachts in de auto hebben verborgen, waarschijnlijk de laatste nacht voor ons vertrek. Ik neem aan dat ze van plan waren ze weer op te halen, of te laten ophalen door een medeplichtige in Italië, nadat wij de douane waren gepasseerd. Ik weet dat het absurd klinkt, maar de drugs waren niet van mij. Ik zweer dat ze niet van mij waren.'

Hij had gelijk. Het klonk inderdaad absurd.

Het was een van de vele absurde verhalen die je kunt horen in rechtszalen, kazernes en gevangenissen. Het meest klassieke verhaal in dit genre wordt steevast verteld door degenen die worden aangetroffen in bezit van een geolied, goed werkend pistool, schietklaar. Ze zeggen allemaal dat ze het net toevallig hebben gevonden, meestal onder een bosje, onder een boom of in een vuilcontainer. Ze zeggen allemaal dat ze nooit eerder een pistool in handen hebben gehad en dat ze op het punt stonden het in te leveren bij de carabinieri of de politie. Juist daarom droegen ze het aan hun riem, schietklaar, terwijl ze bijvoorbeeld rondzwierven in de buurt van een juwelierszaak of van het huis van een concurrent uit de onderwereld.

Ik wilde hem zeggen dat het me niets kon schelen dat hij veertig kilo drugs uit Montenegro naar Italië had vervoerd, en dat het me niets kon schelen als hij dat al eerder had gedaan, of hoe vaak. Dat hij me dus rustig de waarheid kon vertellen, hetgeen de zaak een stuk eenvoudiger zou maken. Ik was strafpleiter van beroep en het was mijn taak mensen zoals hij te verdedigen. Stel je voor dat ik het in mijn hoofd zou halen een oordeel uit te spreken over mijn cliënten. Dat wilde ik hem min of meer zeggen, maar ik deed het niet. Opeens besefte ik wat er in mijn hoofd omging, en dat beviel me niet.

Ik realiseerde me dat ik een bekentenis van hem wilde. Om er helemaal zeker van te zijn dat hij schuldig was, en hem te kunnen begeleiden naar zijn lot van langdurig gedetineerde, zonder last te hebben van mijn professionele geweten of mijn beroepscode.

Ik realiseerde me dat ik eerder zijn rechter wilde zijn – misschien zelfs zijn beul – dan zijn advocaat. Ik wilde een heel oude rekening vereffenen.

En dat was niet goed. Ik zei tegen mezelf dat ik erover na moest denken. Op het moment dat ik het gevoel kreeg dat ik die impuls niet kon hanteren, zou ik af moeten zien van zijn verdediging. Het zou zelfs beter zijn als ik er helemaal niet aan begon.

'Wat is er gebeurd na uw aanhouding?'

'Na de drugsvondst stelden ze me voor om met hen samen te werken. Ze vroegen me mee te werken aan een... hoe heet het ook alweer?'

'Gecontroleerde aflevering?'

'Dat is het, ja, een gecontroleerde aflevering. Ze zeiden dat ze me zouden laten gaan met de auto en de drugs. Ik moest de drugs afleveren alsof er niets was gebeurd. Zij zouden mij volgen en op het geschikte moment zouden ze degenen die op de partij zaten te wachten arresteren. Ze zeiden dat ik zo een forse strafvermindering zou krijgen, dat ik eraf zou komen met hoogstens drie jaar. Ik zei dat de drugs niet van mij waren en dat ik dus niet wist waar ik ze heen moest brengen. Ze zeiden dat ze me zouden arresteren, en dat ze ook mijn vrouw zouden arresteren omdat het duidelijk was dat we onder één hoedje speelden. Ik werd door paniek overvallen en zei dat de drugs van mij waren, maar dat zij er niets van wist. Ze hebben de officier van justitie gebeld en die zei dat ze alleen mij moesten arresteren, nadat ze mijn verklaring schriftelijk hadden vastgelegd. Dus hebben ze mijn bekentenis opgetekend en daarna hebben ze me gearresteerd. Maar mijn vrouw hebben ze laten gaan.'

Zijn manier van spreken was voorkomend, maar had een ondertoon van wanhoop.

Hij vroeg me om een sigaret en ik zei dat ik er geen had omdat ik een paar jaar geleden was gestopt. Ook hij had al tien jaar niet meer gerookt. Hij was weer begonnen op de dag na zijn aankomst in de gevangenis.

Wie had hij als zijn verdediger aangewezen op het moment van zijn arrestatie? En waarom had hij besloten van verdediger te veranderen? Uit de manier waarop hij me aankeek alvorens te antwoorden kon ik opmaken dat hij die vraag verwachtte.

'Toen ze me arresteerden, vroegen ze wie mijn advocaat

was omdat ze hem moesten waarschuwen. Ik had geen advocaat en ik zei dat ik niet wist wie ik moest nemen. Mijn vrouw was er nog bij – mijn dochtertje was al opgehaald door een vriendin – en ik vroeg haar om te rade te gaan bij iemand voor het vinden van een goede advocaat. De dag daarna heeft zij iemand aangesteld.'

'En wie heeft ze aangesteld?'

Hier begon het vreemde gedeelte van het verhaal, als Paolicelli de waarheid vertelde.

'Toen mijn vrouw het huis verliet werd ze benaderd door een persoon die zei dat hij was gekomen namens vrienden die ons wilden helpen. Hij raadde haar aan een advocaat uit Rome aan te stellen, een zekere Corrado Macrì, die me uit de puree zou halen. Hij gaf haar een kaartje met een naam en een mobiel nummer en zei dat ze hem onmiddellijk moest aanstellen, zodat hij me nog vóór het verhoor door de rechter-commissaris in de gevangenis zou kunnen opzoeken.'

'En wat deed uw vrouw?'

De vrouw van Paolicelli, die niet wist wat ze moest doen en geen enkele advocaat kende, stelde die Macrì aan. Deze arriveerde een paar uur later uit Rome alsof hij de aanstelling had verwacht en geen andere verplichtingen had. Hij ging Paolicelli in de gevangenis opzoeken en zei dat hij zich geen zorgen hoefde maken, dat hij alles zou regelen. Toen Paolicelli de man vroeg wie hem de opdracht had gegeven en wie de persoon was die zijn vrouw had benaderd, herhaalde deze dat hij zich geen zorgen hoefde te maken. Zolang hij zijn, Macrì's, raad opvolgde, zou alles in orde komen. Ten eerste moest hij gebruikmaken van zijn zwijgrecht tijdens het verhoor door de rechter-commissaris omdat hij anders het gevaar liep de situatie te verergeren.

Ik vroeg me af wat die situatie in vredesnaam nog zou kunnen *verergeren*, maar dat zei ik niet tegen Paolicelli.

Ze deden een beroep op het Tribunaal van de Vrijheid, maar daar werd de voorlopige hechtenis bevestigd.

Ik kon me niet voorstellen dat de beslissing anders zou zijn uitgevallen. Maar ook dat zei ik niet.

Macrì tekende cassatie aan omdat er volgens hem sprake was van een formele onregelmatigheid – hij specificeerde niet welke – waardoor hij goede hoop had om de beschikking van het Hof van de Vrijheid nietig te laten verklaren.

Die goede hoop bleek ongefundeerd want ook in cassatie werd de voorlopige hechtenis bevestigd. Macrì bleef blijk geven van optimisme. Hij zei tegen Paolicelli, en ook tegen diens vrouw, dat ze zich geen zorgen hoefden te maken en dat hij, met een beetje geduld, alles zo goed mogelijk zou regelen. Hij zei dat op een veelbetekenende toon, volgens Paolicelli. De toon van iemand die de juiste troeven in handen heeft en die deze op het geschikte moment gaat uitspelen.

De voorbereidende zitting was aangebroken, Macrì drong er opnieuw op aan dat Paolicelli geen enkele verklaring zou afleggen, en ze vroegen om de versnelde rechtsgang. Hoe dat was afgelopen wist ik al.

'En wat zei Macrì toen?'

'Hij zei weer dat ik me geen zorgen hoefde te maken, dat hij alles zou regelen.'

'Dat meent u niet.'

'Jawel. Hij zei dat het te verwachten was dat het in eerste instantie zo zou aflopen – maar in de weken daaraan vooraf had hij mij verzekerd dat ik er in het ergste geval van af zou komen met vier, vijf jaar – en dat de zaak in hoger beroep rechtgezet zou worden. Pas toen ik het hoger beroep las – een document van één velletje waar vrijwel niets op stond – ben ik pisnijdig geworden.'

'En toen?'

'Toen heb ik hem gezegd dat hij met mijn leven speelde.

Ik heb gezegd dat ik heel goed wist wie hem op mij had afgestuurd. En vervolgens heb ik gezegd dat ik het spuugzat was en dat ik de rechter zou bellen om hem alles te vertellen.'

'En wat wilde u dan aan de rechter vertellen?'

'Ik had niets bepaalds in gedachten. Op het toppunt van mijn woede viel dat me in, om hem van zijn stuk te brengen, om indruk te maken. In feite heb ik geen idee wie hem op mij af heeft gestuurd. Maar hij moet me hebben geloofd, hij moet hebben gedacht dat ik inderdaad iets belangrijks te vertellen had.'

'En wat zei hij?'

'Hij veranderde abrupt van toon. Hij zei dat ik heel goed moest oppassen wat ik deed, en vooral wat ik zei. Hij zei dat er in de gevangenis soms ongelukken gebeuren met degenen die zich niet weten te gedragen.'

Ik merkte dat hij kortademig was. Hij hijgde een beetje en moest eerst inademen voordat hij weer begon.

'Ik had de rechter niets te vertellen. Behalve dat de drugs niet van mij waren. Wat hij niet geloofd zou hebben, zoals u het ook niet gelooft.'

Ik stond op het punt te reageren. Vervolgens zei ik tegen mezelf dat hij gelijk had, dus zweeg ik en liet hem doorgaan.

'In ieder geval zei hij tegen me dat, als ik geen vertrouwen meer in hem had, het voor hem geen zin had om door te gaan met mijn verdediging. Hij zag af van de opdracht, maar ik moest niet vergeten wat hij had gezegd. Als ik de rechter te spreken zou vragen, zouden zíj het onmiddellijk te weten komen. Vervolgens vertrok hij.'

Nu wilde ík een sigaret. Dat gebeurde nog maar vrij zelden, eigenlijk alleen op momenten dat dingen tamelijk onhelder werden. En als Paolicelli de waarheid vertelde, dan wás dat hele verhaal tamelijk onhelder, zacht uitgedrukt.

'O, ik ben nog twee dingen vergeten.'

'Ja?'

'Ik hoefde hem niet te betalen. Hij wilde geen cent hebben, ondanks zijn reizen, alle bezoeken, alle onkosten. Niets. Ik zei dat ik wilde betalen maar hij zei dat ik me geen zorgen hoefde te maken, dat ik, als we alles hadden geregeld – hij had het altijd over alles *regelen* – hem een cadeau zou kunnen geven. En toen hij gedaan had gekregen dat de officier van justitie de auto vrijgaf, die op naam staat van mijn vrouw, wilde hij hem persoonlijk gaan ophalen. Dat lijkt me geen normaal gedrag voor een advocaat.'

Nee, dat was volstrekt geen normaal gedrag.

Dat hele verhaal over die advocaat was vreemd. Veel te ingewikkeld om verzonnen te zijn. Ik begreep dan ook niet goed waar ik mee te maken had. Ik probeerde mijn gedachten te ordenen en dat had hij door want hij onderbrak me niet. Was het mogelijk dat de drugs echt niet van hem waren? Zou iemand echt een dergelijk systeem uitgedacht kunnen hebben om cocaïne met kilo's tegelijk te vervoeren? Hoe meer ik erover nadacht, hoe schizofrener mijn overwegingen werden. Aan de ene kant zei ik tegen mezelf dat het ongefundeerde gissingen waren, dat bepaalde dingen alleen in films of romans gebeuren. Aan de andere kant leek mij het idee dat Paolicelli de waarheid zou kunnen vertellen zowel angstaanjagend als vreselijk plausibel. Ik bekeek de zaak alsof het een van de toverplaatjes was die ik als klein kind vond in smeerkaasverpakkingen: afhankelijk van hoe je ze hield veranderde het beeld, bewoog de hoofdfiguur, en verschenen er andere personages. Deze zaak leek net zo'n toverplaatje, met duistere personages en een vage geur van verrotting zodra je te dichtbij kwam, in een poging details te ontwaren.

Ik zei hem dat het voor het moment wel genoeg was. Nu moest ik de stukken bestuderen, om me een duidelijker idee te vormen. Hij antwoordde dat zijn vrouw een kopie had van het hele dossier en dat zij het nog vóór het weekend naar mijn kantoor zou brengen.

Hij vroeg me hoeveel ze moesten betalen als voorschot en ik antwoordde dat ik eerst de stukken wilde zien voordat ik de opdracht aannam omdat er onder anderen een collega van me bij betrokken was. Hij knikte en vroeg verder niets.

Ik was al opgestaan en was bezig mijn regenjas te pakken toen ik bedacht dat er iets was wat ik wilde weten voordat ik wegging.

'Waarom ik? Ik bedoel, waarom heeft u mij gekozen?'

Hij glimlachte, een vreemde uitdrukking op zijn gezicht. Hij had die vraag verwacht.

'Er wordt heel wat afgepraat in de gevangenis. Over rechters en over officieren van justitie. Of ze goed, hufterig, bekwaam, of gevaarlijk en corrupt zijn. En er wordt over advocaten gepraat.'

Hij zweeg even en keek me aan. Mijn gezicht maakte duidelijk dat ik hem volgde.

'Je hebt bekwame hufters. Je hebt eerlijke advocaten, maar die zijn incompetent, of onderdanig aan de rechters. Kontlikkers. Advocaten die de juiste wegen kennen – of zeggen te kennen – om overal te komen.'

Weer een pauze, weer een blik. Mijn gezicht was onveranderd. Hij zocht naar de juiste woorden.

'Van u zeggen ze dat u niet bang bent.'

'In welke zin?'

'Ze zeggen dat u zich niet terugtrekt, als het om een eerlijke zaak gaat. Ze zeggen dat u een fatsoenlijk mens bent.'

Er ging een licht kriebelend gevoel over mijn hoofdhuid en vervolgens langs mijn rug.

'En ze zeggen dat u heel bekwaam bent.'

Ik wist niet wat ik moest zeggen. Hij praatte door en

zijn stem brak, alsof hij geen kracht meer had om zich in te houden.

'Haal me hieruit. Ik ben onschuldig, dat zweer ik u. Ik heb een dochtertje. Zij is het enige belangrijke in mijn leven. Ik heb een hoop stommiteiten uitgehaald maar dat meisje is de zin van mijn leven. Ik heb haar niet meer gezien sinds mijn arrestatie. Ik wilde niet dat ze me hier in de gevangenis kwam opzoeken en zodoende heb ik haar niet meer gezien sinds die vervloekte ochtend.'

De laatste woorden hielden het midden tussen gereutel en gefluister.

Toen wilde ik daar weg. Ik wilde ervandoor, en daarom zei ik dat ik de stukken zou bestuderen zodra ik ze had ontvangen; dat we elkaar weer spoedig zouden zien om erover te praten. We drukten elkaar de hand en ik vertrok.

3

Ik zou niet eens naar die stukken moeten kijken, zei ik die avond thuis tegen mezelf.

Ik kon Fabio Raybàn niet verdedigen. Alles wat door mijn hoofd was gegaan toen ik hem herkende was een alarmsignaal. Iets wat ik niet kon negeren.

Ik moest me gedragen als een serieus vakman en als een verstandig mens.

Waarschijnlijk was Paolicelli schuldig en was hij terecht veroordeeld. Juist daarom had hij het recht professioneel verdedigd te worden, door iemand die niet mijn innerlijke reserves had en geen oude rekening hoefde te vereffenen.

Ik moest afzien van de opdracht zonder zelfs maar de stukken te lezen. Dat zou voor iedereen veel beter zijn.

Dat zou een júiste beslissing zijn.

Over een paar dagen zou ik teruggaan naar de gevangenis en hem zeggen dat ik hem niet kon verdedigen. Ik zou hem de waarheid zeggen, of ik zou een uitvlucht verzinnen.

Maar één ding was zeker. Ik kon zijn verdediging niet op me nemen.

4

Maria Teresa klopte, stak haar hoofd om de deur en zei dat mevrouw Kawabata er was.

'Wie?'

Ze kwam binnen, sloot de deur en legde me uit dat mevrouw Kawabata was gekomen voor de zaak Paolicelli.

'Maar Kawabata is een Japanse naam.'

'Dat lijkt me wel. Zij ziet er trouwens ook Japans uit.'

'En wat heeft zij te maken met Paolicelli?'

'Nogal veel, ze is zijn vrouw. Ze zegt dat ze kopieën van de stukken heeft.'

Toen ze mijn kamer binnenkwam herkende ik haar onmiddellijk.

Ze zei goedemiddag, gaf mij een hand, ging tegenover me zitten aan het bureau zonder haar jas uit te trekken, of zelfs de knopen los te maken. Ze had een licht parfum op, amberessence, met een accent van iets scherpers dat ik niet thuis kon brengen. Van dichtbij leek ze minder jong en nog mooier dan een paar dagen geleden in de rechtszaal.

'Ik ben de vrouw van Fabio Paolicelli. Ik heb alle stukken met betrekking tot het proces en het vonnis voor u meegebracht.'

Ze sprak met een eigenaardig, licht Napolitaans accent. Ze haalde haar tas leeg, legde een pak fotokopieën op het bureau en vroeg me of we een paar minuten konden praten. Natuurlijk konden we een paar minuten praten. Daar word ik tenslotte voor betaald.

'Ik moet weten of, en hoeveel, hoop er is voor Fabio's hoger beroep.'

Zonder enige inleiding. Terecht, vanuit haar gezichts- punt. Ik moest echter wel enige inleidende woorden spre- ken, en niet alleen om een professionele toon aan te slaan.

'Dat is op dit moment onmogelijk te zeggen. Ik moet het vonnis lezen en ik moet vooral de stukken lezen.'

En ik moet ook beslissen of ik de zaak aanneem. Maar dat zei ik niet.

'Fabio heeft u verteld waarover het gaat.'

Even werd ik door ongeduld overvallen. Wat wilde ze? Dat ik een diagnose zou stellen op basis van het verhaal dat de beklaagde mij in de gevangenis had verteld?

'Hij heeft het me in het kort verteld, maar zoals ik al zei...'

'Ik denk dat er weinig hoop is op vrijspraak, ook in hoger beroep. Er is mij echter gezegd dat het misschien mogelijk is om te onderhandelen over strafvermindering. Dan zou Fabio ervan af kunnen komen met zes, zeven jaar. Over drie of vier jaar zou hij verlof kunnen krijgen... zou hij in aanmerking komen voor... hoe heet dat?'

'Dat heet gedeeltelijke bewegingsvrijheid.'

Ik was enigszins geïrriteerd door haar toon. Meer in het algemeen heb ik het niet zo op cliënten – of erger nog: fa- milieleden van cliënten – die hun huiswerk hebben gedaan en je komen zeggen wat je wel of niet moet doen.

'Kijk, mevrouw – ik haatte de gewichtigheid in mijn stem, op het moment dat ik begon te praten – zoals ik u al zei, zal ik eerst de stukken moeten bestuderen om te kun- nen komen tot een zinnige mening. Om alternatieven te kunnen overwegen, met inbegrip van strafvermindering, is het hebben van een duidelijk idee onontbeerlijk. Er zijn misschien processuele en technische kwesties die aan de aandacht van een leek kunnen ontsnappen.'

Kortom, ik ben hier de advocaat. Wijd jij je nu maar aan ikebana, aan de theeceremonie, of wat dan ook. Voorts is het nog helemaal niet gezegd dat ik de verdediging van uw echtgenoot – een fascistische relschopper en waarschijnlijk ook drugshandelaar – op me zal nemen. Omdat er van hem en zijn vrienden al zo'n dertig jaar nog een rekening bij mij openstaat.

Dat dacht ik, letterlijk, niet beseffend hoe snel mijn zekerheid over het afwijzen van de opdracht was overgegaan in twijfel over het aanvaarden ervan.

Zij vertrok haar gezicht, wat haar echter nog mooier deed lijken.

Mijn advocatenantwoord beviel haar niet. Ze wilde dat ik op een of andere manier haar ongerustheid zou sussen. Al was het alleen maar door haar te zeggen dat er geen alternatief was voor het onderhandelen over strafvermindering. Mensen willen heel veel van een advocaat; vooral dat hij hen van de stress verlost die zij voelen omdat ze opeens te maken hebben met politieagenten, officiers van justitie, rechters en processen. Met dat wat justitie heet. Ze willen dat de advocaat hen verlost van hun malende gedachtes.

'Op grond van wat uw echtgenoot mij heeft verteld, ligt de zaak niet eenvoudig. Als de zaken er in de exacte termen voorstaan – exacte termen voorstaan? Jezus, wat voor taal kraamde ik uit – zoals vermeld door uw echtgenoot, dan is hoger beroep niet makkelijk. Laten we zeggen dat het ronduit moeilijk is, en daarom is onderhandelen over strafvermindering een optie die serieus overwogen dient te worden. Overigens...'

'Overigens?'

'Uw echtgenoot zegt onschuldig te zijn. Als hij onschuldig is, dan is natuurlijk het idee om te onderhandelen over strafvermindering tot zeven, acht jaar – als het al lukt om zo ver te zakken – nogal moeilijk te accepteren. Ook met het vooruitzicht op verlof en gedeeltelijke bewegingsvrijheid, blijft het moeilijk.'

Dat antwoord had ze niet verwacht. Ze realiseerde zich dat ze haar jas had aangehouden en knoopte hem zenuwachtig los, alsof ze het opeens warm had en geen lucht kon krijgen. Ik vroeg of ze hem uit wilde doen en aan mij wilde geven om hem op te hangen. Ze zei nee, dank u. Onmiddellijk daarop trok ze hem toch uit en legde hem over haar knieën.

'Gelooft u echt in de mogelijkheid dat hij onschuldig is?'

Voilà. Daar had ik om gevraagd.

'Kijk, mevrouw Paolicelli, deze vraag is moeilijk te beantwoorden. In de meeste gevallen kennen wij advocaten de waarheid niet. Wij weten niet of onze cliënt schuldig of onschuldig is. Om een aantal redenen is dat ook maar beter omdat een professionele verdediging zelfs doeltreffender kan zijn...'

'U gelooft zijn verhaal niet, hè?'

Ik haalde diep adem, terwijl ik de impuls om nog meer lulkoek uit te slaan onderdrukte.

'Ik kan me pas een helder idee vormen wanneer ik de stukken heb gelezen. Maar het is heel moeilijk om het verhaal van uw man te geloven, dat wel.'

'Ik weet ook niet of zijn verhaal waar is. Ik weet niet of hij me de waarheid heeft verteld, ook al bezweert hij dat de drugs niet van hem waren. Dat heeft hij me op alle manieren bezworen. Soms geloof ik hem, soms denk ik dat hij alles ontkent omdat hij zich schaamt en nooit zou kunnen toegeven dat hij dat spul heeft vervoerd in dezelfde auto waarin ik en zijn dochtertje zaten.'

Dat denk ik ook. Dat is de meest aannemelijke veronderstelling, en waarschijnlijk is dat de waarheid.

Dat zei ik tegen mezelf terwijl ik haar zwijgend aankeek, zonder enige uitdrukking op mijn gezicht. En terwijl ik naar haar keek, realiseerde ik me iets.

Het was niet waar dat zij twijfelde. Zij was ervan *overtuigd* dat haar man schuldig was, en dat was, meer dan wat ook, de vloek die haar had getroffen sinds die zaak was begonnen.

'Fabio zei dat u pas zult beslissen of u de opdracht aanvaardt nadat u het dossier heeft gelezen. Mag ik u vragen waarom? Wil dat zeggen dat u hem niet zult verdedigen, als u er absoluut van overtuigd raakt dat hij schuldig is?'

Kijk, op die vraag zat ik nu net te wachten. Nee, of hij schuldig is of niet, dat kan me geen zier schelen. Dag in dag uit verdedig ik mensen die schuldig zijn. Waar het om gaat is dat uw man – wie zal zeggen of hij u dat ooit heeft verteld – een verleden heeft als misdadiger en misschien zelfs als moordenaar, of in ieder geval als medeplichtige van moordenaars. En ik zeg dit op grond van eigen ervaring, als u begrijpt wat ik bedoel. Ik weet niet of ik in staat ben hem behoorlijk te verdedigen, onder deze omstandigheden.

Dat zei ik niet.

Ik zei dat het een beroepsmatige gewoonte van me was om opdrachten pas te aanvaarden nadat ik de stukken had bestudeerd. Ik zei dat het mijn gebruikelijke werkwijze was, dat ik er niet van hield opdrachten ongezien te aanvaarden. Dat was een leugen, maar ik kwam er niet onderuit om dat te zeggen.

'Wanneer kunt u mij laten weten of u de opdracht aanvaardt?'

'Het dossier is niet zo uitgebreid, dus kan ik er in het weekend naar kijken. Maandag, uiterlijk dinsdag kan ik u een antwoord geven.'

Ze haalde een grote mannenportefeuille uit haar tas.

'Fabio heeft me gezegd dat u geen voorschot wilde

voordat u had besloten de opdracht al of niet te accepteren. Maar u moet wel het dossier lezen, en dat is ook werk. Dus...'

Ik hief mijn geopende handen naar haar op, terwijl ik mijn hoofd schudde. Ik wilde vooralsnog geen geld. Dank u, maar dat was de wijze waarop ik te werk ging. Zij drong niet aan. In plaats van geld of cheques te pakken haalde ze een visitekaartje uit de portefeuille en overhandigde het me.

NATSU KAWABATA, JAPANSE CUISINE, stond op het kaartje gedrukt. Daaronder twee telefoonnummers, een vast en een mobiel nummer. Na het kaartje te hebben bekeken hief ik mijn blik weer naar haar op, enigszins vragend.

Ze zei dat ze kok was. Drie avonden per week werkte ze in een restaurant – ze noemde de naam van een modieuze zaak – en verder caterde ze sushi, sashimi en tempura voor privéfeesten van mensen die het zich konden veroorloven. Japans eten is nooit goedkoop geweest.

De zin was eruit voordat ik hem kon tegenhouden.

'Ik zou gezegd hebben dat u werkte als model of iets dergelijks. Niet als kok.' Halverwege de zin had ik er al spijt van, en voelde me een volslagen idioot.

Maar zij glimlachte. Niet meer dan de aanzet van een glimlach, maar heel mooi.

'Ik heb ook als model gewerkt – de glimlach doofde –, en toen hebben Fabio en ik elkaar leren kennen, in Milaan. Het lijkt heel lang geleden, er is zoveel veranderd.'

Ze liet de zin even in de lucht hangen, en tijdens de seconden van stilte die volgden probeerde ik me voor te stellen hoe hun verhaal was begonnen, waarom ze uit Milaan naar Bari waren gekomen. En andere dingen. Zij doorbrak de stilte en mijn gedachtes.

'Maar het beroep van kok bevalt me beter. Kent u de Japanse keuken?'

Ik zei ja, ik kende hem goed en hield er erg van.

Ze zei dat ik dan een keer haar interpretatie ervan zou moeten proberen.

Zoiets zeg je alleen maar uit beleefdheid, dacht ik.

En toch voelde ik een rilling door me heen gaan, zoals dat je overkwam op zestienjarige leeftijd wanneer het mooiste meisje van de klas, in een opwelling van plotselinge, overweldigende goedgunstigheid, tegen je begon te praten in de gang van de school.

Natsu vroeg me haar te bellen zodra ik de stukken had gelezen en een besluit had genomen.

Daarna vertrok ze, en ik bedacht dat ze geen woord had gezegd over haar bezoek aan de rechtbank om mij aan het werk te zien. Ik vroeg me af waarom en kon geen antwoord vinden.

In de lucht hing nog steeds de lichte geur van amber. Met dat accent van iets scherpers dat ik niet thuis kon brengen.

5

Een paar minuten voor negen kwam Maria Teresa mij vragen of ik nog iets nodig had, aangezien zij op het punt stond weg te gaan. Ik vroeg haar een pizza en bier voor me te bestellen voordat ze wegging. Zij keek me aan met een uitdrukking die wilde zeggen: het is vrijdagavond, vind je het nodig om op kantoor te blijven, een treurige pizza te eten, een treurig glas bier te drinken en te werken?

Ik keek haar aan en op mijn gezicht stond te lezen: ja, dat vind ik nodig, ook omdat ik niets beters te doen heb. Of omdat ik sowieso geen zin heb om iets beters te doen.

En om je de waarheid te zeggen, heb ik zelfs geen zin om erover na te denken.

Zij maakte aanstalten om te reageren maar zag ervan af, ze zei dat ze een pizza zou bestellen en dat we elkaar maandagmorgen weer zouden zien.

Ik at de pizza, dronk het bier, ruimde mijn bureau op, deed de laatste cd van Leonard Cohen in de speler – *Dear Heather* – en wijdde me aan de stukken die mevrouw Natsu Kawabata me had gebracht.

Ze heette Kawabata, net zoals de schrijver, bedacht ik. Wat was de titel van dat verhaal? *De schone slaapsters*, geloof ik. Yasunari Kawabata. Een prachtig, droevig verhaal. Ik zou het moeten herlezen, dacht ik. Wie weet is Natsu familie – een nicht of zo – van Nobelprijswinnaar Kawabata.

Wat een briljante gedachte, zei ik tegen mezelf. Echt

briljant. Net als wanneer een Japanner die ene mijnheer Rossi ontmoet zich zou afvragen: 'Ah, Rossi, misschien is hij wel familie van de motorrijder.'

We kunnen beter dit dossier gaan lezen.

Ik deed er niet lang over. Het was allemaal zoals Paolicelli had verteld. In het verslag van de arrestatie en dat van de inbeslagneming werd gesproken over een routinecontrole in het havengebied met behulp van antidrugshonden. Bij mij kwam dezelfde gedachte op als de dag ervoor toen Paolicelli mij zijn verhaal vertelde. De rechercheurs hadden waarschijnlijk een tip gekregen, en daarom noteerde ik op het blanco vel dat ik naast het dossier had gelegd: *waarom die controle?* Onmiddellijk daarop zei ik tegen mezelf dat het een vraag was die gedoemd was onbeantwoord te blijven, en ging door.

Bij de verslagen van de arrestatie en de inbeslagneming waren de verklaringen van Paolicelli.

Verslag van de spontane verklaringen van verdachte luidde het opschrift. Spontaan, vast en zeker. Het verslag was heel kort, afgezien van de inleiding kwam het neer op de volgende zin: 'Ik constateer dat er, in mijn voertuig, een hoeveelheid van veertig kilo cocaïne is aangetroffen. Wat betreft deze vondst verklaar ik uit eigen vrije wil dat de drugs mij exclusief toebehoren en dat mijn vrouw, Natsu Kawabata, wier persoonsgegevens in andere stukken volledig zijn opgenomen, niets te maken heeft met het illegale transport waarvoor ondergetekende alle verantwoordelijkheid draagt. Ik heb het verdovende middel in het voertuig geladen buiten medeweten van mijn vrouw. Ik ben niet van plan de personen aan te wijzen van wie ik voornoemde hoeveelheid verdovende middelen heb verkregen, noch degenen aan wie ik ze moest afleveren. Verder heb ik niets toe te voegen.'

Gelezen, bevestigd en ondertekend.

Op mijn aantekeningenvel noteerde ik: *bruikbaarheid van spontane verklaringen?*

Dat betekende dat er ernstige twijfel bestond over de geldigheid en de bruikbaarheid van die verklaringen die waren opgetekend zonder de aanwezigheid van een advocaat. Het was een zwak aanknopingspunt maar gezien de situatie kon ik me niet permitteren ook maar iets over het hoofd te zien.

Ik ging snel over naar de rapportage van de douanerecherche waarin weer dezelfde dingen stonden als in het verslag van de arrestatie en dat van de inbeslagneming. Vervolgens het verhoor van Paolicelli door de rechter-commissaris, waarbij mijn – eventuele – cliënt verklaarde gebruik te willen maken van zijn zwijgrecht. In dat verslag verschijnt advocaat Corrado Macrì voor het eerst.

Op mijn aantekeningenvel schreef ik: *advocaat Macrì, wie ben jij godverkut?*

Het mooie van persoonlijke aantekeningen is dat je kunt schrijven wat je wilt, met inbegrip van vuilbekkerij. Wat mij betreft helpen scheldwoorden me om na te denken. Als ik in mijn aantekeningen een zin opschrijf vol fraaie krachttermen komen er eerder goede ideeën bij me op.

Soms laat ik ze echter op verkeerde plekken achter. Bijvoorbeeld tussen de stukken die moeten worden ingesloten bij een hoger beroep, of een civiele partijstelling.

In de regel controleert Maria Teresa alles, ontdekt deze amusante briefjes, verwijdert ze en redt mijn reputatie. In de regel.

Toen ze een keer ziek was, was ik gedwongen een paar dagen zowel advocaat als secretaresse te zijn. Een van de dingen die ik tijdens die twee dagen deed was het indienen van een verzoek om een cliënt van mij onder huisarrest te plaatsen. Een mijnheer die een flink aantal papieren financiële maatschappijen had opgericht waarmee hij verscheidene miljoenen euro's in het niets had laten verdwijnen.

Het Openbaar Ministerie en de fiscale opsporingsdienst hadden belangstelling voor hem gekregen en hem in de bak gesmeten nadat ze de fraude hadden ontdekt. Een advocaat zou zulke dingen niet moeten zeggen, maar daar hadden ze al met al wel goed aan gedaan.

Mijn verzoek verwees naar een aantal documenten waaruit bleek dat de frauduleuze handelingen van mijn cliënt – de heer Saponaro, een accountant en een bekend homoseksueel – minder ernstig waren dan aanvankelijk leek. Ik wees op de periode die mijn cliënt al in de gevangenis had doorgebracht – drie maanden –, ik wees erop dat de noodzaak tot preventieve maatregelen was afgenomen en dat er 'geen absolute noodzakelijkheid was voor een zo pijnlijke voorzorgsmaatregel als voorlopige hechtenis'. Het gebruikelijke repertoire.

Een paar dagen na het indienen van het verzoek werd ik op kantoor gebeld door de griffier van die rechter. Wilde de rechter mij spreken? Natuurlijk zou ik diezelfde morgen nog komen, maar zou ik mogen weten waarover het ging? Zodat ik me kon voorbereiden. O, hij had niet gezegd waarover hij me wilde spreken. Oké, geef me de tijd om van mijn kantoor naar het gerechtsgebouw te komen.

Een halfuur later zat ik in de kamer van die rechter.

'Goedemorgen, mijnheer de rechter. U heeft mij laten komen.' Met een glimlach en een beleefd vragende blik.

'Goedemorgen, advocaat. Ja, ik heb u laten komen omdat ik u iets wilde laten zien.'

Terwijl hij dat zei haalde hij een velletje uit een rode map.

'Ik geloof dat dit van u is. Moet ik het beschouwen als een bijlage bij het verzoek ten behoeve van de heer Saponaro?'

Hij overhandigde mij het velletje. Het waren de aantekeningen die ik had gemaakt bij het opstellen van het verzoek.

Ik hoorde een ver verwijderd gedreun in mijn hoofd, als een gigantische vloedgolf of een aanstormende kudde buffels. Ik werd rood.

De kern van mijn aantekeningen draaide om niet erg juridische termen zoals 'gore poot, smeerlap, vuile dief'. Ook een middelmatig lezer zou snel begrepen hebben dat de woorden gore poot, smeerlap en vuile dief op de heer Saponaro sloegen en dat zijn advocaat – ik dus – er persoonlijk niet van overtuigd was dat zijn cliënt onschuldig was.

Ik probeerde iets tegen de rechter te zeggen, in een poging deze catastrofe te rechtvaardigen. Natuurlijk kon ik niets vinden.

Ik vroeg hem of hij met het oog op mijn royement als advocaat de zaak persoonlijk wenste door te geven aan de algemene raad van de Orde van Advocaten, of dat hij liever zag dat ik mezelf aangaf. Ik voegde eraan toe dat het mij niets uitmaakte. Ik drong er alleen op aan dat hij mijn ongelukkige uitdrukking – gore poot –, een cryptische toespeling op de seksuele voorkeur van mijn cliënt, niet in de openbaarheid zou brengen. Indien mogelijk zou ik graag willen voorkomen dat, behalve mijn reputatie als advocaat, ook die van links-liberaal geruïneerd zou worden door die vulgaire uitglijder.

De rechter had een goed gevoel voor humor. Hij overhandigde me het velletje en gaf me niet aan.

Hij willigde het verzoek voor de heer Saponaro niet in, maar dat zou ook te veel gevraagd zijn.

Het dossier bevatte niet veel andere belangrijke zaken.

Er was een rapport van een toxicoloog over het verdovende middel. De cocaïne was 68 procent puur, dus van topkwaliteit. Het was mogelijk, schreef de expert, om er honderdduizenden doses uit te halen voor de illegale detailhandel.

Er waren de tabellen van de mobiele telefoons van Paolicelli en zijn vrouw. De rechercheurs hadden ze opgevraagd om te zien of daaruit nog interessante contacten naar boven kwamen, onmiddellijk vóór of onmiddellijk na de controle die had geleid tot de vondst van de drugs. Klaarblijkelijk hadden ze niets interessants gevonden, aangezien de tabellen waren overgedragen aan het Openbaar Ministerie met de summiere aantekening: *De opgevraagde tabellen van het telefoonverkeer hebben geen enkel belangrijk contact opgeleverd.* Einde.

Er was het bevel tot voorlopige inhechtenisneming, niet meer dan tien regels als motivering, en er was het vonnis. Ook dat was, eerlijk gezegd, niet al te uitgebreid. En wat viel er overigens verder te schrijven dan: 'De strafrechtelijke aansprakelijkheid van verdachte is bewezen in het licht van een vertrouwenwekkend kader van bewijsmateriaal. Hij vervoerde het verdovende middel in zijn voertuig en heeft overigens, nog vóór zijn arrestatie, zijn aansprakelijkheid spontaan toegegeven. Op deze basis lijkt het letterlijk onmogelijk een aannemelijke, alternatieve hypothese te suggereren, waartoe overigens ook geen poging is ondernomen door Paolicelli, die, tijdens de ondervraging door de rechtercommissaris, gebruikt heeft gemaakt – begrijpelijk, gezien de onhoudbaarheid van zijn positie – van zijn zwijgrecht.'

Met mijn pen omcirkelde ik de woorden *aannemelijke, alternatieve hypothese*. Dat was het probleem. Dat is altijd het probleem bij strafzaken. Het verschaffen van een *aannemelijke* alternatieve interpretatie van het door het Openbaar Ministerie aangedragen bewijs.

Met welke alternatieve hypothese kon je aankomen in een dergelijk geval?

De enige was dat Paolicelli mij de waarheid had gezegd en dat iemand anders – wie zal zeggen hoe, wie zal zeggen wanneer – de drugs in de auto had verstopt. Maar als dát verhaal waar was, dan zat Paolicelli tot zijn nek in de stront.

Was het mogelijk dat iemand Paolicelli erbij had willen lappen door de drugs in zijn auto te verbergen en vervolgens de douanepolitie een tip te geven?

Ik liet deze hypothese onmiddellijk varen. Je gooide geen veertig kilo cocaïne weg om iemand erbij te lappen. Als je iemand erbij wilt lappen dan verstop je tien gram verdeeld in veertig doses, want dan bestaat er geen enkele twijfel dat het spul bedoeld is voor de illegale handel, en je hebt je doel bereikt. Efficiënt en goedkoop.

Nee, het was ondenkbaar dat ze veertig kilo hadden ingezet, louter en alleen om hem te laten arresteren. Wel was het waarschijnlijk dat iemand de douanerecherche had verteld dat er in die auto uit Montenegro een forse hoeveelheid cocaïne van topkwaliteit zat. Maar degene die de tip had gegeven kon niet de eigenaar van de drugs zijn, of iemand die ze in de auto had verstopt alleen om de heer Fabio Raybàn te ruïneren.

We kunnen dus de hypothese dat degene die de drugs in de auto heeft verstopt dezelfde persoon is als degene die de douanerecherche heeft getipt beter laten varen, en ervan uitgaan dat Paolicelli de waarheid spreekt. Als hij echt onschuldig is, wat kunnen we dan nu in godsnaam doen?

Erachter komen wie de drugs in de auto heeft verstopt, zei ik tegen mezelf.

Oké, maar dan is het kinderspel. Ik achterhaal het netwerk van internationale handelaars die de drugs in zijn auto hebben verstopt, ik sleep ze naar het Hof van Beroep om te getuigen, en, ten prooi aan wroeging, bekennen zij, en wordt de onschuld van mijn cliënt aangetoond. Hij wordt vrijgesproken, het recht zegeviert, de mythe van advocaat Guerrieri wordt bevestigd.

Als Paolicelli werkelijk onschuldig was, dan was dit de beroerdste zaak die ooit op mijn weg was gekomen tijdens mijn hele zogenaamde carrière, zei ik tegen mezelf terwijl ik door de laatste pagina's bladerde. Achter in de map trof ik een kopie aan van het strafblad van Paolicelli. Daar stond in wat ik had kunnen verwachten. Heel oude veroordelingen als minderjarige vanwege relletjes, het toebrengen van lichamelijk letsel, illegaal wapenbezit. Allemaal dingen uit de jaren van de aframmelingen door fascistische knokploegen. Na 1981 was er echter niets meer.

Terwijl ik dat strafblad bekeek, betrapte ik mijzelf op de gedachte dat ik, tot een paar uur geleden, vastbesloten was om die opdracht níet aan te nemen.

Tot het moment dat mevrouw Natsu Kawabata mijn kantoor binnenkwam.

6

Ik bracht orde aan in mijn aantekeningen en bovenal probeerde ik om orde aan te brengen in mijn ideeën.

Wilde Paolicelli een kans krijgen om hieruit te komen
– wat erg onwaarschijnlijk was – dan moest ik enig onderzoek verrichten, en daar begonnen de problemen.

Slechts een paar keer had ik me in het verleden gewend
tot privédetectives, met rampzalige gevolgen. En dat ging
over zaken die – hoe zal ik het zeggen – veel minder problematisch waren dan de zaak Paolicelli. Na de tweede keer
had ik gezworen dat het tevens de laatste keer zou zijn.

Ik zou er met Carmelo Tancredi over moeten praten,
bedacht ik.

Carmelo Tancredi is een inspecteur van politie, die gespecialiseerd is in de jacht op het uitschot van de maat-
schappij: verkrachters, folteraars, kinderhandelaars. Hij heeft
het zachtaardige, enigszins geknechte voorkomen van Mexi-
caanse boertjes uit bepaalde B-westerns, een intuïtie die je in
de regel alleen maar aantreft bij bepaalde fictionele politieagenten, en de vasthoudendheid van een nijdige pitbull.

Ik zou met hem gaan praten en hem vragen wat hij van
die hele handel dacht. Of het mogelijk was dat iemand in
Montenegro de drugs in de auto van Paolicelli had verstopt met de bedoeling ze in Italië weer op te halen. En ik
zou hem vragen of hij dacht dat het zin had onderzoek te
verrichten om te proberen mijn cliënt vrij te pleiten.

Vervolgens zou ik wat gaan rondvragen om te zien of iemand die advocaat Macrì kende. Om uit te vinden waar hij in het mozaïek paste.

Er natuurlijk van uitgaande dat er een mozaïek bestond en dat de hele zaak niet veel eenvoudiger lag. Namelijk dat de drugs wel van Paolicelli waren en van een paar onbekend gebleven handlangers, dat de advocaat – zoals vaak gebeurt in deze gevallen – was ingehuurd en betaald door de op vrije voeten gebleven handlangers en dat zijn vrouw er vanzelfsprekend niets van wist.

Het feit dat ik nu een plan had – gaan praten met Tancredi, onderzoek doen naar Macrì – gaf me het gevoel dat ik iets had bereikt. Ik keek op mijn horloge en realiseerde me dat het twee uur was.

Heel even, heel even maar, moest ik denken aan de gestalte van Margherita. Voordat deze oploste in het fotografische negatief van die middag in september, om vervolgens te verdwijnen in de verte, in westelijke richting.

Wat een geweldige vrijdagavond, zei ik tegen mezelf, terwijl ik het kantoor verliet en op weg ging naar huis.

7

Op maandagmorgen vroeg ik Maria Teresa om mevrouw Kawabata te bellen en haar mede te delen dat ik de opdracht aannam. Vóór het einde van de week zou ik haar man in de gevangenis gaan opzoeken. Zij – Maria Teresa – moest langs de griffie van het Hof van Beroep om te controleren of de datum van de zitting al was vastgesteld.

Vervolgens aarzelde ik, alsof er nog iets was, iets wat ik me echter niet kon herinneren. Maria Teresa vroeg me of ze mevrouw Kawabata moest vragen langs te komen om een voorschot te brengen en ik zei ja, dat was het, dat was precies waar ik niet op kon komen. Ze moest haar vragen langs te komen op kantoor. Om een voorschot te brengen.

Natuurlijk.

Vervolgens pakte ik de stukken die ik nodig had voor de zittingen van die ochtend en vertrok.

Buiten was het stervenskoud, en ik zei tegen mezelf dat het niet nodig was om iedere keer de fiets te nemen, en dat ik ook wel een stukje kon lopen. Ik liep de bar onder ons kantoor binnen, nam een cappuccino, ging weer naar buiten en belde Carmelo Tancredi, terwijl ik naar het gerechtsgebouw wandelde.

'Guido! Je komt me toch niet vertellen dat een van die smeerlappen die we vannacht hebben opgepakt jouw cliënt is. Zeg dat het niet waar is.'

'Het is niet waar. Wie hebben jullie vannacht opgepakt?'

'Een bende pedofielen die vakanties organiseerden in Thailand. Smerige varkens. We hebben er zes maanden aan gewerkt, ook met undercoveragenten. Twee van onze mensen zijn in het netwerk geïnfiltreerd, ze zijn zelfs een keer meegereisd met die beesten en hebben bergen bewijs verzameld. Het is niet te geloven maar ook de Thaise politie heeft meegewerkt.'

'En vannacht hebben jullie ze gearresteerd?'

'Ja. Je kan je niet voorstellen wat we bij hen thuis hebben gevonden.'

'Dat kan ik me niet voorstellen en ik wil het ook niet weten.'

Dat was slechts een halve waarheid. Ik wilde het niet weten, maar ik kon me maar al te goed voorstellen wat ze waarschijnlijk hadden aangetroffen toen ze die huizen doorzochten. Ik was een paar keer betrokken geweest bij gevallen van pedofilie – altijd als verdediger van de slachtoffers – en ik had het materiaal gezien dat bij die mensen in beslag was genomen. In vergelijking daarmee zijn foto's van lijkschouwingen een verademing.

'Nu blijkt dat je gelukkig niet de advocaat bent van een van die smeerlappen, waar bel je voor?'

'Ik wilde je een kop koffie aanbieden en een praatje maken, maar als je vannacht hebt gewerkt en nu gaat slapen, is dat ook prima. Ik realiseer me dat je zo langzamerhand op een leeftijd bent...'

Hij zei iets in plat Siciliaans. Ik begreep de woorden niet echt maar ik voelde aan dat hij vriendelijk kritisch commentaar leverde op mijn gevoel voor humor.

Daarna ging hij weer over op het Italiaans. Hij zei dat hij moest wachten totdat de verslagen van de arrestaties, van de inbeslagneming en alle anderen stukken van de operatie klaar waren. Hij zei dat hij ze één voor één moest controleren omdat de jongens van zijn team heel goed waren als het aankwam op werken in het veld – verdachten schaduwen en achtervolgen, posten, deuren inslaan, boeven oppakken en die soms hardhandig aanpakken wat soms geen kwaad kan –, maar je moest nauwlettend op ze toezien als ze zich aan de computer zetten of met juridische formaliteiten te maken kregen. Hij zou tegen twaalven klaar zijn en dan kon ik hem, als ik wilde, komen ophalen op het hoofdbureau en hem een aperitief aanbieden.

Oké, zei ik, ik zou om halfeen bij hem langskomen.

Vervolgens ging ik naar het gerechtsgebouw en werkte mijn zittingen af. In mijn vaste tempo, in een soort halfbewuste toestand.

Tijdens de eerste jaren van mijn carrière – als stagiair en ook toen ik al advocaat was – was het moment dat ik 's morgens aankwam bij het gerechtsgebouw het mooiste van de dag. Je arriveerde zo'n twintig minuten voordat de zittingen begonnen, je begroette een paar vrienden, je ging koffiedrinken en rookte een sigaret, wat destijds nog toegestaan was in de gangen. Soms kwam je een meisje tegen dat je leuk vond en organiseerde je iets voor de avond.

Langzamerhand waren deze rituelen afgebrokkeld en vervolgens verdwenen. Op een natuurlijke manier, zoals dingen die je onvermijdelijk overkomen wanneer je geen dertig meer bent. Hoe het ook zij, in de loop van de tijd was ik het moment van mijn aankomst in het gerechtsgebouw, het ritueel van het koffiedrinken etc. steeds minder gaan waarderen. Soms keek ik om me heen, op weg naar de bar. Dan keek ik naar de jonge advocaten, vaak overdreven elegant gekleed, naar de meisjes, secretaresses, stagiaires, en zelfs een paar jonge vrouwelijke rechters in opleiding.

Ze leken me allemaal een beetje dom en daarbij had ik de afgezaagde gedachte dat wíj, toen we jong waren, anders waren, en beter.

Het bedenken van dergelijke domheden is een niet te

stuiten automatisme. Als zíj zo stom zijn, dan is er geen reden om hen te benijden, geen reden om hen te benijden om hun jeugd, om hun soepele gewrichten, om hun eindeloze mogelijkheden. Het zijn minkukels, dat zie je aan hoe ze zich gedragen, aan de bar en overal. Wij waren beter, en we zijn beter, dus waarom zou je hen benijden?

Ja, waarom eigenlijk? Tering.

Ik handelde mijn zittingen af met een gevoel alsof ik me onder water bevond zonder te ademen, en om twaalf uur stond ik buiten.

Om twaalf uur twintig stond ik voor het hoofdbureau en belde Tancredi om hem te vragen naar beneden te komen. Toen hij me tegemoetkwam vond ik dat hij eruitzag als iemand die op de bank heeft geslapen, met zijn schoenen en zijn overjas aan. Waarschijnlijk was dat ook gebeurd die nacht.

We hadden elkaar een tijd niet gezien en het eerste wat hij deed was vragen naar Margherita. Ik zei dat ze al een paar maanden in het buitenland was, voor haar werk, en ik probeerde er zo natuurlijk en neutraal mogelijk bij te kijken. Aan de uitdrukking op zijn gezicht was duidelijk te zien dat me dat niet goed afging. Om van onderwerp te veranderen vroeg ik hem naar zijn doctoraalscriptie. Tancredi had alle psychologie-examens afgerond en hoefde alleen zijn scriptie nog af te ronden om te kunnen afstuderen. Hij zei dat hij er al een tijdje niet aan had gewerkt, aan die scriptie, en uit de manier waarop hij het zei kon ik opmaken dat we beiden een heikele vraag hadden gesteld.

We stonden quitte. We konden nu ons aperitief gaan drinken.

We kozen voor een enotheek, een paar honderd meter bij het hoofdbureau vandaan, die werd gedreven door een vriend van Tancredi. Het was een zaak die vooral 's avonds laat druk werd bezocht. Op borreltijd was hij verlaten en de ideale plek om rustig bij te praten.

We bestelden een witte Siciliaanse wijn en oesters. We aten de eerste schaal leeg en waren het erover eens dat het niet genoeg was. Dus bestelden we er nog meer, en dronken verscheidene glazen wijn.

Nadat hij de laatste oester had leeggeslurpt, deed Tancredi de sigarenpeuk, die hij altijd bij zich had maar bijna nooit aanstak, in zijn mond. Hij schoof zijn stoel achteruit en vroeg me wat ik van hem wilde. Ik vertelde hem het hele verhaal van Paolicelli waarbij ik probeerde geen detail over te slaan, en ten slotte zei ik dat ik zijn advies nodig had.

Met de hand waarin hij de sigarenpeuk hield beduidde hij me door te gaan.

'Een inleidende vraag om te beginnen. Heb jij ooit gehoord dat drugs naar Italië werden vervoerd door ze stiekem te verbergen in auto's van mensen die van niets wisten? Is er ooit iets dergelijks vastgesteld bij een onderzoek?'

'En of dat is vastgesteld. Het is een systeem dat heel veel werd gebruikt door Turkse heroïnehandelaren. Ze mikten op Italiaanse toeristen die met de auto naar Turkije waren gekomen. Ze stalen hun auto, stopten hem vol met heroïne en zorgden ervoor dat hij weer werd gevonden voordat de eigenaars naar de politie gingen om aangifte te doen. En de persoon die hen hielp bij het opsporen van de auto kreeg zelfs een beloning voor zijn goede daad. Vervolgens vertrokken de toeristen weer naar huis, en de slimme Turken volgden hen op een afstand, om de lading in de gaten te houden. Als de auto werd gesnapt bij een grensovergang, dan zat de nietsvermoedende toerist met het probleem. Na het passeren van de grens kwamen hun Italiaanse vrienden in het geweer. Bij de eerste de beste gelegenheid werd de auto opnieuw gestolen, met als enige verschil dat hij deze keer niet werd teruggeven. Einde verhaal.'

'Wanneer speelde dit?'

'Dit is een modus operandi die voor zover ik weet bij twee gelegenheden is vastgesteld. Eén keer bij een grootscheeps onderzoek van het Openbaar Ministerie en de mobiele brigade van Triëst, en nog een keer in Bari, door onze eigen narcoticabrigade. Dat was drie, vier jaar geleden.'

Ik streek met mijn hand over mijn gezicht, tegen de baardharen in. Theoretisch zou Paolicelli de waarheid gezegd kunnen hebben, ook al had hij niet gerept over diefstal van de auto. Het verhaal van de hotelportier was aannemelijk.

'En heb je ooit gehoord van operaties van deze aard waarbij de auto niet werd gestolen?'

'Hoe bedoel je? Dat ze hem eerst volstoppen en vervolgens die drugs als cadeautje achterlaten?'

'Heel grappig. Ik bedoel natuurlijk: zonder hem eerst te stelen om er de drugs in te verstoppen.'

Terwijl hij antwoordde, kreeg ik zeer duidelijk de indruk dat hij niet alles zei wat hij wist.

'Ik kan me niets van dien aard herinneren, maar het is niet onmogelijk. Als je weet waar de auto is en je hebt de tijd om de klus ter plekke te klaren zonder de auto stelen, of als je de auto kunt meenemen en weer terugbrengen zonder dat de eigenaar er iets van merkt.'

'Stel nu eens het hypothetische geval dat jij privédetective was en dat jij zou worden belast met het onderzoek om te proberen Paolicelli's naam te zuiveren, wat zou je dan doen?'

'Alles hypothetisch dus, hè? In de eerste plaats ben ik geen privédetective. En verder geloof ik dat we nog niet hebben vastgesteld dat je nieuwe cliënt onschuldig is. Het is *mogelijk* dat iemands auto wordt volgestopt met drugs die niet van hem zijn. Maar het feit dat het mogelijk is betekent nog niet dat het in dit geval zo gegaan is. De meest realistische hypothese is...'

'Wat heb ik toch een hekel aan smerissen die logisch redeneren. Ik weet heel goed dat de meest realistische hypothese is dat de drugs van hem waren. Als iemands auto vol zit met drugs is de eerste veronderstelling waarvan je moet uitgaan dat die cocaïne van hem is. Dat gezegd hebbende: als jij privédetective was...'

'Als ik privédetective was zou ik, voordat ik een woord zei of een vinger uitstak, een flink voorschot vragen. Dan zou ik allereerst onze vriend Paolicelli nog eens aan de tand voelen, en ook zijn vrouw, van wie mijn intuïtie me zegt dat ze geen lelijk monster is.'

Tancredi was in staat heel veel af te lezen van iemands gezicht. Deze constatering deed me op dat moment geen plezier.

'Ik zou proberen na te gaan of er aanleiding is om die hotelportier serieus te verdenken. Ook al weet ik niet hoeveel we daarmee zouden opschieten.'

'Hoe bedoel je?'

'Om iets concreets te weten te komen over de portier, over het personeel van het hotel, zou een officieel onderzoek moeten plaatsvinden. Je zou de politie van Montenegro om medewerking moeten vragen. Ik weet niet of je je herinnert over wie we het hebben. Een aantal van hun hoofdcommissarissen heeft, samen met een paar ministers, jarenlang de internationale sigarettensmokkel geleid.'

Dat herinnerde ik me.

'Ik zou in ieder geval van Paolicelli en zijn vrouw willen weten of hun iets vreemds is opgevallen tijdens de vakantie, en vooral gedurende de laatste dagen. Ook onbeduidende details. Of ze iemand hebben leren kennen, iemand die heel aardig was en vriendschap met hen wilde sluiten. Of ze met iemand aan de praat zijn geraakt, en of die iemand heel veel vragen heeft gesteld. Waar komen jullie vandaan, wanneer zijn jullie aangekomen, en vooral, wanneer gaan jullie weer terug. En ik zou alles willen weten wat ze zich herinneren over de portier, of over de eigenaars van het hotel, of over een personeelslid – een ober bijvoorbeeld – die om een of andere reden hun aandacht had getrokken.'

'En dan?'

'Dat hangt van hun antwoorden af. Als blijkt dat er daar, in Montenegro, iemand zijn neus in hun zaken stak, dan zou je moeten nagaan of die persoon ook op dezelfde veerboot is teruggereisd.'

'En hoe is dat na te gaan?'

Hij trok een quasi spijtig gezicht.

'Dat is het juist. Dat kun je niet.'

'Kom op, Carmelo, help me asjeblieft. Ik wil alleen maar nagaan of hij me een hoop lulkoek op de mouw heeft gespeld of dat hij echt onschuldig is. Als dat waar is, dan hebben ze hem een smerige rotstreek geleverd.'

Hij gaf niet onmiddellijk antwoord. Hij rolde de sigarenpeuk tussen zijn wijsvinger en zijn duim, terwijl hij ernaar keek alsof het een heel interessant voorwerp was. Hij negeerde mij een paar seconden alsof hij zich wederom afvroeg hoeveel hij me kon vertellen. Ten slotte haalde hij zijn schouders op.

'Het is mogelijk dat jouw cliënt de waarheid spreekt. Een paar maanden geleden heeft een informant me verteld dat er grote ladingen cocaïne op komst waren, uit Albanië, Montenegro, Kroatië, precies met die methode. De auto volstoppen zonder hem te stelen.'

'Kut.'

'Een of twee dagen voor het vertrek van de nietsvermoedende koerier stoppen ze de auto vol. Dan gaat iemand van de bende mee met de veerboot om de handel in de gaten te houden. Eenmaal voorbij de douane, gaat de finale fase in: dat wil zeggen dat hun handlangers op het vasteland

55

bij de eerste de beste gelegenheid de auto stelen en de drugs er weer uit halen.'

'Is er een onderzoek gaande naar dit alles?'

'Nee, in ieder geval niet dat ik weet. Ik heb het verhaal van mijn informant doorgegeven aan de narcoticabrigade. En hun enige reactie was dat ze wilden weten wie mijn informant was, en dat zij met hem wilden spreken.'

Hij vertrok zijn gezicht van pure walging. Een echte smeris vraag nooit aan een collega om hem de naam te geven van een informant. Dat doen alleen amateurs of schurken.

'En jij hebt hun gezegd dat ze naar de hel konden lopen.'

'Maar uiterst voorkomend.'

'Vanzelfsprekend. En met die informatie is dus nooit iets gedaan.'

'Voor zover ik weet niet. In ieder geval is dat voor ons niet interessant. Je moet gaan praten met je cliënt en zijn mooie vrouw, en je moet alles uit hen zien te krijgen wat ze zich kunnen herinneren. Vervolgens, op grond van wat ze tegen je zeggen, kun je proberen een manier te bedenken om hun verhaal te controleren.'

'Luister, Carmelo, ik ga met ze praten en probeer alles uit hen te krijgen. Maar daarna moet jij me helpen. We zouden bijvoorbeeld kunnen proberen de passagierslijst van de veerboot in handen te krijgen. Om te zien of er een naam op voorkomt die ook in jullie bestanden staat. Voor jou is dat een peulenschil, je hoeft maar even te praten met een collega van de grenspolitie en...'

'Moet ik soms ook je autoruiten wassen? Om je all-in service te verlenen?'

'Het is inderdaad al een heel tijdje geleden dat...'

Opnieuw zei Tancredi iets in plat Siciliaans. Het klonk mij niet veel anders dan wat hij een paar uur geleden aan de telefoon had gezegd.

Ten slotte zei hij dat ik hem moest bellen nadat ik met Paolicelli had gesproken.

'Als er uit jullie gesprek een nuttig detail naar voren komt, kunnen we bekijken of het mogelijk is daarop door te gaan. Jij zou er overigens goed aan doen om meer te weten te komen over die collega van je uit Rome die uit de lucht is komen vallen. Als Paolicelli en zijn vrouw de waarheid zeggen, dan heeft dit heerschap contact met drugsbaronnen. Als we weten wie deze advocaat is, zou dat ons op een spoor kunnen zetten.'

Heel goed. Ons onderhoud had al enige vrucht afgeworpen en ik had bijna een voldaan gevoel.

Ik stond op en liep naar de kassa om af te rekenen, maar de eigenaar zei dat niemand in die zaak mocht betalen zonder toestemming van Tancredi.

En die dag kreeg ik zijn toestemming niet.

8

Natsu Kawabata kwam dinsdagmiddag naar mijn kantoor.

Ze droeg dezelfde blauwe overjas als de vorige keer. Iedere keer leek ze mooier.

Ongetwijfeld had ze zowel Japans als westers bloed. Aangezien ze Kawabata heette moest de vader Japans zijn en de moeder Italiaans. Hoe kon ze anders zulk perfect Italiaans spreken, zelfs met een lichte Napolitaanse tongval. Ik had geen idee of ze in Italië of in Japan was geboren. En die donkere teint moet ze van haar moeder hebben, want Japanners hebben meestal een tamelijk lichte huidskleur.

'Goedemiddag, advocaat.'

'Goedemiddag. Gaat u zitten.'

Ik merkte dat ik veel te nadrukkelijk sprak wat mij een ongemakkelijk gevoel gaf.

Ditmaal trok Natsu haar jas uit, ging zitten, en er speelde zelfs een glimlach om haar mond. Dezelfde lichte geur als de vorige keer had zich al in de lucht verspreid.

'Ik ben blij dat u de opdracht heeft aangenomen. Voor Fabio was het heel belangrijk. Hij zegt dat in de gevangenis...'

Ik kreeg een licht gevoel van irritatie. Ik wilde niet dat ze doorging. Ik wilde niet dat ze tegen me zei hoeveel vertrouwen de heer Fabio Raybàn in mij had. Ik wilde niet dat ze me eraan herinnerde dat ik had besloten hem te verdedigen om een reden die hem niet zou bevallen en die ik nooit zou opbiechten. Dus maakte ik een handgebaar, als wilde ik zeggen: laat u maar, ik ben een bescheiden mens, ik houd niet van complimenten. Het gebaar was een leugen: ik ben namelijk dol op complimenten.

'Zoals ik u al zei, het is mijn manier van werken. Ik geef er de voorkeur aan eerst de stukken te bestuderen om te controleren of er geen redenen bestaan die mij beletten de opdracht aan te nemen.'

Waarom ging ik door met het uitkramen van die onzin?

Om me een houding te geven, dat was duidelijk. Om een rol te spelen. Om een goed figuur te slaan. Ik gedroeg me als een schooljongen.

'Welke indruk kreeg u bij het lezen van het dossier?'

'Niet veel anders dan de indruk die ik al had. Het is een heel moeilijke situatie. Gesteld dat...'

Ik onderbrak mezelf, maar te laat. Ik stond op het punt te zeggen: gesteld dat uw man de waarheid spreekt – en 'gesteld dat' is iets heel anders dan 'aangenomen dat' – dan zal het heel moeilijk zijn om dat te bewijzen, of op zijn minst redelijke twijfel te zaaien. Ik onderbrak mezelf omdat ik háár meer dan redelijke twijfel niet wilde oproepen. Maar ze had het begrepen.

'U bedoelt: gesteld dat het verhaal van Fabio waar is?'

Ik knikte, terwijl ik mijn ogen neersloeg. Het leek of zij nog iets wilde zeggen maar haar woorden bleven in de lucht hangen en kwamen uiteindelijk niet naar buiten. Dus was het aan mij om door te gaan.

'Om vrijspraak te verkrijgen zouden we moeten bewijzen dat de drugs niet van uw man waren. Of in ieder geval het hof argumenten leveren waardoor serieus in twijfel wordt getrokken dat de drugs van uw man waren.'

'We zouden dus moeten ontdekken wie ze in de auto heeft verstopt.'

'Precies. En aangezien alles anderhalf jaar geleden in Montenegro is gebeurd, zult u begrijpen...'

'Dat er niets aan te doen is. Bedoelt u dat?'

Ik antwoordde dat er inderdaad niet zo veel dingen waren die we konden doen. We moesten proberen om samen, tot in de kleinste details, te reconstrueren wat er in de dagen voorafgaande aan de arrestatie van haar man was gebeurd. Ik vertelde haar in een notendop wat Tancredi had gesuggereerd, waarbij ik deed of het allemaal mijn idee was. Ik sprak op de toon van iemand die gewend is dit soort onderzoek te doen. Alsof het voor mij normale zaken waren.

Toen ik klaar was met het ontvouwen van mijn plan voor het onderzoek, leek ze onder de indruk.

Jeetje, ik was iemand die zijn vak beheerste.

Ze vroeg me of ik bij haar wilde beginnen met het reconstrueren van de feiten. Ik zei dat ik liever eerst met haar man sprak: ik zou hem de volgende dag opzoeken en wíj tweeën zouden elkaar weer kunnen zien voor het einde van de week.

Dat vond ze prima. Ze vroeg me over het voorschot, ik noemde een bedrag en toen ze een chequeboekje tevoorschijn haalde, vroeg ik haar om deze kant van de zaak met mijn secretaresse af te handelen. Wij prinsen van de balie maken onze handen niet vuil aan geld of cheques.

Dat was alles, voor die middag.

Toen ze weg was, voelde ik me tamelijk goed, als iemand die een goed figuur heeft geslagen tegenover de juiste persoon. Ik vermeed zorgvuldig om na te denken over de implicaties.

9

Nu had ik inlichtingen nodig over die Macrì.

Het eerste wat ik deed was de computer aanzetten, naar de website gaan van de algemene raad van de Orde van Advocaten in Rome, en zijn naam intikken. Het resultaat was de geringe informatie die je kunt verwachten van een beroepsregister. Macrì was geboren in 1965, was iets meer dan drie jaar ingeschreven in het register van Rome en daarvoor stond hij ingeschreven in Reggio Calabria. Zijn kantoor was in een straat met een vreemde naam. En hij had geen vaste telefoon. In het vakje bestemd voor de telefoongegevens stond alleen een mobiel nummer. Vreemd, dacht ik. Een advocatenkantoor zonder telefoon. Ik noteerde het in gedachte. Misschien had het iets te betekenen.

Ik moest contact opnemen met Romeinse vrienden, om te proberen iets meer te ontdekken. Dus liet ik mijn zogenaamde vrienden in Rome de revue passeren, en dat was geen langdurig karwei.

Er waren een paar collega's met wie ik soms had samengewerkt in verband met beroepszaken voor het Hof van Cassatie of van processen die vielen onder de rechtbank van Rome. Om hen vrienden te noemen was eerlijk gezegd overdreven. Er was een journalist die een paar jaar in Bari had gewerkt als rechtbankverslaggever voor de krant *La Repubblica*. Het was een aardige kerel, we hadden samen een paar keer koffie of een aperitief gedronken, maar onze

contacten waren altijd oppervlakkig gebleven. En bovendien wist je maar nooit of ik, als ik hem belde voor inlichtingen over Macrì, niet het risico liep dat ik zijn professionele nieuwsgierigheid zou losmaken.

Bleef over mijn oude vriend en studiegenoot Andrea
Colaianni, substituut-officier bij het regionale antimaffiadirectoraat in Rome. De enige tot wie ik me met een gerust hart kon wenden en die mij misschien de informatie
zou kunnen geven die ik nodig had.

Ik zocht in de lijst van mijn mobiele telefoon, vond zijn
nummer en bleef een paar minuten naar het kleurendisplay
staren. Hoe lang hadden Colaianni en ik elkaar al niet gesproken? Al jaren niet. We waren elkaar een keer op straat
tegengekomen, in Bari. Hij was op bezoek bij zijn ouders,
we hadden slechts een paar woorden gewisseld en ik had
de indruk dat onze vriendschap, zoals zo vele andere, voorbij was. Wat zou hij denken nu ik hem belde – aangenomen dat het oude nummer nog werkte? Wat moest ik
tegen hem zeggen? Moest ik eerst een praatje maken om
aan de sociale regels te voldoen voordat ik kwam met mijn
verzoek om hulp?

Ik heb altijd ernstige problemen gehad met telefoons en
telefoongesprekken. En als hij nu eens geïrriteerd deed.
Misschien was hij bezig een verhoor af te nemen, misschien was hij druk bezig met iets anders. Bovendien zijn
magistraten – ook al zijn het je vrienden – onvoorspelbare
schepsels.

Oké. Genoeg.

Ik drukte op de knop en Colaianni nam op na twee keer
overgaan.

'Guido Guerrieri!' Het verbaasde me dat hij mijn nummer had opgeslagen.

'Hallo, Andrea. Hoe gaat het?'

'Met mij gaat het goed. En met jou?'

We begonnen te kletsen. We kletsten wel tien minuten over allerlei zaken. Over het gezinsleven – het zijne dus –, over werk, oude gemeenschappelijke vrienden die we beiden al eeuwen niet meer hadden gezien of gesproken. Sport. Deed ik nog steeds aan boksen? Je bent nog net zo gek als altijd, Guerrieri.

Ten slotte vertelde ik hem waarom ik belde. Ik legde hem alles in het kort uit. Ik zei dat ik in het duister tastte, dat ik niet wist wat ik moest doen of wat ik mijn cliënt moest aanraden. Dat ik bepaalde informatie nodig had om te proberen helderheid te krijgen. Al was het alleen maar om mijn cliënt te kunnen zeggen dat zijn enige serieuze perspectief was om de eer aan zichzelf te houden en te onderhandelen over strafvermindering.

Colaianni zei dat hij nooit van Macrì had gehoord, maar in een stad als Rome had dat niets te betekenen. Hij zou echter wat rondvragen en me het resultaat over een paar dagen laten weten.

'Maak je overigens geen illusies. De meest waarschijnlijke hypothese is dat jouw cliënt inderdaad die drugs vervoerde, zonder het tegen zijn vrouw te hebben gezegd. Hij ontkent ondanks alle bewijzen omdat hij zich schaamt en niet de moed heeft het aan haar op te biechten.'

Oké. Dat wist ik en ik hoopte bijna dat de zaken er inderdaad zo voor stonden.

Het zou alles een stuk eenvoudiger maken.

10

Het moest een keer gebeuren. Ik bedoel: dat ik me die vraag weer zou stellen. Het gebeurde heel natuurlijk terwijl ik zat te wachten op Paolicelli in de kamer voor advocaten in de gevangenis.

Was het verhaal dat in die jaren werd verteld nu waar of niet? Was hij een van degenen die verantwoordelijk waren voor de dood van die jongen? Of behoorde hij in ieder geval tot dezelfde knokploeg als de messentrekkers?

Na de dood van die jongen werd ik maandenlang achtervolgd door het in mijn getroebleerde fantasie gecreëerde beeld van Paolicelli die naar die stervende jongen keek met dezelfde dunne, gemene glimlach die ik op zijn gezicht had gezien terwijl zijn vriend mij in elkaar sloeg.

Soms bedacht ik dat ik geluk had gehad, want die jongens waren idiote misdadigers. Voor hetzelfde geld had ik ook een mes in mijn lijf gekregen die avond van de vechtpartij, vanwege mijn parka.

Lange tijd was ik geobsedeerd door het idee van wraak. Wanneer ik groot en sterk zou zijn, en vooral wanneer ik zou kunnen vechten (ik was intussen begonnen met boksen) zou ik ze één voor één te pakken nemen en de rekening vereffenen. Eerst de kleine gespierde, dan de anderen, hoewel ik me hun gezichten niet al te goed meer herinnerde, maar dat was een detail. Als laatste het blonde type met het gezicht van David Bowie, die glimlachend van het tafereel had genoten. En terwijl ik hem op zijn bek sloeg, zou ik hem misschien ook zover krijgen dat hij me zou vertellen wat er nu echt was gebeurd op de avond van 28 november, wie de messentrekkers waren en of hij er een van was.

'Goedemorgen, advocaat.'

Ik was zo in gedachten verzonken dat ik zelfs de deur niet had horen opengaan. Ik bedwong een lichte schok en beantwoordde zijn groet met een geringe verandering van mijn gelaatsuitdrukking. Meer vriendelijkheid had ik Paolicelli niet te bieden na die stroom van herinneringen.

'Ik ben erg blij dat u de opdracht heeft aangenomen. Dat geeft me het gevoel dat er nu een echte mogelijkheid bestaat. Ook mijn vrouw heeft me gezegd dat u vertrouwen inboezemt.'

Ik voelde me er ongemakkelijk bij dat hij zijn vrouw noemde. En ik voelde me er ook ongemakkelijk bij dat hij zo heel anders was dan de jongen met het gemene gezicht die ik als tiener had gehaat. Hij was een normale man, bijna sympathiek.

Maar ik wilde hem niet sympathiek gaan vinden.

'Mijnheer Paolicelli, het is beter de dingen onmiddellijk helder te stellen. Om te voorkomen dat u onrealistische verwachtingen gaat koesteren. Ik heb besloten uw zaak op me te nemen en ik zal al het mogelijke voor u doen. We zullen samen de strategie en de aanpak in de rechtszaal bepalen, maar wat u wel moet weten, en waar u zich absoluut bewust van moet zijn, is dat uw situatie heel moeilijk is, en blijft.'

Zo ging het goed. Mijn formele toon was uiterst geschikt om de gêne te verdrijven die ik enige momenten daarvoor had gevoeld. En het was ook een mooi staaltje van boosaardigheid, verhuld als professionele efficiëntie. Ik had hem onmiddellijk dat moment van opluchting afgenomen, de steun die iemand ervaart wanneer hij, na maanden gevangenis en afschuwelijke gedachtes over de toekomst, iemand ontmoet die aan zijn kant staat en hem kan helpen.

In wezen de bestaansreden van advocaten.

Je bent echt een klootzak, Guerrieri, zei ik tegen mezelf.

Ik begon weer te praten, zonder hem aan te kijken, terwijl ik mijn aktetas opendeed om er de stukken uit te halen.

'Ik heb alle documenten bekeken, ik heb wat aantekeningen gemaakt en nu ben ik hier om met u onze verdedigingstactiek te bepalen. Er zijn in principe twee fundamenteel verschillende opties.'

Ik keek op om er zeker van te zijn dat hij mij volgde. Het was de eerste keer dat ik hem recht in zijn gezicht keek, en het zag zoals het echt was: het getekende gezicht van een man van boven de veertig, met een ondefinieerbare zweem van zachtaardigheid in zijn blauwe ogen, niet het gezicht dat ik als jongen in mijn geheugen had geprent, dat van de fascistische jongen met zijn gemene glimlach.

Het was een heel vreemde ervaring. Ik raakte erdoor gedesoriënteerd, in verwarring.

Paolicelli knikte omdat ik opgehouden was met praten en hij wilde weten welke twee opties we *in principe* hadden.

'Twee opties dus, zoals ik al zei. De eerste is erop gericht het risico en de schade tot het uiterste te beperken. Het houdt in dat we naar het Hof van Beroep gaan en, in de hoop een plooibare advocaat-generaal te treffen, proberen we te onderhandelen over een zo groot mogelijke strafvermindering...'

Hij stond op het punt mij te onderbreken maar ik hief mijn hand op om hem tegen te houden, alsof ik wilde zeggen: wacht even, laat me uitspreken.

'Ik weet dat u gaat zeggen dat de drugs niet van u waren.

Dat weet ik, maar ik moet nu alle verschillende opties aan u voorleggen, met de bijbehorende implicaties. Daarna beslist u wat we gaan doen. Dus, zoals ik al zei, is dat de eerste optie. Met een beetje geluk kunnen we uw straf terugbrengen tot tien jaar, misschien zelfs minder, hetgeen betekent...'

'Mijn vrouw zei dat we onderzoek kunnen doen. Om erachter te komen wie de cocaïne in de auto heeft verstopt.'

Waarom irriteerde het me dat hij voortdurend zijn vrouw aanhaalde? Waarom irriteerde het me dat zijn vrouw met hem had gepraat over de inhoud van onze gesprekken? Ik stelde mezelf deze vragen en wachtte de antwoorden niet af. Te voor de hand liggend om verwoord te hoeven worden.

'Dat zouden we kunnen proberen.'

'Om te proberen vrijspraak te krijgen?'

'Om te proberen vrijspraak te krijgen. Maar hier moeten we duidelijk over zijn. Het is geenszins gezegd dat we iets zullen vinden. Het is daarentegen heel onwaarschijnlijk. We gaan er nu over praten en we zullen zien of we op iets nuttigs stuiten. Maar zelfs als we erin slagen om een gefundeerde hypothese te construeren over hoe de drugs in uw auto terecht kunnen zijn gekomen, dan nog blijft ons echte probleem het overtuigen van het Hof van Beroep. En dat zal ons zeker niet lukken met veronderstellingen.'

'Wat wilt u weten?'

Ik herhaalde de les die Tancredi me had geleerd.

'Heeft u tijdens de vakantie iemand leren kennen? Iemand die heel aardig was, misschien zelfs te aardig? Iemand die jullie vragen stelde, die wilde weten waar jullie vandaan kwamen, wanneer jullie teruggingen?'

Hij wachtte even alvorens te antwoorden.

'Nee. We hebben natuurlijk wel mensen ontmoet, maar we zijn met niemand bevriend geraakt. We zijn verder niet opgetrokken met de mensen die we toevallig ontmoet hadden.'

'Heeft niemand u gevraagd naar de datum van uw vertrek?'

Weer antwoordde hij niet onmiddellijk. Hij deed zijn best om zich iets te herinneren wat van nut zou kunnen zijn, zonder succes. Ten slotte gaf hij het op.

'Oké, het geeft niet. Laten we het hebben over de parkeerplaats van het hotel.'

'Zoals ik u al heb gezegd, gaven we de sleutels af aan de portier omdat de parkeerplaats klein en altijd stampvol was. De auto's stonden dubbel geparkeerd en ze hadden de sleutels nodig om te voorkomen dat auto's geblokkeerd raakten.'

'En dat deed u ook op de avond voor uw vertrek?'

'Iedere avond, iedere avond gaf ik de sleutels af bij de portiersloge.'

'Was de portier altijd dezelfde?'

'Nee, er waren er drie die elkaar afwisselden, dag en nacht.'

'Herinnert u zich wie van de drie dienst had de laatste avond dat u daar was?'

Dat herinnerde hij zich niet. Hij had hier al eerder over nagedacht, zei hij, maar hij was er nooit in geslaagd om het gezicht op te roepen van degene aan wie ze de laatste keer de sleutels hadden afgegeven.

We vielen stil. Het was een doodlopende steeg.

Ik probeerde in gedachte uit te werken wat er gebeurd kon zijn, er steeds van uitgaande dat Paolicelli niet bezig was mij, en zijn vrouw, een rad voor ogen te draaien.

's Nachts hadden die lui de auto naar een veilige plek gebracht. Een werkplaats, een garage of simpelweg een verlaten plek op het land. In alle rust hadden ze hem volgestopt met drugs en vervolgens hadden ze hem weer teruggebracht naar de parkeerplaats van het hotel. Makkelijk en veilig, met zeer weinig risico.

Overigens zouden we met dat verhaal over de portiers niet erg ver komen, aangezien we geen enkele aanwijzing hadden om vast te stellen wie van het drietal – aangenomen dat een van de drie er inderdaad bij betrokken was – aan de operatie had deelgenomen.

En als we dat nu wel eens konden, wat dan? Wat zou ik dan doen? Een belletje naar Interpol om ze te vragen een internationaal onderzoek te starten om de naam van mijn cliënt te zuiveren? Volgens mij waren we onze tijd aan het verdoen. Schuldig of onschuldig, Paolicelli zat klem. Het enige zinvolle dat ik als vakman kon doen was de schade tot een minimum beperken.

Ik vroeg hem of hij op de veerboot iemand had opgemerkt die hij ook al in Montenegro had gezien, in het hotel of ergens anders.

'Op de veerboot was iemand die in ons hotel logeerde. Dat is de enige die ik me herinner.'

'Herinnert u zich waar die man vandaan kwam, hoe hij heette?'

Paolicelli schudde resoluut het hoofd.

'Niet dat ik me het niet herinner. Ik weet het gewoon niet. Ik had hem een paar keer in het hotel gezien. Toen ik hem daarna weer even op de veerboot terugzag, hebben we elkaar gegroet. Dat was het. Het enige wat ik kan zeggen is dat het een Italiaan was.'

'Maar als u hem zou zien, zou u dan in staat zijn hem te herkennen?'

'Ja, dat denk ik wel. Ik herinner me hem redelijk goed. Maar hoe spoor je zo iemand op?'

Ik antwoordde met een handgebaar dat geacht werd te betekenen: maak je daar maar niet druk over, laat dat maar aan mij over, dat is mijn werk. Als het zover is, zullen wij maatregelen nemen. Wat, alles bij elkaar, woordloze maar goed gearticuleerde waanzin was. Het was mijn werk helemaal niet – het was het werk van de politie, en niet van advocaten, om mensen op te sporen – en bovendien had ik geen idee hoe je dat moest aanpakken. Behalve dat ik naar Tancredi terug kon gaan om hem om hulp te vragen.

Voor hem was mijn gebaar klaarblijkelijk voldoende. Als jíj weet wat je moet doen en als dat jouw werk is, dan ben ik gerust. Ik heb de juiste advocaat gekozen, een die mij uit de problemen gaat helpen. Deze Perry Mason van de Murgia.

Ik vond dat het voor die ochtend wel genoeg was.

Hij begreep dat het gesprek ten einde liep, dat ik op het punt stond op te stappen en dat hij weer terug moest naar zijn cel. Maar ik kon aan zijn gezicht zien dat hij niet weer alleen wilde achterblijven.

'Neemt u mij niet kwalijk, advocaat, maar ik heb nog een vraag. U heeft gezegd dat we kunnen onderhandelen over strafvermindering of gokken op het hoger beroep. Wanneer moeten we dat beslissen? Ik bedoel, wat is het laatste moment waarop we dat kunnen doen?'

'De dag van de zitting. Dan zullen we moeten zeggen of we van plan zijn te onderhandelen en het proces op die manier af te sluiten, of dat we door willen gaan. De zitting is pas over een paar weken en we hebben dus nog wat tijd om erover na te denken, en te zien of we in die tijd iets nuttigs kunnen ontdekken. Als dat niet het geval is, zou iedere optie behalve onderhandelen pure zelfmoord zijn.'

Er viel niet veel aan toe te voegen, en dat wisten we allebei. Hij wendde zijn blik van mij af, richtte hem op de vloer en bleef zo zitten. Na enige tijd begon hij zijn handen te wringen, systematisch, en zo hard dat hij ze bijna ontwrichtte.

Ik stond op het punt om op te staan, hem te groeten en te vertrekken. Ik voelde de impuls van mijn beenspieren die probeerden mij tot opstaan te bewegen, weg van die stoel, weg van die plek.

Maar ik verroerde me niet. Ik vond dat hij recht had op een paar minuten stilte. Om rustig te wroeten in zijn wanhoop. Om zijn handen te wringen zonder dat ik hem onderbrak door te zeggen dat we voor die dag klaar waren, dat ik weg zou gaan – weg van die plek waar hij moest blijven – en dat we elkaar spoedig weer zouden zien.

Natuurlijk bepaal ik wanneer, en niet jij.

Want ik ben vrij en jij niet.

Hij had recht op die paar minuten stilte in mijn aanwezigheid, om achter zijn eigen gedachten aan te gaan.

Om de tijd te vullen gaf ik me ook over aan mijn gedachten, en weer moest ik denken aan de situatie waarin we beland waren. Ik bewust, hij onbewust. Ik wist dat we elkaar heel veel jaren geleden waren tegengekomen, hij niet. In zekere zin had hij het nooit geweten omdat hij naar alle waarschijnlijkheid nooit goed had gekeken naar het gezicht van de jongen die door zijn vriend in elkaar werd geslagen. En bovendien was hij het voorval vast vergeten.

Hij wist dus niet dat hij een obsessie voor me was geweest in mijn jeugd.

Hij wist niet hoe vaak ik in mijn wraaklustige dagdromen eerst zijn vriend op zijn bek had geslagen, en vervolgens hem. Dat wist hij niet, en nu was ik zijn advocaat, en zijn enige hoop.

Hij bleef zijn handen wringen terwijl in mijn hoofd het betoog weer opkwam waarvan ik me had voorgesteld dat ik het zou houden als het moment daar was.

Weet je nog dat jij en je vrienden die jongen die zijn parka niet wilde uittrekken hebben geslagen en vernederd? Weet je dat nog? Die klootzak van een vriend van je heeft hem op zijn gezicht geslagen, en jij keek toe en glimlachte voldaan. Goed, die jongen dat was ik en nu ben ik hier om jou op je bek te slaan. En ik zal dat gezicht van jou, David Bowie van de buitenwijken, eens goed verbouwen en dan zal onze rekening eindelijk vereffend zijn.

Of liever, nee, voordat we onze rekening vereffenen moet je me zeggen of jij het bent geweest die die jongen heeft doodgestoken. Had jij het mes vast en hebben jullie die arme sloeber, die zich later van kant heeft gemaakt in de gevangenis, ervoor op laten draaien? En als jij het mes misschien niet vasthield, was jij dan wel lid van die moordenaarsbende? Zeg op, verdomme.

Ik merkte dat ik mijn vuisten balde, onder het bureau dat ons scheidde.

Toen bedankte hij mij. Voor mijn helderheid en mijn eerlijkheid. Hij zei dat hij er zeker van was dat, als er een uitweg bestond, het mij zou lukken die te vinden.

Toen zei hij nog iets anders.

'U heeft begrepen dat ik het nodig had om me af te reageren en u heeft me niet onderbroken, u heeft niet gezegd dat u weg moest. U bent een goed mens.'

Terwijl ik de gevangenis verliet, weerkaatsten deze woorden in mijn hoofd met een metaalachtige klank.

Ik was een goed mens.

Reken maar.

II

De dag daarna belde ik Tancredi weer en vertelde hem over mijn gesprek met Paolicelli in de gevangenis.

Hij luisterde totdat ik klaar was, zonder een woord te zeggen.

'Zoals ik je de vorige keer al zei: als je de identiteit van het hotelpersoneel zou willen achterhalen, zou er een lopend onderzoeksdossier moeten bestaan. Als dat het geval was, zouden we ons via Interpol officieel kunnen wenden tot de politie van Podgorica en ons officieel kunnen laten belazeren.'

'Ik dacht aan de man op de veerboot. Die man die in hetzelfde hotel verbleef als Paolicelli en die hij later weer terugzag tijdens de overtocht naar Italië.'

'En wat is dan jouw voorstel? O ja, de passagierslijst. We achterhalen alle mannelijke passagiers op die veerboot – hoogstens een paar honderd, en wat dan nog –, we laten van allemaal een fotosignalement maken en brengen die foto's naar jouw cliënt in de gevangenis. Kijk, is dat hem? Nee? En deze dan? Nee, die is het niet, het is die andere! Bingo. We hebben een gevaarlijke toerist geïdentificeerd die we kunnen beschuldigen van een buitenlandse vakantie met verzwarende omstandigheden. Je hebt de zaak praktisch al gewonnen.'

'Carmelo, luister nu even. Ik weet heel goed dat we met de mensen in het hotel of in het algemeen met dat wat

73

zich in Montenegro heeft afgespeeld nergens zullen komen. Maar dit moet ik je zeggen: hoe meer ik erover nadenk, hoe meer ik het gevoel krijg dat Paolicelli de waarheid spreekt. Ik weet dat intuïtie en dat soort zaken vrijwel
altijd lulkoek zijn, maar ik heb met hem gepraat en de manier waarop hij zijn verhaal vertelt, zijn gezicht, alles...'

'Voilà, daar hebben we Guido Guerrieri: de man tegen
wie niemand kan liegen.'

Maar hij klonk niet al te overtuigd. Meer een laatste
schermutseling. Carmelo wist dat ik me niet zo gemakkelijk liet inpalmen door de verhalen van cliënten.

'Oké, wat wil je dan dat we doen?'

'De passagierslijst, Carmelo. Zorg jij dat je die in handen
krijgt, dan beperken we ons tot de namen van alle Italiaanse staatsburgers – Paolicelli zegt dat die man een Italiaan was – en dan moet jij in jullie databank controleren of
iemand van hen een strafblad heeft vanwege drugshandel.'

Het was of ik hem zijn hoofd zag schudden. Hij zei dat
hem dat minsten een dag zou kosten, dat hij daar een van
zijn vrije dagen aan zou moeten opofferen, en dat het toch
niets zou opleveren, maar uiteindelijk noteerde hij de gegevens van het schip en van de overtocht.

'Hierna zul je de rest van je leven bij mij in het krijt
staan, Guerrieri.' En hij hing op.

De hele middag besteedde ik aan de voorbereiding van mijn
betoog in een zaak die de volgende morgen behandeld zou
worden.

Ik had me als civiele partij gesteld voor een vereniging
van mensen die op een paar honderd meter afstand woonden van een vuilverbrandingsinstallatie. Als de wind uit de
verkeerde hoek waaide – dat wil zeggen van de installatie
naar de bebouwde kom – vulden hun huizen zich met een
walgelijke lucht.

De vertegenwoordigers van de vereniging waren op mijn kantoor gekomen en hadden mij de situatie uitgelegd. Voordat ze mij de opdracht formeel toevertrouwden, hadden ze me nadrukkelijk verzocht eerst een wandeling te maken in hun buurt. Ze wilden dat ik me persoonlijk op de hoogte zou stellen van de aard van het probleem.

Toen ik het huis van de voorzitter van de vereniging binnenkwam, bespeurde ik op de achtergrond een lichte, misselijkmakende geur. Een geur die het idee opriep van onnoembare mysteries, verborgen in die ogenschijnlijk normale woning. De man vroeg me hem te willen volgen naar de keuken, bood mij een stoel aan, en zijn vrouw maakte koffie.

Op een bepaald moment had ik de indruk dat zij blikken van verstandhouding wisselden. Hij, zijn vrouw en de andere leden van de vereniging. Alsof ze wilden zeggen: nu zullen wij hem eens wat laten zien.

Ze vormen een satanische sekte, zei ik tegen mezelf. Nu loopt iemand achter me langs en geeft me een klap op mijn hoofd. Dan dragen ze me naar een garage die is ingericht voor de heksensabbat en zwarte missen, en snijden me in stukjes met ceremoniële messen, aangeschaft in de plaatselijke ijzerwarendiscount. En misschien dwingen ze me eerst nog tot een rituele paring met de hier aanwezige priesteres van Mefistofeles. Ik keek naar de vrouw – een meter vijftig, zo'n tachtig kilo, prettig gezicht en een piratensnor – en ik zei tegen mezelf dat dat waarschijnlijk het meest satanische onderdeel van het gebeuren zou zijn.

De vrouw schonk de koffie in die we zwijgend opdronken.

Vervolgens, nog steeds zwijgend, openden ze het raam en in een paar seconden vulde de lucht zich met een zware, bijna tastbare geur. Het was een mengsel van rotte eieren en ammoniak, royaal aangevuld met de essence van rottend wild.

De voorzitter vroeg me of ik hun probleem begreep. Ik zei ja, nu begreep ik het veel beter. Of ze me wilden excuseren, ik moest rennen – letterlijk *rennen* –, maar ze konden er zeker van zijn dat ik de zaak met de aandacht zou behandelen die hij verdiende. En dat meende ik.

Wat een overredingskracht, dacht ik, terwijl ik terugkeerde naar kantoor met die geur nog steeds in mijn kleren en in mijn maag, wetende dat ik daar voorlopig niet van af zou komen.

12

Toen ik klaar was met de voorbereiding van de argumentatie voor dat proces en nog maar een paar details hoefde te bekijken, vroeg ik Maria Teresa mevrouw Kawabata te bellen en te vragen of ze, zo mogelijk nog in de loop van die week, naar ons kantoor kon komen omdat ik haar moest spreken.

Officieel omdat ik haar versie wilde horen van wat er was gebeurd tijdens de laatste vakantiedagen, de overtocht en de rest.

Een paar minuten later stond Maria Teresa weer in mijn kamer. Ze had mevrouw Kawabata aan de lijn. Ze kon ook direct komen, als mij dat uitkwam.

Ik deed alsof ik er even over na moest denken en zei toen oké, we kunnen het ook nu doen.

Toen Maria Teresa weer was vertrokken naar de andere kant, glipte ik het toilet in. Met wat voorhanden was probeerde ik de sporen van mijn gezicht te verwijderen van alle uren die ik had besteed aan het bestuderen van verslagen van chemici en verklaringen van ecologische groepen. Ik waste mijn gezicht, kamde mijn haar, kneep een beetje in mijn wangen om wat kleur te krijgen en ik deed, na enige aarzeling, een beetje parfum op die ik op kantoor bewaarde en uiterst zelden had gebruikt. Overigens nooit meer na het vertrek van Margherita.

Terwijl ik uit het toilet kwam bedacht ik dat ik, als ik te veel parfum had gebruikt, een modderfiguur zou slaan, in ieder geval bij Maria Teresa. Ze zou zeker begrijpen wat er aan de hand was, als zij mijn kamer weer binnenkwam en daar de geur rook die je doet denken aan een uitzendbureau voor gigolo's.

Ik probeerde weer aan het werk te gaan, zonder enig succes. Ik opende en sloot een aantal malen een boek met milieuregelingen; ik bladerde het dossier door, ten slotte zette ik een cd op, en nog voordat de muziek begon, zette ik het apparaat weer uit. Weer bedacht ik dat Maria Teresa argwaan zou kunnen krijgen; ze zou bijvoorbeeld kunnen vermoeden dat ik muziek had opgezet om sfeer te scheppen of iets van dien aard.

Ten slotte kwam ik tot rust, gezeten op de rand van mijn draaistoel, mijn ellebogen op tafel, mijn handen onder mijn kin, mijn blik op de deur gericht.

Eindelijk hoorde ik het gezoem van de intercom. Toen realiseerde ik me dat mijn bureau rommelig was en probeerde nog snel wat papieren weg te leggen, en een paar boeken op te stapelen. Toen ik de bel hoorde van het kantoor ging ik weer zitten, kneep nog even in mijn wangen, en nam een nonchalante houding aan. Of wat ervoor doorgaat.

Toen Maria Teresa mijn kamer in kwam om mevrouw Kawabata aan te kondigen – ik had de indruk dat ze het woord mevrouw extra benadrukte – was ik in de tussentijd veranderd in een middelmatige imitatie van de hoofdrolspeler uit *Play It Again, Sam*. Het enige wat ik niet had gedaan was het hier en daar neerleggen van boeken over theoretische filosofie, om over te komen als intellectueel.

Natsu kwam binnen, gevolgd door een klein meisje dat haar linkerhand omklemde. Ze had het gezicht van haar moeder, dezelfde jukbeenderen, dezelfde mond, dezelfde teint, meer Vietnamees dan Japans. En, te midden van dat alles, de blauwe ogen van haar vader.

Ze was heel mooi.

Op het moment dat ik haar zag ging er een scheut van nostalgie door me heen. Hevig en onbegrijpelijk.

'Dit is Anna Midori,' zei Natsu, enigszins glimlachend. Vanwege de uitdrukking op mijn gezicht, veronderstel ik. Daarna draaide ze zich om naar het meisje: 'En dit is...' Ze aarzelde even.

'...Guido, ik ben Guido,' zei ik, terwijl ik achter mijn bureau vandaan kwam en probeerde een glimlach te produceren die moest betekenen: ik weet heus wel hoe je moet omgaan met die schattige deugnieten.

Een volslagen gek.

Anna Midori stak haar hand ernstig naar mij uit, terwijl ze me aankeek met die ongelooflijke blauwe ogen.

'Hoe oud ben je?' vroeg ik terwijl ik haar hand nog vast-hield.

'Zes. En jij?'

Heel even kwam ik in de verleiding om er een paar jaar af te doen.

'Tweeënveertig.'

Er volgden een paar seconden van gegeneerde stilte. Natsu begon als eerste weer te praten.

'Denkt u dat we Anna een paar minuten bij uw secreta-resse kunnen laten?'

Ik dacht van wel. Ik riep Maria Teresa en vroeg of het haar uitkwam om even op dit schattige meisje te passen.

Dit schattige meisje. Waarom praatte ik zo? Ik wilde ze aan elkaar voorstellen maar Maria Teresa onderbrak me.

'O, maar Anna en ik kennen elkaar al. We hebben ons zo-juist aan elkaar voorgesteld, nietwaar Anna? Anna Midori.'

'Ja. We hebben dezelfde ogen.'

Dat was waar. Maria Teresa was niet bepaald mooi, maar ze had uitzonderlijke ogen. Blauw, net als die van Anna Midori. En van Fabio Paolicelli.

'Kom mee, Anna. Ik wil je een spelletje op mijn computer laten zien.' Het kind draaide zich om naar haar moeder, die knikte. Maria Teresa nam haar bij de hand en samen verlieten ze de kamer.

'Bent u echt tweeënveertig?'

'Ja. Hoezo?'

'U lijkt... jonger.'

Ik onderdrukte de impuls om haar te vragen hoe oud ik er volgens haar uitzag en vroeg haar plaats te nemen. Ik liep weer terug achter mijn bureau en ging weer zitten.

'Uw dochtertje is... heel mooi. Ik heb nog nooit zo'n mooi meisje gezien.'

Natsu glimlachte. 'Heeft u kinderen?'

Die vraag overviel me.

'Nee.'

'Bent u niet getrouwd?'

'Eh... dat is nogal een lang verhaal...'

'Sorry. Sorry. Ik stel altijd te veel vragen. Die slechte gewoonte heb ik altijd gehad.'

Nee, zeg dat nu niet. Het geeft niet. Als je wilt vertel ik je mijn verhaal. Ik zou het zelfs heel fijn vinden om jou mijn verhaal te vertellen, en het jouwe te horen, in plaats van over werk te praten. En dus over jouw *echtgenoot*.

Jezus, waar begaf ik me in?

Ik schudde vriendelijk mijn hoofd. Het is geen probleem, echt niet.

'We proberen erachter te komen wie de drugs in jullie auto heeft verstopt en hoe. Het ligt voor de hand te denken dat het gebeurd is toen de auto op de parkeerplaats van het hotel stond. Herinnert u zich welke portier die laatste avond dienst had?'

Dat kon ze zich niet herinneren. Ze was meestal een beetje verstrooid en lette niet zo op mensen.

Heel goed, aan zo'n hulp konden we nog eens iets hebben voor ons zogenaamde onderzoek.

'Heeft u, even afgezien van de portier, tijdens uw verblijf en tijdens uw terugreis iets bijzonders gemerkt? Is u op de veerboot iemand opgevallen die u ook al tijdens uw vakantie had gezien, in uw hotel?'

Ze had niets gemerkt. Haar was zelfs die man niet opgevallen die in hetzelfde hotel verbleef als zij en was teruggereisd op dezelfde veerboot als zij. Ze zei dat haar man, toen ze het hadden over ons onderhoud, deze persoon ook al even had genoemd en haar had gevraagd of ze zich hem herinnerde.

Maar zij herinnerde zich hem niet, waarschijnlijk omdat ze hem niet echt had gezien.

Ik bleef nog wat doorvragen. Ik stelde haar nog een paar andere vragen, ik vroeg haar te proberen nog wat details op te roepen. Zelfs details die haar zinloos leken maar die heel nuttig konden zijn. Zo moest een detective te werk gaan, volgens mij. In werkelijkheid had ik geen idee wat ik aan het doen was, en in feite imiteerde ik wat bepaalde personages in misdaadfilms deden.

Ten slotte gaf ik het op. Ik vroeg haar echter om te blijven denken. Mocht haar iets te binnen schieten, zelfs dat befaamde schijnbaar zinloze detail, dan moest ze me bellen.

Terwijl ik deze dingen zei, kreeg ik opeens een overstelpend gevoel van zinloosheid. Vermengd met schaamte. Dit soort onderzoek was een farce. Het zou me nooit lukken iets te ontdekken, ik probeerde alleen maar indruk te maken op Natsu en ik was bezig haar en die klootzak van een echtgenoot op oneerlijke wijze te misleiden.

Ik zei tegen mezelf dat ik zo snel mogelijk een eind moest maken aan deze schertsvertoning. Ik zou wachten op de antwoorden van Colaianni over Macrì en van Tancredi over die passagierslijst, en dan, aangezien er toch niets uit zou komen, zou ik met Paolicelli gaan praten en hem zeggen dat onderhandelen over strafvermindering helaas onvermijdelijk was.

Ik zou zeggen dat ik besefte hoe moeilijk het is om een dergelijke oplossing te accepteren, als je je onschuldig voelt – als je onschuldig bént –, maar dat we helaas realistisch moeten zijn. Gezien het bestaande bewijsmateriaal, zonder enig element in ons voordeel, zonder ook maar iets waaraan we ons konden vastklampen en dat we konden gebruiken om redelijke twijfel op te roepen, zou het waanzin zijn om af te zien van onderhandeling over strafvermindering en gewoon door te gaan met het hoger beroep. We moesten de schade beperken.

Ik stond op, en ook zij stond op, na enige aarzeling.

'U zei de vorige keer dat u het misschien leuk zou vinden om mijn gerechten te proeven.'

'Pardon?'

'Morgenavond is er een opening van een tentoonstelling.' Terwijl ze sprak haalde ze een kaartje van ruw wit papier uit haar tas. 'Er is een receptie en ik verzorg het buffet. Allemaal Japans eten met een paar door mij bedachte variaties.'

Ze overhandigde me het kaartje.

'Dit is een uitnodiging voor twee personen, als u zin heeft. U kunt uw verloofde meebrengen, of een vriendin, of wie u maar wilt. De receptie begint om negen uur. Ik denk dat het leuk wordt, het is in een garage die omgebouwd is tot tentoonstellingsruimte.'

Ik bedankte haar en keek naar het kaartje. Ik had nog nooit van de kunstenaar gehoord – wat niet ongebruikelijk was – maar ook niet van het adres. En dat was iets minder gebruikelijk aangezien het een adres in Bari was.

Ik zei dat ik heel graag naar die opening zou komen als het me lukte een eerder gemaakte afspraak af te zeggen.

Ik had natuurlijk geen eerder gemaakte afspraak, ik had

dat alleen maar gezegd om me een houding te geven. Laat het duidelijk zijn dat ik een wervelend sociaal leven heb. Ik ben heus geen loser die 's avonds op kantoor dossiers doorneemt, of in de sportschool klappen incasseert, of hoogstens alleen naar de bioscoop gaat, om niet te hoeven denken aan zijn vriendin die hem heeft verlaten.

Pijnscheut. Fotografisch negatief. Fade-out.

Natsu moest nu echt weg. Ze pakte haastig alles bij elkaar alsof ze zich gegeneerd voelde en weg wilde om zich van die gêne te bevrijden.

We schudden elkaar de hand, ik deed de deur voor haar open en zag het meisje op schoot bij Maria Teresa aan de computer die vreemde gorgelende en klaterende geluiden voortbracht.

Het meisje vroeg wanneer ze weer mocht komen om *Bubbles and Splashes* te spelen. Maria Teresa zei dat ze mocht komen wanneer ze wilde. Het meisje gaf haar een kus voordat ze op de grond sprong en naar haar moeder liep. Op weg naar buiten zwaaide ze ook mij gedag.

'Wat een mooi meisje, hè,' zei ik toen ze weg waren.

'Mooi? Het is een ongelooflijke schoonheid,' antwoordde Maria Teresa.

'Ja, ze is heel mooi,' zei ik terwijl ik mijn kamer weer in liep, in gedachten verzonken.

Ik ging naar mijn plek, en bleef daar minsten vijf minuten zitten, zonder iets te doen of te zeggen.

Toen ik weer bij mijn positieven kwam, pakte ik het stratenplan om dat adres op te zoeken.

13

Voor de ingang vroeg een bodybuilder in een donker pak, uitgerust met microfoon en oordopje, of ik alleen was. Nee, ik ben met The Invisible Woman. En aan je intelligente uitdrukking te zien moet jij Ben Grimm zijn.

Dat zei ik niet, maar ik ging vlak voor hem staan – terwijl ik me afvroeg hoe deze confrontatie zou aflopen – en maakte een gebaar met mijn hand, om aan te tonen dat er niemand in mijn buurt was, ergo, dat ik alleen was. Ik bracht het gewoon niet op om het hardop te zeggen.

Hij liet me passeren terwijl hij in de microfoon een paar woorden fluisterde die ik niet verstond. Misschien waarschuwde hij zijn collega's binnen dat er een verdacht figuur binnenkwam die ze beter in de gaten konden houden. Ik liep een helling af en bevond me ineens op een vreemde plek. Het was een echte garage, maar natuurlijk zonder auto's. De vloer was bedekt met blokjes porfier, overal verspreid stonden terrasstralers die cafés gebruiken zodat klanten ook 's winters buiten kunnen zitten. Toch was het aardig koud, dus beperkte ik me tot het losknopen van mijn jas, zonder hem uit te trekken.

Er waren heel veel mensen, en toen ik binnenkwam was mijn eerste gedachte dat het leek op de set van een vaag surrealistisch film. Groepjes dames die behoorden tot de welgestelde maar linksgeoriënteerde chic van Bari. Groepjes onmiskenbaar homoseksuele jonge mannen en vrouwen. Groepjes mensen van verschillende leeftijden maar wel allemaal nadrukkelijk uitgedost als kunstenaars. Een paar politici, een paar would-be-intellectuelen, een paar zwarte jongemannen, een paar Japanners. Niemand die ik kende.

Het was zo'n bizarre mengeling dat het me zelfs in een vrolijke stemming bracht. Ik besloot eerst een blik te werpen op de kunstwerken, om niet onvoorbereid te zijn, en dan zou ik op zoek gaan naar het eten. En naar Natsu.

Op een tafeltje bij de ingang lagen catalogi. Ik pakte er een en bladerde erin terwijl ik me in de richting van de wanden begaf. De titel van de tentoonstelling was: *De elementaire deeltjes*.

Ik vroeg me af of het een verwijzing was naar de roman van die Fransman. Ik had er niet veel aan gevonden maar wellicht moest ik hem erbij betrekken om de werken te begrijpen.

De tentoongestelde werken deden in de verte denken aan die van Rothko en alles bij elkaar genomen waren ze niet slecht. Terwijl ik er een van dichtbij bekeek, nogal geconcentreerd, om te proberen greep te krijgen op de techniek, werd ik opgeschrikt door een stem achter mij.

'Ben jij niet het vriendje van Piero?' Hij had oranje haar en leek een imitatie van Elton John. Een Elton John uit de provincie van Bari, aan het accent te horen.

Nee, beste jongen, het ligt meer voor de hand dat jij het *vriendje* van Piero bent, wie die lul van een Piero ook moge zijn.

'Nee, ik ben bang dat u zich vergist. U moet mij voor iemand anders hebben aangezien.'

'O.' Hij zei het met een zucht die alles kon betekenen. Nadat hij me van top tot teen had opgenomen, ging hij door.

'Wat vind je van het werk van Kutzooi?'

'Kutzooi?'

Kudsoy – een nogal dubbelzinnige naam – bleek de kunstenaar te zijn maar ik had er een paar dramatische seconden voor nodig om dat tot me door te laten dringen. Elton vertelde me dat hij de titel van de tentoonstelling had bedacht en dat hij de auteur was van de kritische inleiding op de catalogus.

Prachtig. Ik heb er even naar gekeken en er geen woord van begrepen.

Dat zei ik niet, maar hij kon mijn gedachte lezen, en begon ongevraagd de inhoud van zijn inleiding in detail toe te lichten.

Ik kon het niet geloven. Ik kon niet geloven dat uit de minstens tweehonderd aanwezigen deze figuur uitgerekend mij had geënterd. En ik kende niemand aan wie ik kon beduiden dat hij me moest komen redden, door bijvoorbeeld Elton een stomp voor zijn kop te geven.

Op een bepaald moment merkte ik dat de mensen zich in groepjes verplaatsten naar de kant van de garage die het verst verwijderd was van de ingang. De typische beweging die op alle feesten aangeeft dat het eten eraan komt.

'Ik geloof dat er iets te eten is,' zei ik, maar hij hoorde me niet eens.

Hij had zich onstuitbaar gestort op een metafysische exegese van de werken van de heer Kudsoy.

'Waanza, wailapos,' zei ik toen, om te zien of hij echt geen woord hoorde van wat ik zei. Hij hoorde inderdaad geen woord. Hij vroeg me niet wat 'waanza' of 'wailapos' betekende. Hij ging gewoon door over het archetype en over de manier waarop bepaalde artistieke manifestaties de verspreide fragmenten van het collectieve bewustzijn condenseerden.

Ik condenseerde míjn verspreide fragmenten; ik zei *neemt u mij niet kwalijk* – maar alleen omdat ik een welopgevoede jongen ben – draaide me om en liep richting eten.

Er was een lange tafel waaromheen de mensen elkaar begonnen te verdringen. Uit een vertrek onmiddellijk achter de tafel kwamen obers met bladen vol sushi, sashimi en tempura. Aan het ene uiteinde van de tafel lagen in papieren zakjes verpakte houten stokjes, aan het andere plastic vorken en messen, voor de niet-ingewijden.

Ik baande me een weg door de mensen zonder me te veel te bekommeren over de rij, ik vulde een bord, goot er rijkelijk sojasaus over, pakte de stokjes en ging ver van de anderen op een kruk zitten, om in alle rust te eten.

Het eten was verrukkelijk, duidelijk ter plekke klaargemaakt, kort voordat het werd opgediend – geen diepvriesspul dat nog uren in een ijskast had gelegen – en ik liet het me smaken zoals in tijden niet was gebeurd. Een ober kwam langs met een blad vol glazen witte wijn. Ik nam er twee, mompelend dat ik op een dame zat te wachten. De wijn was niet van dezelfde kwaliteit als het eten, maar in ieder geval goed koud. Ik dronk het eerste glas leeg en liet het onder mijn kruk verdwijnen. Vervolgens begon ik op een meer beschaafde wijze aan het tweede te nippen terwijl de menigte rondom de tafel zich langzamerhand oploste.

Toen verscheen Natsu uit het vertrek achter de tafel. Ze was gekleed als kok, geheel in het wit, wat haar donkere teint en haar zwarte haren spectaculair deed uitkomen.

Eerst wierp ze een blik op de tafel, die eruitzag alsof er een zwerm sprinkhanen overheen was gegaan. Vervolgens keek ze om zich heen en ik stond op zonder dat ik me daarvan bewust was. Na een paar seconden kruisten onze blikken elkaar. Ik zwaaide onhandig naar haar. Ze glimlachte en liep op me af.

'Goedenavond.'

'Goedenavond.'

Een paar ongemakkelijk seconden. Ik had de opwelling om te zeggen dat het eten verrukkelijk was, dat zij uitzonderlijk goed was en nog meer van dat soort hoogst originele opmerkingen. Gelukkig wist ik me in te houden.

'Ik heb zin in een sigaret. Loop je mee naar buiten?'

Ze was onaangekondigd op 'jij' overgegaan, zonder plichtplegingen. Ik zei dat ik daar geen enkel bezwaar tegen had en we wandelden samen naar de ingang waar zich alle rokers van die avond hadden verzameld. Ze haalde een pakje Chesterfield blauw tevoorschijn, bood me er een aan, ik zei nee dank je, ze nam er zelf een en stak hem aan.

'Ben je al lang gestopt met roken?'

'Hoe weet je dat ik ben gestopt met roken?'

'Door de manier waarop je naar het pakje keek. Ik ken die blik heel goed want ik ben zelf ook heel wat keren gestopt. Wat vind je van de avond?'

'Interessant. Ik heb niets begrepen van de catalogus en bijna niets van de kunstwerken. Wel heeft iemand die verkleed was als Elton John en praatte zoals de komiek Lino Banfi me gevraagd of ik het vriendje van Piero was en...'

Ze barstte in lachen uit. Heel luid en smakelijk, wat me verraste omdat het me nu ook weer niet zo leuk leek wat ik had gezegd.

'Je kwam niet zo sympathiek op me over toen ik je op je kantoor zag.' Ze moest nog steeds lachen. 'Je leek op een van die advocaten in Amerikaanse films, het efficiënte meedogenloze slag.'

Efficiënt en meedogenloos. Dat beviel me wel. Ik zou de voorkeur hebben gegeven aan 'mooi en meedogenloos', zoals Tommy Lee Jones in *The Fugitive*, maar dit kon er ook mee door.

Ze rookte nog een sigaret.

'Ben je met de auto?'

Nee, natuurlijk niet, het is maar acht, negen kilometer van het centrum. Elke avond train ik voor de marathon van New York. Ik ben hier rennend naartoe gekomen, in trainingspak en sportschoenen, en bij de ingang heb ik me omgekleed.

'Ja, ik ben met de auto.'

'Ik ben hier klaar. Ik heb geen auto, ik ben in het bestelbusje gekomen samen met mijn medewerkers. Je zou me een lift naar huis kunnen geven als je wilt.'

Ik zei dat ik dat wilde, terwijl ik probeerde mijn verrassing te verbergen. Ze vroeg me haar vijf minuten te geven, lang genoeg om haar werkuniform uit te trekken, haar medewerkers instructies te geven om alles op te ruimen, en afscheid te nemen van de organisatoren van de avond.

Ik bleef op haar wachten bij de ingang, in gezelschap van de bodybuilder. Af en toe fluisterde deze een paar woorden in de microfoon, maar bovenal waren zijn koeienogen druk bezig met een stormachtige verkenning van de dieptes van het niets.

Er ging bijna een kwartier voorbij waarin mensen in en uit liepen. Ik had me moeten afvragen wat ik aan het doen was. Ik bedoel: Natsu was de vrouw van een cliënt, een gedetineerde nog wel; ik had daar niet moeten zijn. Maar ik had geen enkele zin om mezelf die vraag te stellen.

Natsu kwam weer naar buiten. Ook in het halfduister kon ik zien, aan haar haar en haar make-up, dat ze een groot deel van die vijftien minuten had gebruikt om zich op te knappen.

'Gaan we?' zei ze.

'We gaan,' antwoordde ik.

14

We reden snel naar de rondweg. Terwijl we de oprit insloegen, kwamen de elektronische klanken van 'Boulevard of Broken Dreams' van Green Day uit de cd-speler.

Ik zei tegen mezelf dat ik idioot en onbesuisd bezig was, dat ik de veertig was gepasseerd – ruim – en dat ik me gedroeg als een onverantwoordelijke klootzak.

Breng haar nu naar huis, neem beleefd afscheid en ga slapen.

'Zullen we een eindje gaan rijden?' zei ik.

Ze antwoordde niet onmiddellijk, alsof het haar zwaar viel om te beslissen. Toen keek ze op haar horloge en gaf me antwoord.

'Ik heb niet veel tijd, hoogstens een halfuur. Ik heb de babysit beloofd dat ik tegen enen thuis zou zijn. Het meisje studeert aan de universiteit en morgen moet ze naar college.'

Begrepen? Zij moet naar huis, naar haar dochtertje, omdat zij – idioot die je bent – een getrouwde vrouw is, met een kind, en een man in de gevangenis. Met het saillante detail dat haar man jouw cliënt is. Breng haar naar huis en hou ermee op.

'Natuurlijk. Ik dacht alleen... een ritje om naar wat muziek te luisteren... het spijt me, ik breng je nu naar huis, over vijf minuten ben je er... geef me nog even je precieze adres en...'

Ze onderbrak me waarbij ze net zo gehaast sprak als ik.

'Luister, als je wilt kunnen we het volgende doen. We

gaan naar mijn huis, je zet mij af en rijdt dan een minuut of tien rond. Ik betaal de babysit, zij gaat weg en jij komt terug om rustig wat te drinken en een beetje te kletsen. Wat vind je daarvan?'

Ik antwoordde niet onmiddellijk omdat ik moeite had met slikken. Mijn morele dilemma's werden weggevaagd zoals het vuil in bepaalde reclames voor gootsteenreinigers. Ik zei ja, heel graag. We konden iets drinken en een beetje kletsen.

En, wie weet, elkaar kussen, en strelen en de liefde bedrijven.

Daarna is er altijd nog tijd genoeg om spijt te hebben.

We kwamen bij haar huis, in Poggiofranco. Een appartementencomplex met een tuin waar ik als kind jaloers op was, omdat jongens van mijn leeftijd die zo woonden konden gaan voetballen wanneer ze maar wilden, zonder dat hun ouders er iets van zeiden.

In de jaren zeventig werd Poggiofranco beschouwd als een wijk bewoond door fascisten, het was in ieder geval een gebied waar linkse jongelui maar beter niet konden komen. Het kwam bij me op dat het huis waar ze woonden wel eens het ouderlijk huis van Paolicelli geweest kon zijn. Het idee gaf me een ongemakkelijk gevoel en ik zette het snel van me af.

Voordat ze uitstapte vroeg Natsu mij het nummer van mijn mobiel.

'Ik bel je over tien minuten.' En ze stapte uit zonder verder iets te zeggen.

Ik reed weg en parkeerde een paar straten verderop. Ik deed de radio uit en bleef zitten, in stilte, terwijl ik genoot van het verboden, bedwelmende gevoel van verwachting. Het duurde iets langer dan vijftien minuten – ik had minstens tien keer op mijn horloge gekeken – voordat de telefoon ging. Ze zei dat ik kon komen als ik wilde. Dat wilde ik, zei ik tegen mezelf nadat ik de verbinding had verbroken. Ik liet de auto staan waar ik hem had geparkeerd, liep een paar honderd meter, en in vijf minuten was ik bij huize Paolicelli. Toen ik in het trapportaal aankwam, stond Natsu op me te wachten. Ze liet me binnen en sloot snel de deur.

Binnen hing de karakteristieke lucht van huizen waar kinderen wonen. Daar kom ik niet zo vaak maar die geur is onmiskenbaar. Een mengsel van talkpoeder, melk, een zweem van fruit, en nog iets. Natsu liet me in de keuken. Hij was groot en ingericht met houten meubels die met de hand geschilderd waren, geel en oranje. Hij was warm en vrolijk. Ik zei dat ik die meubels erg mooi vond en ze antwoordde dat ze ze allemaal zelf had geschilderd.

Daarbinnen was de geur van kinderen minder sterk, en ging op in de aangename geur van voedsel. Ik herinner me dat ik vond dat dat huis lekker rook en vervolgens vroeg ik me af hoe de slaapkamer was, en welke geur daar hing. Onmiddellijk schaamde ik me en dwong mezelf aan iets anders te denken.

Natsu zette een cd op. *Feels like Home* van Norah Jones. Heel zacht, om haar dochtertje niet wakker te maken.

Ze vroeg me wat ik wilde drinken en ik zei dat ik wel trek had in een beetje rum, als ze dat had. Ze pakte een fles Jamaicaanse rum uit een kast en schonk voor ons beiden in, in twee grote, dikke glazen.

We zaten aan een oranje geschilderde tafel van onbewerkt hout. Terwijl we praatten betastte ik het oppervlak van de tafel met mijn vingertoppen. Ik hield van dit gevoel, zowel ruw als glad, en ook van het glanzende oranje. Alles in die keuken gaf me een gevoel van een geurige, lichtende aardsheid.

'Wist je dat ik een van jouw zittingen heb bijgewoond, kort voordat Fabio je aanstelde als zijn advocaat?'

Heel even, en zonder enige reden, kwam het bij me op

om nee te zeggen, nee, dat wist ik niet. Toen bedacht ik me.

'Ja, ik heb je gezien.'

'Zie je wel. Ik dacht al dat onze blikken elkaar op een bepaald ogenblik kruisten, maar ik was er niet helemaal zeker van.'

'Waarom was je eigenlijk die zitting komen bijwonen?'

'Fabio had me gezegd dat hij jou als zijn advocaat wilde aanstellen en toen besloot ik om te gaan zien of je inderdaad zo goed was als ze hadden gezegd.'

'En hoe was je te weten gekomen dat ik die dag een zitting had?'

'Dat wist ik niet. Ik ging al een paar dagen naar de rechtbank, en liep dan de zalen langs en vroeg mensen of ze advocaat Guerrieri hadden gezien. Jij liep een keer langs, net op het moment dat ik het aan een mijnheer had gevraagd, en die wilde je roepen, en ik moest hem tegenhouden. Uiteindelijk vertelden ze me dat jij die ochtend een zitting had en dat jouw proces op het punt stond te beginnen. Dus ben ik naar binnen gegaan en heb de hele zitting bijgewoond. En ik vond dat je inderdaad zo goed was als ze tegen Fabio hadden gezegd.'

Ik geloof niet dat het mij lukte mijn kinderlijke zelfvoldaanheid te verbergen, dus begon ik over iets anders.

'Mag ik je vragen waar jouw accent vandaan komt?'

Voordat ze antwoordde opende ze het raam, dronk haar glas leeg en nam een sigaret. Had ik er bezwaar tegen als ze rookte? Nee, helemaal niet. Dat was zowel waar als niet waar.

Haar vader was een Japanner, zoals ik al had gedacht, en haar moeder kwam uit Napels. Maria Natsu was haar volledige naam, maar niemand had haar ooit zo genoemd. De naam Maria kwam alleen voor op haar officiële papieren, zei ze, en pauzeerde even, alsof het iets belangrijks was waaraan ze voor het eerst aandacht besteedde.

Vervolgens vulde ze onze glazen weer en begon te vertellen.

Over haar kinderjaren en haar jeugd, gedeeltelijk in Rome, gedeeltelijk in Kyoto doorgebracht. Over de dood van haar ouders bij een verkeersongeluk, tijdens een reis. Over het begin van haar werk als mannequin en fotomodel. Over de ontmoeting met Paolicelli, in Milaan.

'Fabio was mede-eigenaar van een modeshowroom. Ik was drieëntwintig toen we elkaar leerden kennen. Alle meisjes waren stapel op hem. Ik voelde me zo bevoorrecht toen hij mij uitkoos. Een jaar daarna zijn we getrouwd.'

'Hoe groot is het leeftijdsverschil tussen jou en hem?'

'Elf jaar.'

'Hoe zijn jullie in vredesnaam in Bari terechtgekomen, na Milaan?'

'Een paar jaar ging het heel goed met Fabio's werk. Daarna veranderden de zaken, en ik heb nooit goed begrepen waarom. Ik vertel het je in het kort omdat het geen vrolijk verhaal is. Zijn bedrijf ging failliet en binnen een paar maanden hadden we geen cent meer. Daarom besloten we naar Bari te gaan, de stad waar Fabio vandaan komt. Hij is hier geboren en heeft hier tot zijn negentiende gewoond. Dit huis, dat van zijn ouders was, was beschikbaar. Op die manier zouden we tenminste geen huur hoeven te betalen.'

'Ben je toen begonnen te werken als kok?'

'Ja. Als meisje had ik leren koken. Mijn vader had twee restaurants in Rome. Eenmaal in Bari moesten we ons leven opnieuw opbouwen. Fabio werd vertegenwoordiger van een aantal modeontwerpers die hij nog kende uit Milaan, ik vond werk bij Placebo, waar ze een Japanse kok zochten voor twee avonden per week. Vervolgens begonnen de opdrachten binnen te komen om diners en recepties te organiseren. En dat is nu mijn voornaamste bezigheid geworden. Afgezien van het restaurant ben ik ten minste acht, negen avonden per maand bezet.'

'Er gaat in deze stad heel veel geld om. Het organiseren van een receptie zoals die van vanavond lijkt een goede manier om met je rijkdom te pronken.'

Ik stond op het punt eraan toe te voegen dat veel van dat geld van minstens dubieuze herkomst was. Maar het schoot me te binnen dat haar man een van degenen was over wiens geld je op zijn minst je twijfels kon hebben, en dus zei ik niets.

'En jij?'

'Ik?'

'Je woont toch alleen?'

'Ja.'

'Altijd alleen geweest? Geen echtgenotes, geen vriendinnen?'

Ik maakte een geluid dat was bedoeld als een bittere lach. Als om te zeggen: *Nobody knows the trouble I've seen.*

'Mijn vrouw is geruime tijd geleden vertrokken. Of om precies te zijn, ze heeft mij geruime tijd geleden gevraagd te vertrekken.'

'Waarom?'

'Om een aantal uitstekende redenen.' Ik hoopte dat ze me niet zou vragen wat die uitstekende redenen waren. Dat deed ze ook niet.

'Wat is er daarna gebeurd?'

Ja, wat was er gebeurd? Ik probeerde het haar te vertellen terwijl ik wegliet wat ik zelf niet echt had begrepen en wat te veel pijn deed. Een heleboel dus. Toen ik klaar was met mijn verhaal, was zij weer aan de beurt, en zo kwamen we op haar ex-vriend Paolo en het spel van de wensen.

'Paolo was schilder. Om een of andere reden doe je me aan hem denken. Helaas was ik niet verliefd op hem.' Ze pauzeerde, en een paar seconden leken haar ogen op zoek te zijn naar iets wat zich niet in dat vertrek bevond.

'Hij bedacht een heel... mooie manier om me te zeggen dat hij me aantrekkelijk vond.'

'Wat was dat?'

'Het spel van de gekleurde wensen. Hij zei dat een vriendin hem dat vele jaren geleden had geleerd. Maar ik ben er zeker van dat hij het op dat moment verzon, voor mij.'

Ze liet nog een paar seconden voorbijgaan, terwijl er waarschijnlijk nog meer dingen bij haar bovenkwamen die ze mij niet zei. Ze vroeg me daarentegen of ik het spel wilde spelen. Ik zei ja, en zij legde mij de regels uit.

'Je doet drie wensen. Twee moeten worden uitgesproken, de derde moet geheim blijven. Om je wensen in vervulling te doen gaan, moeten ze een kleur hebben.'

Ik sloot mijn ogen half en boog mijn hoofd enigszins naar haar toe. Als iemand die iets niet goed gehoord heeft, of niet goed begrepen.

'Een kleur?'

'Ja, dat is een van de regels van het spel. Om in vervulling te kunnen gaan moeten de wensen een kleur hebben.'

Om in vervulling te kunnen gaan moeten de wensen een kleur hebben. Oké. Eindelijk begreep ik wat er fout was aan de wensen die ik tot dan toe in mijn leven had gedaan. Er was die regel en dat had niemand me ooit gezegd.

'Vertel me jouw wensen.'

Gewoonlijk kan ik vragen over wensen niet beantwoorden. Ik kan het niet of ik wil het niet. Wat bijna op hetzelfde neerkomt.

Je wensen bekennen, je echte wensen, zelfs aan jezelf, is gevaarlijk. Als ze vervulbaar zijn, en dat zijn ze vaak, confronteert het benoemen ervan je met de angst om het te proberen. In andere woorden, met je lafheid. Daarom geef je er de voorkeur aan om er niet aan te denken, of om te denken dat je onmogelijke wensen hebt, en dat volwassen mensen niet verlangen naar het onmogelijke.

Die avond antwoordde ik onmiddellijk.

'Als kleine jongen zei ik altijd dat ik schrijver wilde worden.'

'Goed. Welke kleur heeft deze wens?'

'Blauw, zou ik zeggen.'

'Wat voor soort blauw?'

'Gewoon blauw.'

Ze maakte een ongeduldig handgebaar, als een onderwijzeres die te maken heeft met een enigszins botte leerling. Toen stond ze op, liep de keuken uit en kwam een minuut later terug met een boek. *De grote kleurenatlas* was de titel.

'Hier staan tweehonderd kleuren in. Kies de kleur van je wens.'

Ze opende het boek op de eerste pagina van de afdeling blauw. Er waren talloze vierkantjes met de meest ongelooflijke schakeringen van blauw. Onder elk vierkantje stond een naam. Van sommige had ik nog nooit gehoord, en omdat ik de namen niet kende had ik ze zelfs nooit gezien. Dingen bestaan niet tenzij je woorden hebt om ze te benoemen, zei ik tegen mezelf terwijl ik begon te bladeren.

Pruisisch blauw, turkoois, leiblauw, diep hemelsblauw, Provençaals lavendelblauw, topaasblauw, staalblauw, poederblauw, babyblauw, indigo, Frans marineblauw, inktblauw, Mediterraans blauw, koningsblauw, lichtcyaan, saffierblauw, korenbloem, en vele andere.

'Je moet geen globale keuze maken, anders komen je wensen niet uit. Kies de exacte kleur van je wens.'

Ik hoefde er nog maar een paar seconden over na te denken.

'Indigo is de exacte kleur,' zei ik toen.

Zij knikte, alsof dat het antwoord was dat ze verwachtte. Het juiste antwoord.

'De tweede wens.'

Nu werd het moeilijker, maar weer aarzelde ik niet.

'Ik zou een kind willen hebben. Op dit moment ben ik geneigd te zeggen dat deze wens nog onrealistischer is dan de eerste.'

Ze keek me vreemd aan. Maar niet verbaasd. Alsof ze ook dat antwoord had verwacht.

'En welke kleur heeft deze wens?'

Ik bladerde door het boek, en deed het toen dicht.

'Heel veel kleuren. Heel veel.'

Ditmaal drong ze er niet op aan dat ik de *precieze kleur* zou zeggen, en gaf geen commentaar. Ik vond het prettig dat ze geen commentaar gaf. Ik vond die natuurlijkheid prettig, ik vond het prettig dat alles in orde was, op dat moment.

'Nu de derde.'

'Je zei dat een van de wensen geheim mag blijven.'

'Ja.'

'Dit is de geheime wens.'

'Goed. Maar je moet me toch de kleur zeggen, ook al is de wens geheim.'

De wens is geheim, de kleur niet. Oké. Ik pakte de atlas en opende hem bij de afdeling rood.

Wijnrood, inkarnaat, karmozijn, vermiljoen, poederrood, rozenblad rood, koraalrood, neonrood, kersenrood, terracotta, granaatrood, vuurrood, robijnrood, roestrood, radicchio, donkerrood, port.

'Ik zou zeggen karmozijn. Nu ben jij aan de beurt.'

'Ik wens dat Anna Midori gelukkig en vrij zal zijn. En deze wens is bladgroen.'

Er was iets in de manier waarop ze het zei dat mij de rillingen over de rug deed lopen.

'Verder wil ik weten of Fabio schuldig of onschuldig is. Of hij mij de waarheid heeft verteld of niet. Ik wil het graag weten.' Ze aarzelde even bij deze woorden, voordat ze eraan toevoegde: 'Dit *willen weten* is bruin, maar het verandert steeds van tonaliteit. Het gaat van de kleur van mahonie naar die van leer, van thee, van bittere chocola. Soms wordt het bijna zwart.'

Ze keek me recht in de ogen.

'En je derde wens?'

'Ook mijn derde is geheim.'

'En welke kleur heeft hij?'

Ze zei niets, bladerde door de atlas tot ze kwam bij de afdeling rood. Mijn hart begon zachtjes sneller te kloppen.

Uitgerekend op dat moment hoorden we een langgerekte, hartverscheurende kreet. Natsu zette haar glas neer en stoof naar de kamer van het meisje. Ik rende haar achterna.

Midori lag op haar rug, zonder dek, het kussen op de grond. Ze was opgehouden met krijsen en nu sprak ze hijgend in een onbegrijpelijke taal. Ze trilde. Natsu legde een hand op haar voorhoofd, en zei dat mama bij haar was; het meisje hield niet op met trillen, deed haar ogen niet open, en bleef maar praten.

Voordat ik wist wat ik deed pakte ik de hand van Midori en praatte tegen haar.

'Alles is in orde, kindje. Alles is in orde.'

Het leek wel toveren. Het meisje opende haar ogen, zonder ons te zien, en er gleed een blik van verbazing over haar gezicht. Ze trilde nog één keer, zei nog een paar woorden in die mysterieuze taal, nu op een heel andere, rustige toon. Vervolgens deed ze haar ogen weer dicht en slaakte een laatste diepe zucht, als van verlichting. Alsof de kwaadaardige energie die haar tot dat moment had doen schokken uit haar was gezogen door het contact met mijn hand. Door de klank van mijn stem.

Ik had haar opgevangen tijdens haar val. Ik had haar gered. Ik was de vanger in het graan.

If a body catch a body coming through the rye.

De regel bleef in mijn hoofd hangen, als een toverspreuk. Het begon me te dagen wat er waarschijnlijk was gebeurd: het meisje had mij verwisseld met haar vader en dat had de monsters verjaagd. Natsu en ik keken elkaar aan, en ik realiseerde me dat zij hetzelfde dacht. En ik realiseerde me ook, heel helder en vlijmscherp, dat ik maar uiterst zelden een dergelijk gevoel van volmaakte intimiteit had gehad.

We bleven daar nog een paar minuten zwijgend staan, voor de zekerheid. Het meisje sliep nu, haar gezicht kalm, haar adem regelmatig.

Natsu legde het kussen weer op zijn plaats en stopte haar in. We spraken niet totdat we in de keuken terug waren.

'Ik heb tegen haar gezegd dat haar vader op zakenreis moest. Een heel lange buitenlandse reis, en dat ik niet wist wanneer hij weer terug zou komen. Ik weet niet hoe, maar ze wist alles. Misschien heeft ze me met iemand aan de telefoon horen praten terwijl ik dacht dat ze sliep. Ik weet het niet. Maar op een avond zaten we naar de televisie te kijken, naar een scène in een film waarin politiemannen een roofovervaller achtervolgden en arresteerden. Zonder naar me te kijken vroeg Midori me of ze haar papa ook zo hadden gearresteerd.'

Ze onderbrak zichzelf. Het was duidelijk dat ze het onprettig vond om dat verhaal te vertellen – of het zich weer te herinneren. Ze schonk zich nog een rum in. Toen besefte ze dat ze mij niet had gevraagd of ik er ook een wilde. Dat wilde ik wel, en ik schonk voor mezelf in.

'Natuurlijk heb ik haar gevraagd wat ze in haar hoofd haalde. Haar vader was vertrokken, voor zaken, zei ik. Ze antwoordde dat ze mij niet geloofde, maar ze heeft nooit meer iets gevraagd. Sinds die tijd heeft Midori nachtmerries, minstens twee of drie nachten per week. Het vreselijke is dat ze bijna nooit wakker wordt. Als ze wakker werd, zou ik haar gerust kunnen stellen, tegen haar kunnen praten. Het is alsof ze gevangen blijft in die angstaanjagende wereld. En ik kan er niet bij, ik kan haar niet redden.'

Ik vroeg haar of ze met Midori naar een kinderpsycholoog was geweest. Een stomme vraag, bedacht ik, onmiddellijk nadat ik hem had gesteld. Natuurlijk was ze met haar naar een kinderpsycholoog geweest.

'We gaan er eens in de week naartoe. Langzamerhand zijn we erin geslaagd om haar haar dromen te laten vertellen...'

'Droomt ze dat ze ook jou komen halen?'

Natsu keek me even verbaasd aan. Wat wist ik van wat er in het hoofd van een meisje van zes omging? Ze knikte zwak.

'De psycholoog zegt dat het lang zal duren. Hij zegt dat het fout is geweest om het kind niet onmiddellijk de waarheid te vertellen. Hij zegt dat we haar uiteindelijk zullen moeten vertellen dat haar vader in de gevangenis zit. Tenzij haar vader vóór die tijd vrijkomt. We hebben afgesproken de uitkomst van het beroep af te wachten voordat we definitief besluiten hoe en wanneer.'

Toen ze zei: *de uitkomst van het beroep*, voelde ik een doffe steek onder in mijn maag.

'Het zal niet eenvoudig zijn. Dat snap je natuurlijk wel.'

Ze knikte, terwijl ik me mijn nachtmerries als kind herinnerde. De nachten die ik had doorgebracht met het licht aan, wachtend totdat ik het daglicht door de luiken zag filteren waarna ik eindelijk in slaap durfde te vallen. Andere nachten waarin de angst zo onverdraaglijk was dat ik ze doorbracht op een stoel buiten de deur van de slaapkamer van mijn ouders, gehuld in een deken. Ik was acht, negen jaar. Ik wist heel goed dat ik niet kon vragen of ik bij hen in bed mocht, omdat ik daar te oud voor was. Dus wanneer de nachtmerries mij wakker maakten, stond ik op, nam mijn deken, sleepte een stoel uit de huiskamer naar de deur van hun slaapkamer, rolde me op, trok de deken over me heen en bleef zo liggen tot de ochtendschemering, en ging dan weer terug naar mijn kamertje.

De angst van die nachten kwam weer helemaal bij me boven, en ik voelde hetzelfde pijnlijke, machteloze medelijden voor het kind dat ik toen was en voor het prachtige, ongelukkige meisje van nu.

Al deze dingen zei ik niet tegen Natsu. Dat had ik wel gewild, denk ik, maar ik kon het niet.

Ik stond echter op en zei dat het al heel laat was geworden. Dat ik beter naar huis kon gaan, temeer omdat ik de volgende dag moest werken.

'Wacht even,' zei ze.

Ze verdween weer in de keuken, kwam na een paar seconden terug en gaf me een cd.

'Naar deze cd hebben we vanavond geluisterd. Hij is voor jou.'

Ik hield hem in mijn hand terwijl ik zwijgend de titel weer las en probeerde iets te bedenken om te zeggen. Ten slotte zei ik alleen maar welterusten en glipte weg, snel als een dief, langs de trap van dat rustige appartementencomplex. Tien minuten later zat ik in mijn auto te luisteren naar die cd terwijl ik door de koude, verlaten straat reed die naar mijn huis leidde, dat ook koud en verlaten was.

15

Het telefoontje van Tancredi bereikte me terwijl ik uit de griffie van de rechtbank kwam, na een deprimerende bestudering van een aantal dossiers.

'Carmelo.'

'Waar zit je, Guerrieri?'

'Op Tahiti, met vakantie. Had ik je dat niet gezegd?'

'Pas maar op. Met zulke grappen loop je het risico dat iemand sterft van het lachen.'

Hij zei dat hij me moest zien. Uit zijn toon bleek duidelijk dat het over zaken ging die hij niet van plan was over de telefoon te bespreken, dus stelde ik geen vragen. Hij stelde voor dat we elkaar zouden ontmoeten in een bar in de omgeving van het gerechtsgebouw, en twintig minuten later zaten we achter twee van de smerigste cappuccino's in de regio.

'Heb je de passagierslijst?'

Tancredi knikte. Vervolgens keek hij om zich heen om er zeker van te zijn dat niemand ons in de gaten hield. Niemand kon ons in de gaten houden, want de bar was leeg, afgezien van de dikke dame achter de bar. De vervaardigster van die kostelijke cappuccino's.

'Onder de passagiers die uit Montenegro kwamen is een mijnheer die tamelijk bekend is in bepaalde kringen.'

'Hoe bedoel je?'

'Luca Romanazzi, geboren 1968. Hij komt uit Bari, maar

woont in Rome. Twee keer gearresteerd en berecht wegens connecties met de maffia en handel in verdovende middelen, twee keer vrijgesproken. Burgergezin, vader gemeenteambtenaar, moeder kleuteronderwijzeres. Broers normaal. Een normaal gezin. Hij is het klassieke zwarte schaap. We weten zeker dat hij heeft meegedaan aan een reeks roofovervallen met geblindeerde wagens – dat wordt gezegd door verschillende informanten – en dat hij betrokken is bij illegale handel met Albanië. Drugs en dure auto's. Maar we hebben niets concreets tegen hem in handen. Het is een slimme klootzak.'

'Hij zou die hele drugsoperatie, met die methode, georganiseerd kunnen hebben.'

'Dat is inderdaad mogelijk. Hij zou ook de handlanger van jouw cliënt kunnen zijn, om de waaier van aannemelijke hypotheses wat verder in te vullen.'

'Ik moet zijn gezicht aan Paolicelli laten zien.'

'Natuurlijk.'

'Dat betekent dat ik een foto nodig heb, Carmelo.'

Hij zei niets, keek weer om zich heen, waarbij hij alleen zijn ogen bewoog, en ten slotte haalde hij uit de binnenzak van zijn jack een gele envelop en gaf die aan mij.

'Ik zou je dankbaar zijn als dit onder ons bleef, Guerrieri. En ik zou je ook dankbaar zijn als je de foto, nadat je hem aan je cliënt hebt laten zien, zou verbranden, opeten of wat je maar wilt.'

Ik zat naar hem te luisteren met de envelop in mijn hand.

'En ik zou je ook dankbaar zijn als je hem nu wegborg. Door bijvoorbeeld iets heel ingewikkelds te doen zoals hem in je zak stoppen voordat de hele bar zich realiseert dat inspecteur Tancredi waarschijnlijk vertrouwelijke stukken overhandigt aan een strafpleiter.'

Ik nam niet de moeite om te zeggen dat 'de hele bar' me nogal overdreven leek, aangezien de dame achter de bar slechts gezelschap had gekregen van een oud mannetje dat een dubbele brandy dronk, zonder enige belangstelling voor ons of de rest van de wereld.

Ik bedankte hem en stopte de envelop in mijn zak terwijl Tancredi al opstond om terug te gaan naar het hoofdbureau.

16

Elke baan kent zijn breekpunten, zijn aanwijzingen dat het fout dreigt te gaan. Scheuren in de muur van je geweten die je doen inzien – zouden moeten doen inzien – dat je zou moeten stoppen, veranderen, omkijken naar iets anders. Als dat al mogelijk is. Natuurlijk is dat bijna nooit het geval. En bovendien ontbreekt het je bijna altijd aan de moed om er zelfs maar over na te denken.

Ik herkende veel symptomen van een naderend breekpunt. Een ervan was de misselijkheid die me overviel als ik naar de gevangenis ging. Deze begon als een sluipende onrust terwijl ik nog op kantoor was, ging onderweg door en veranderde in walging als ik bij de controlepost stond terwijl ze mijn naam registreerden, mijn mobiele telefoon innamen, hem wegstopten in een laatje en de eerste van een hele reeks deuren voor mij openden waar ik door moest om de gesprekskamer te bereiken.

Die dag was het gevoel van walging bijzonder sterk, en lichamelijk.

Terwijl ik wachtte totdat ze Paolicelli naar me toe brachten, vroeg ik me af wat ik zou doen als hij die man op de foto herkende. Ik zou teruggaan naar Tancredi en die zou me zeggen dat hij verder niets voor me kon doen. Het weghalen van een foto uit de databank van het rechercheteam was al een hele gunst. Hij kon toch geen onderzoek beginnen – en wat voor onderzoek dan wel – louter en alleen op basis van de veronderstelling dat Luca Romanazzi de auto van Fabio Paolicelli met drugs had volgestopt, rechtstreeks of via derden? Ik zou naar een waarzegger moeten gaan voor dat onderzoek, in plaats van naar een politieman, of een privédetective.

Als Paolicelli de foto niet herkende was alles een stuk eenvoudiger. Ik had mijn best gedaan – dat kon niemand ontkennen – en het enige wat ik nog kon doen was het beperken van de schade. Mijn taak werd opeens veel simpeler. Het hoger beroep was volstrekt hopeloos, dus moesten we onderhandelen over strafvermindering. Geen dilemma – ik was niet meer tegen dilemma's opgewassen, en in deze zaak zelfs minder dan in andere –, geen inspanning, niets te bestuderen. Niets.

Zoals een snel, weerzinwekkend beestje de schone keuken van een huis op het land binnensluipt, zo sloop het idee dat Paolicelli op deze manier een flinke tijd in de gevangenis zou blijven mijn overwegingen binnen.

Een flinke tijd waar ik wel raad mee zou weten.

'Wat is dat?' vroeg hij terwijl ik hem de foto overhandigde.

'Kijk eens naar die foto, en zeg me of u die persoon herkent, of u hem überhaupt ooit hebt gezien.'

Hij keek er lang naar, maar uit de manier waarop hij bijna onmerkbaar zijn hoofd begon te schudden, begreep ik dat mijn onderzoek al voorbij was. De hoofdbeweging werd steeds beslister en ten slotte hief hij zijn blik naar me op en gaf me de foto terug.

'Nooit gezien. En als ik hem heb gezien, ben ik het vergeten. Wie is het?'

Ik was geneigd te antwoorden dat het niet van belang was omdat hij hem toch niet kende. Maar dat deed ik niet.

'Het is een misdadiger, een drugshandelaar van hoog niveau. Daar wordt hij in ieder geval door de politie van verdacht, want in werkelijkheid is het hun nooit gelukt hem ergens op te pakken. Hij was aan boord van dezelfde veerboot als u en de mogelijkheid bestond hem ervan te verdenken dat hij betrokken was bij uw zaak.'

'Waarom zegt u dat de mogelijkheid bestónd? Kan hij er nu niet meer van verdacht worden?'

Het was een intelligente vraag, waarop ik een dom antwoord gaf.

'U heeft hem niet herkend.'

'En wat betekent dat? Ik heb toch niet gezien wie die drugs in mijn auto heeft verstopt. Hoe had ik die man moeten herkennen? Als er een reden is om die man ervan te verdenken dat hij met mijn zaak te maken heeft, wat maakt het dan uit of ik hem herken?'

Zijn antwoord irriteerde me uitermate. Ik moest me inspannen om de impuls te onderdrukken hem nors toe te voegen dat ik de advocaat was en hij de cliënt, ik de professional en hij de gedetineerde. Ik moest me inspannen om hem niet te laten boeten voor het feit dat hij gelijk had.

'Theoretisch is het waar wat u zegt. In die zin dat wij die mijnheer nog steeds kunnen verdenken, maar we hebben geen enkel handvat om die verdenking in te brengen tijdens het proces als u hem niet herkent. Als u niet kunt zeggen dat u dit individu bijvoorbeeld heeft zien rommelen in de buurt van uw auto. Of dat dit individu een ongewone belangstelling voor u had, voor wanneer u weer zou teruggaan...'

Ik hield opeens op omdat ik me realiseerde dat wat ik zei opgevat zou kunnen worden als een suggestie. Alsof ik suggereerde dat er, áls hij deze dingen zei – of ze nu waar waren of niet – een sprankje hoop was. Het leek een aansporing om een vals verhaal te verzinnen, om te doen alsof hij hem had herkend.

'Kortom, u heeft hem niet gezien, u kent deze man niet, en ik kan niet naar het Hof van Beroep gaan en zeggen: spreek de heer Paolicelli vrij want een man die er door de politie van *verdacht* wordt een misdadiger en een drugshandelaar te zijn reisde aan boord van dezelfde veerboot als hij.'

'En wat zou het voor verschil maken als ik hem wel had herkend?'

Ik schudde mijn hoofd. Hij had weer gelijk. Dat zou geen enkel verschil maken, en ik realiseerde me hoe stom, amateuristisch en kinderlijk het idee was geweest om me aan dat soort onderzoek te wagen zonder te weten welke richting ik uit ging. Een oude sergeant-majoor van de carabinieri heeft eens tegen me gezegd dat het geheim van het succes van een onderzoek bestaat uit het weten wat precies je doel is. Als je maar op goed geluk doorgaat, bereik je geen enkel resultaat en kun je ook schade aanrichten.

Ik voelde me heel moe.

'Dat weet ik niet. Het was een poging. Als u die vent had herkend, was dat een interessant aanknopingspunt geweest om op door te gaan. Ik weet niet precies hoe we erop door hadden kunnen gaan, maar op deze manier zie ik geen perspectieven.'

'Laat de foto aan mijn vrouw zien. Misschien is haar een detail opgevallen dat aan mij ontsnapt is.'

Weer heeft hij gelijk. In theorie.

Ik zou de foto aan Natsu laten zien, maar, zonder te weten waarom, was ik er zeker van dat ze hem niet zou herkennen. Ik was er zeker van dat het allemaal op niets zou uitdraaien en dat het met Paolicelli slecht zou aflopen.

Terwijl ik dat alles helder zag, voelde ik me als iemand die vanaf een veilige plek toeziet hoe iemand verdrinkt. Iemand die veinst, ook tegenover zichzelf, dat hij het erg vindt wat er gebeurt.

Maar dat is niet waar. In feite is hij opgetogen. Weerzinwekkend opgetogen.

Terwijl ik de gevangenis verliet zei ik tegen mezelf dat ik vroeg of laat een eerlijke baan zou moeten vinden.

17

De volgende dag kwam Natsu op kantoor en, zoals ik al had verwacht, herkende ze de man op de foto niet. Ze pakte hem op, vroeg me wie die persoon was, keek er aandachtig en langdurig naar. Zo langdurig dat ik op een bepaald moment dacht dat ze hem tegen alle verwachtingen in toch had herkend. Juist toen deze gedachte bij me opkwam, gaf ze me de foto terug, kneep haar lippen op elkaar en schudde van nee.

Beiden zwegen we. Het leek of zij met haar blik naar iets zocht op een onbestemde plek links boven haar. Toen veranderde haar blik volledig van richting, hij verplaatste zich naar rechts beneden, en het leek alsof ze een gesprek voerde met zichzelf. Ze lette niet op mij en zo kon ik haar een hele tijd observeren terwijl ik genoot van haar gelaatstrekken en haar hazelnootbruine ogen, en vaag aan vele dingen dacht. Te veel.

'Er is zeker niets aan te doen, hè?' Ze zei dit op een vreemde toon. Het was onduidelijk of het berusting was, kalme wanhoop, of iets anders. Ik bespeurde een onbewuste ondertoon van verwachting.

Ik haalde mijn schouders op en schudde mijn hoofd.

'Dat weet ik niet. Dit was een poging waard. Ik kan niets anders bedenken dat zin heeft.'

'Wat nu?'

'Laten we nu de zitting van het Hof van Beroep maar

afwachten, in de hoop dat we een goede inval krijgen of dat er iets gebeurt.'

'Wat niet zal gebeuren.'

'Als er niets nieuws gebeurt, dan is onderhandelen over strafvermindering het enige zinnige wat we kunnen doen. Zoals ik al tegen je heb gezegd. Zoals ik ook al tegen hem heb gezegd.'

'In andere woorden, hij krijgt strafvermindering en blijft in de gevangenis.'

'Theoretisch gesproken zouden we na het opleggen van strafvermindering kunnen proberen huisarrest aan te vragen. Hoewel...'

Ik liet de zin in de lucht hangen en even daarna besefte ik waarom. Het idee dat hij thuis zou komen, zelfs onder huisarrest, was voor mij, tot mijn schande, onverdraaglijk, onvoorstelbaar.

'Hoewel?' Haar vraag baande zich een weg door mijn gedachten en mijn schaamte.

'Niets. Een technische kwestie. Na de strafvermindering kunnen we proberen huisarrest aan te vragen. Daar moeten we ons niet al te veel van voorstellen, omdat het om een grote hoeveelheid drugs gaat. Maar we kunnen het proberen.'

'En als ze hem geen huisarrest geven, hoe lang blijft hij dan opgesloten?'

Weer kreeg ik dat vreemde gevoel. Het gevoel dat het me niet lukte om de ware reden van die vraag te achterhalen. Wilde ze weten hoe lang ze van haar man gescheiden zou blijven, of wilde ze weten over hoeveel tijd ze kon beschikken.

Over hoeveel tijd wíj konden beschikken.

Vroeg ze zich dat echt af of projecteerde ik het op haar?

Want ík stelde me die vraag wel degelijk. Nu zie ik dat helder; destijds was ik me er vaag van bewust. Maar toch helder genoeg om een mengeling van schaamte en verlangen te voelen.

Verlangen naar haar – Natsu – en naar haar dochtertje. Naar het gezin dat ik niet had. Het gezin van een man die in de gevangenis zat, een man die ik zou moeten beschermen en verdedigen.

Het verlangen van een dief.

'Dat is nu moeilijk te zeggen. Pas nadat het vonnis definitief is geworden, is het mogelijk gunsten te ontvangen: bepaalde aftrek, strafvermindering vanwege goed gedrag, gedeeltelijke bewegingsvrijheid. Allemaal zaken die van vele factoren afhankelijk zijn.'

Pauze.

'Op een paar jaar moet je zeker rekenen, zelfs bij de meest optimistische voorstelling van zaken.'

Ze zei niets en ik kon geen hoogte krijgen van haar uitdrukking, terwijl ik naar woorden zocht om haar te zeggen dat we elkaar weer zouden kunnen zien. Buiten kantoor. Zoals die avond. Een ritje maken, wat naar muziek luisteren, praten. Andere dingen.

Het verlangen van een dief.

Maar ik kon die woorden niet vinden en het gesprek, en de ontmoeting, eindigde met mijn hypocriete zinnen over de meest optimistische voorstelling van zaken.

Toen Natsu wegging, zei ik tegen Maria Teresa dat ik een halfuur de telefoon niet wilde beantwoorden en al helemaal geen cliënt wilde ontvangen die toevallig langskwam, zoals wel eens gebeurde, zonder afspraak.

Toen ging ik weer op mijn plaats zitten, nam mijn hoofd in mijn handen en besefte dat ik was overgeleverd aan woelige baren.

18

Toen ik het kantoor afsloot, was Maria Teresa al een aardig tijdje weg.

Ik kwam thuis, nam een ijsje uit de koelkast, at het op, oefende vervolgens een halfuur op de stootzak, deed opdrukoefeningen tot mijn armen het niet meer hielden, en kroop toen onder de douche.

Ik vroeg me af waar Margherita op dat moment was, en wat ze aan het doen was; maar ik kon me haar niet voorstellen. Waarschijnlijk wilde ik dat niet.

Ik kleedde me aan en ging naar buiten. Alleen en zonder doel, zoals steeds vaker gebeurde.

Ik voelde de opwelling om Natsu te bellen, en haar te vragen of ze wilde dat ik haar kwam opzoeken.

Ik deed het niet. In plaats daarvan ging ik rondwandelen in de door een koude wind geteisterde stad.

Ik had vreemde, onaangename voorgevoelens. Misschien ging er weer hetzelfde met me gebeuren als toen Sara me had verlaten: slapeloosheid, depressie, paniekaanvallen. Het idee was verontrustend, maar nauwelijks was het bij me opgekomen of ik realiseerde me dat deze dingen niet zouden gebeuren.

Ik was onderhand een permanent onaangepast persoon geworden. Ik had mezelf verzekerd van een permanent, middelmatig ongeluk, zei ik tegen mezelf. Door te kiezen voor permanente onvrede en beschamende verlangens had ik mezelf immuun gemaakt voor verterend ongeluk. Vervolgens vond ik dit banale, pathetische overpeinzingen van iemand die medelijden had met zichzelf. En ik heb altijd een afschuw gehad van mensen die medelijden hebben met zichzelf.

Daarom besloot ik een paar boeken te gaan kopen.

Op dat uur – het was elf uur – zou ik nog maar één plek open vinden waar ik boeken kon kopen en ook nog een praatje maken. De Osteria del Cafellatte, die ondanks zijn naam een boekwinkel is.

Hij gaat 's avonds om tien uur open en sluit 's morgens om zes uur. De eigenaar, Ottavio, is een oud-leraar van het lyceum die lijdt aan chronische slapeloosheid. Hij had zijn werk als leraar consequent verafschuwd, alle jaren dat hij gedwongen was het te doen. Toen had een oude tante, zonder kinderen of verdere verwanten, hem geld nagelaten en een klein gebouw in het hart van de stad. Begane grond en twee appartementen, boven elkaar. De kans van zijn leven die hij aangreep zonder enige aarzeling. Hij was op de tweede verdieping gaan wonen. Van de begane grond en de eerste verdieping had hij een boekwinkel gemaakt. Aangezien hij 's nachts niet kon slapen had hij die openingstijden bedacht. Absurd, was het commentaar van velen geweest, maar het had wel gewerkt.

Er zijn altijd mensen in de Osteria del Cafellatte. Niet veel, maar wel altijd. Veel vreemde types natuurlijk, maar vooral ook gewone mensen. Die dan weer het vreemdst van allemaal zijn als je bedenkt dat ze om vier uur 's morgens boeken gaan kopen.

Er zijn drie tafeltjes en een klein barretje. Als je wilt, kun je iets drinken of een stuk van een van de taarten eten die Ottavio 's middags bakt, voordat hij opengaat. 's Morgens vroeg kun je ontbijten met dezelfde taart en caffè latte. Als je je in de boekwinkel bevindt op sluitingstijd, geeft hij je de overgebleven taart mee, zegt tot morgen, sluit af en rookt dan voor de ingang zijn enige sigaret van die dag. Dan maakt hij een wandeling door de stad die weer tot leven komt en als de anderen beginnen te werken gaat hij slapen, omdat hem dat overdag wel lukt.

In de boekwinkel waren drie meisjes die elkaar iets grappigs aan het vertellen waren. Ik merkte dat ze af en toe naar mij keken, en dan nog harder begonnen te lachen. Zie je wel, dacht ik. Mijn tijd is voorbij. Ik ben een belachelijke man. Of liever gezegd, ik ben terminaal paranoïde.

De eigenaar zat aan een van de tafeltjes bij het piepkleine barretje te lezen. Toen hij mij zag binnenkomen, zwaaide hij even en ging weer door met lezen. Ik begon rond te lopen tussen de tafels en de boekenplanken.

Ik pakte *De man zonder eigenschappen* op, bladerde erin, las een paar bladzijden, en legde het weer op zijn plaats. Dat doe ik nu al jaren. Eigenlijk altijd. Met Musil en vooral met *Ulysses* van Joyce.

Iedere keer confronteer ik mezelf met mijn onwetendheid en zeg ik tegen mezelf dat ik die boeken zou moeten lezen. En iedere keer kan ik me er niet eens toe brengen om ze te kopen.

Ik denk dat ik nooit uit de eerste hand kennis zal nemen van de avonturen – als je dat al kunt zeggen – van Stephen Dedalus, Leopold Bloom en Ulrich. Ik heb me erbij neergelegd, maar in boekwinkels blijf ik in die romans bladeren, zomaar, als een soort ritueel van de onvolmaaktheid. De mijne.

Terwijl ik doorging met rondsnuffelen werd mijn aandacht getrokken door een mooi omslag met een prachtige titel: *Nights in the Gardens of Brooklyn*. Ik kende noch de auteur – Harvey Swados – noch de uitgever – Bookever. Ik las een paar regels van de introductie van Grace Paley, raakte overtuigd en besloot het te kopen.

Er kwam een jonge politieagent binnen. Hij liep op Ottavio af en zei iets tegen hem. Buiten stond, dubbel geparkeerd, een politiewagen op hem te wachten.

Mijn oog viel op een boek getiteld *Niets gebeurt bij toeval*. Ik besloot dat het op mijn geval sloeg – wat mijn geval dan ook was – en nam dat boek erbij. De politieagent verliet de zaak met een boek in een tasje zoals je dat alleen maar in de boekhandel van Ottavio kunt vinden. Op de ene kant een afbeelding van een dampende kop caffè latte, blauw en zonder oren, en de naam van de boekwinkel. Op de andere kant, gedrukt op het plastic, een bladzij uit een roman, een gedicht, een citaat van een wijze. Dingen die de boekhandelaar mooi vindt en die hij zijn nachtelijke clientèle wil aanraden.

Ik voelde me al een stuk beter. Boekwinkels hebben op mij het effect van tranquillizers en antidepressiva. De meisjes waren vertrokken zonder dat ik het had gemerkt. Nu waren we alleen, Ottavio en ik. Ik liep naar hem toe.

'Hallo, Guido. Hoe gaat het me je?'

'Met mij gaat het prima. Wat heeft die politieagent gekocht?'

'Dat geloof je niet.'

'Zeg het maar.'

'*Ononderbroken poëzie.*'

'Van Eluard?' vroeg ik stomverbaasd.

'Ja. Jij bent waarschijnlijk een van de drie advocaten in de wereld die dat boek kennen. En hij de enige politieagent.'

'Die zal het niet ver schoppen.'

'Dat denk ik ook niet. Wat heb jij daar?'

Ik liet hem de boeken zien die ik had uitgekozen en kreeg zijn goedkeuring. Vooral voor Swados.

'En wat ben jij aan het lezen?'

Het boek dat hij in zijn hand hield was klein, met een

crèmekleurig omslag, van weer een mij onbekende uitgever: Botanische Edities.

Hij overhandigde het me. De titel was: *De manumissie van woorden*, met als ondertitel: *Aantekeningen voor een seminar over schrijven*. Geen auteursnaam op het omslag.

Ik bladerde erin en las een paar zinnen.

Onze woorden zijn vaak verstoken van betekenis. Dit gebeurt omdat we ze hebben versleten, uitgeput, uitgehold door buitensporig en vooral gedachteloos gebruik. We hebben er lege hulzen van gemaakt. Om verhalen te vertellen moeten we onze woorden nieuw leven inblazen. We moeten ze betekenis, substantie, kleur, klank en geur teruggeven. En om dat te doen moeten we ze in stukken breken en ze opnieuw opbouwen.

In onze seminars noemen wij dit proces van breken en opbouwen 'manumissie'. Het woord 'manumissie' heeft twee, ogenschijnlijk zeer verschillende, betekenissen. De eerste betekenis is synoniem met aantasting, schending, beschadiging. De tweede betekenis, die rechtstreeks afkomstig is uit het oude Romeinse recht (manumissie was de ceremonie waarmee een slaaf werd vrijgelaten), is synoniem met bevrijding, verlossing, emancipatie.

De manumissie van woorden omvat beide betekenissen. We breken de woorden in stukken (aantasting, schending) en bouwen ze dan weer op (verlossing, in de zin dat we ze bevrijden van de boeien van verbale conventies en betekenisloosheid).

Pas na de manumissie kunnen we onze woorden gebruiken om verhalen te vertellen.

'Heb je alleen dit exemplaar?'

'Ja, maar je mag het meenemen als je wilt. Waarom ben je erin geïnteresseerd?'

Ja, waarom was ik erin geïnteresseerd?

Onlangs heb ik weer eens uiting gegeven aan een oude wens van me, en een vriendin heeft me verzekerd dat hij in vervulling zal gaan. Mijn wens is om schrijver te worden, en toen ik dit boek zag, bedacht ik dat ik de materie wat zou kunnen gaan bestuderen. Gewoon om de taak te verlichten van wensinstanties als wonderlampen, klavertjes vier, en vallende sterren.

Ik fantaseerde wat door over deze zinnen en andere dingen. Zonder de vraag van Ottavio te beantwoorden. Hij liet me met rust en begon pas te praten toen hij er zeker van was dat ik weer bij de les was.

'Je bent niet zo dol op je werk, hè?'

Ik produceerde een soort grijnslach. Inderdaad, ik was niet dol op mijn werk.

'En als je zou kunnen veranderen, wat zou je dan willen doen?'

Het begint epidemische vormen aan te nemen, dit vragen naar mijn wensen. Zeg het maar, jullie hebben dit met elkaar afgesproken.

'Ik zou willen schrijven. Ik houd het meest van boeken. Ik hou ervan om ze te lezen en ik zou ze willen schrijven, als ik kon. In werkelijkheid weet ik niet of ik het kan, omdat ik nooit de moed heb gehad het te proberen.'

Ottavio knikte, en liet het daarbij. Ik houd van mensen die geen dom commentaar geven. En soms is gewoon zwijgen de beste manier om geen dom commentaar te geven.

'Wil je iets drinken?'

'Ja.'

'Rum?'

'Oké.'

Hij pakte een fles van het barretje en schonk twee dubbele rum in. We dronken en we kletsten een tijdje, over van alles en nog wat. Af en toe kwamen er mensen binnen. Sommigen kochten een boek, anderen keken alleen maar wat rond.

Een man van tegen de vijftig, gekleed in een colbert, stropdas en overjas, liet een exemplaar van *De trilogie van de stad K.* in zijn broek glijden, knoopte zijn overjas dicht en begaf zich naar de uitgang. Ottavio had het in de gaten, vroeg me hem even te excuseren en haalde de man in bij de deur.

Hij zei dat hij graag boeken weg zou geven maar dat dat helaas niet mogelijk was. Hij kwam er niet onderuit mensen ervoor te laten betalen. Hij zei het zonder een zweem van sarcasme. De man stamelde een paar woorden, in de trant van: ik weet echt niet waar u het over heeft. Op de geduldige toon van iemand die hetzelfde verhaal al vele malen heeft afgestoken, zei Ottavio dat er twee mogelijkheden waren. Of de man betaalde voor het boek en nam het mee – hij zou dan zelfs korting krijgen – of hij kon het in de kast terugzetten en naar huis gaan om te slapen, alsof er niets was gebeurd, en terugkomen wanneer hij maar wilde. De man zei toen oké, hij wilde het boek kopen. En in een buitengewone, onwezenlijke sequens liep hij naar de kassa, haalde het boek uit zijn onderbroek, betaalde – kreeg korting –, nam zijn mooie tasje in ontvangst, wenste iedereen een goede avond en vertrok.

'Er zijn mensen die zich nergens voor schamen,' zei ik.

'Je hebt geen idee hoeveel. Ik kan echter niet kwaad worden op mensen die proberen boeken te stelen. Ik heb er zelf ook zoveel gestolen. En jij?'

Ik zei dat ik nooit een boek had gestolen. Niet echt gestolen. Maar ik had er wel veel gelezen in de boekwinkel, zonder ze te kopen. Niet in zijn winkel, voegde ik er snel aan toe.

Toen keek ik op mijn horloge en besefte hoe laat het al was, gezien het feit dat ik de volgende ochtend een zitting had. Ik vroeg hoeveel ik hem verschuldigd was, voor de boeken en de rum.

'De drank is voor mijn rekening. Voor de boeken moet je echter betalen omdat ik ze, zoals ik al tegen die mijnheer zei, echt niet kan weggeven.'

19

Ik was nog maar net op kantoor aangekomen toen Maria Teresa een telefoongesprek met Colaianni aan mij doorgaf.

Zonder veel omhaal zei hij dat hij me moest spreken, maar bij voorkeur in levenden lijve.

Gewoonlijk zou ik na zo'n opmerking een grap hebben gemaakt over de obsessie van magistraten dat ze afgeluisterd worden, maar er was iets in zijn stem dat mij weerhield. Dus vroeg ik alleen maar hoe we dat konden regelen, elkaar zien in levenden lijve, aangezien hij in Rome zat en ik in Bari. Hij zei dat hij over twee dagen naar Foggia zou gaan, om een gedetineerde in de gevangenis te ondervragen. Als ik daarheen zou kunnen komen als hij klaar was, konden we samen een hapje eten en praten. Oké, tot overmorgen. Dag, tot overmorgen.

Na de telefoon neergelegd te hebben werd ik overvallen door een vreemde euforie. Na al die jaren raadsman te zijn geweest had ik voor het eerst het gevoel dat rechercheurs moeten hebben als een onderzoek resultaat oplevert. Want er was geen twijfel aan dat Colaianni informatie over advocaat Macrì voor me had. Belangrijke informatie.

Mijn eerste impuls was om Natsu te bellen.

Hoi Natsu, ik bel je om te zeggen dat er nieuws is. Wat voor nieuws? Dat weet ik eerlijk gezegd nog niet, maar dat hoor ik over twee dagen in Foggia. Wat doe je trouwens vanavond?

Het gezanik in mijn hoofd werd gelukkig onderbroken door Maria Teresa die even naar binnen keek en zei dat de dames Pappalepore waren gearriveerd. Ze hadden de dag ervoor gebeld en een afspraak gemaakt. Ik zei dat ze binnen konden komen maar op het moment dat ze over de drempel stapten begon in mijn hoofd het lampje 'Pas op, problemen' koortsachtig te flikkeren.

De jongste was een voormalig meisje van omstreeks de vijftig, met een belachelijke rode bril, kleren uit de jaren zeventig, knalrode lippenstift en geel haar. De andere was een bejaarde dame, met dezelfde lippenstift, en brillenglazen zo dik als de onderkant van een Coca-Cola-flesje.

Ik nodigde hen uit om plaats te nemen, de jongste hielp de oude dame bij het gaan zitten, vervolgens ging ze zelf ook zitten en glimlachte naar mij met een verontrustende uitdrukking.

'Hoe kan ik u van dienst zijn?' zei ik met een minzame, enigszins stompzinnige glimlach.

'Wie is die jongeman?' zei de oude vrouw alsof ik er niet was, terwijl ze in de richting van de andere vrouw keek.

'Hij is de advocaat, moeder. Weet je nog dat we hier gekomen zijn om een aanklacht in te dienen?'

'Maar is hij de neef van Raffaele?'

'Nee, moeder, de neef van Raffaele is al tien jaar dood.'

'O...' Ze leek te kalmeren. Er volgden een paar seconden stilte en ik begon ongerust te worden.

'Dus...?' Dezelfde stompzinnige glimlach als daarvoor.

'Advocaat Guerrini, wij willen een aanklacht indienen, vanwege iets ernstigs.'

Ik onderdrukte de impuls om een zinloze correctie aan te brengen. Dat ik Guerrieri heette en niet Guerrini.

'Er is een complot gaande in ons flatgebouw.'

Fantastisch, ik ben stapel op complotten. Op deze twee zottinnen zat ik vandaag net te wachten.

'Wie is die jongeman?' zei de oude vrouw terwijl ze nu resoluut in de lege ruimte keek.

'Advocaat Guerrini, moeder. Voor de aanklacht, weet je nog?'

'Is hij getrouwd?'

'Dat weet ik niet, moeder. Dat zijn zijn zaken. Wil je een snoepje?'

De oude vrouw zei ja en de jongere vrouw haalde een zakje van een banketbakker uit haar tas. Ze pakte er een snoepje uit, haalde er het papiertje vanaf en deed het in haar moeders mond. Vervolgens vroeg ze of ik er ook een wilde. Ik glimlachte weer, met op elkaar geklemde lippen, en zei nee, dank u.

'Er zijn zeer ernstige dingen aan de hand, advocaat Guerrini. De mensen in ons flatgebouw spannen samen om ons te vernietigen. Het is een soort... hoe noemen jullie dat?'

Hoe noemen wij wat?

'...een soort criminele organisatie.'

Ja natuurlijk, een criminele organisatie. Waarom kwam ík daar niet op.

'Ze vallen ons iedere dag aan en nu hebben we besloten een aanklacht in te dienen.'

'Maar is die jongeman de zoon van Marietta?'

'Nee, moeder, de zoon van Marietta woont in Busto Arsizio. Dit is de advocaat.'

'Van wie is hij de zoon?'

'Dat weet ik niet, moeder. Hij is de advocaat, we zijn hier voor de aanklacht.'

Op dat moment besloot de oude vrouw onverwachts om zich tot mij te wenden.

'Jongeman, bent u de neef van mevrouw Marzulli?'

'Nee, mevrouw,' antwoordde ik beleefd.

'Hij is advocaat, moeder. De neef van mevrouw Marzulli is verpleger.'

'Advocaat. En nog zo jong. Maar hij is toch niet de neef van...'

Van Raffaele? Nee, mevrouw, ik ben niet de zoon van Marietta, die blijkbaar in Busto Arsizio woont; ik ben niet de neef van mevrouw Marzulli, klaarblijkelijk verpleger; en ook niet de neef van Raffaele die misschien wel advocaat was, maar hij is nu dood. En nu zou ik graag van jullie af willen om wat te gaan werken, maar ik besef dat dat geen reële mogelijkheid is.

Dat zei ik niet. In werkelijkheid zei ik niets, omdat ik zag dat de oude vrouw was begonnen langzaam zwaaiend naar links over te hellen waarbij ze op de leuning van de stoel steunde. Even leek het alsof ze zou vallen, een hart-aanval of iets dergelijks. Ik zag alle problemen al voor me om het lijk weg te krijgen en ik zei tegen mezelf dat die middag mij geen geluk bracht.

Maar die vrouw ging helemaal niet dood. Na zo'n dertig seconden heen en weer gezwaaid te hebben, bijna hypno-tisch, trok ze haar rok recht en bleef weer roerloos zitten.

De andere vrouw ging intussen gewoon door met haar verhaal over de criminele organisatie die zich had genes-teld in dat flatgebouw in de Via Pasubio.

De intimiderende acties van de criminele bende beston-den uit het negeren van de regels bij het ophangen van de was, het illegaal in bezit hebben van stereo-installaties, on-kuise daden van de landmeter Fumarulo die alleen woon-de en vrouwen mee naar huis nam, ook 's avonds. Toen ze hem op een avond was tegengekomen in de lift had ze hem gezegd dat hij daarmee op moest houden. De man – geef hem eens ongelijk – had gezegd dat ze niet aan zijn kop moest zeiken. Zij had vinnig geantwoord dat hij heel goed op zijn woorden moest passen, en dat ze hem zou aanklagen, net als al die anderen.

'En dus hebben wij, moeder en ik, besloten om een aanklacht in te dienen tegen alle bewoners van het gebouw. En vervolgens – hierbij leunde ze enigszins naar mij toe over het bureau, met een sluwe blik van verstandhouding – delen wij het geld van de schadevergoeding met u, advocaat, fiftyfifty.'

Mijn brein was koortsachtig bezig een uitweg te zoeken, maar slaagde daar niet in. Intussen was de oude vrouw weer wakker geworden.

'Maar bent u de tandarts?'

'Nee, mevrouw, ik ben niet de tandarts.'

'...want ik heb hier een abces...' En ze opende haar mond en stak er een vinger in zodat ik het abces en de hele rest goed kon zien.

'Hij is de tandarts niet, moeder. Hij is de advocaat. Wil je nog een snoepje?'

Het duurde nog minstens een halfuur waarin de oude vrouw me nog vier à vijf keer vroeg of ik de zoon van Marietta of de neef van mevrouw Marzulli was. En vooral of ik getrouwd was.

Steeds wanneer ze me deze laatste vraag stelde, knipoogde ze sluw naar haar dochter.

Eindelijk kreeg ik een geniale inval.

Ik zei dat ik de aanklacht graag voor hen zou voorbereiden. Het was inderdaad een schandaal wat er in hun gebouw gebeurde. Er moest zo snel mogelijk opgetreden worden, en dat gingen we ook doen. Er was alleen één kleine formaliteit. Om een aanklacht in te kunnen dienen moest er een voorschot op tafel komen van – ik vroeg me af hoe hoog een echt afschrikwekkend bedrag moest zijn – laten we zeggen vijfduizend euro. Zo stond het helaas in de wet, loog ik. Ik verzocht dus de jonge mevrouw Pappalepore mij deze vijfduizend ter hand te stellen om de procedure te kunnen starten. Het liefst in contanten, maar een cheque was ook goed. Ik moest het geld echter wel onmiddellijk hebben.

De dochter deed ontwijkend. Helaas had ze haar cheque-boekje niet bij zich en natuurlijk ook niet zo veel contant geld. Ik zei dat ze me het zo snel mogelijk moest brengen, morgen, of uiterlijk overmorgen. Terwijl ik dat zei probeerde ik over te komen als een op geld beluste oplichter. Iemand bij wie je zo snel mogelijk weg moest, en met wie je nooit meer iets te maken moest hebben.

'Zullen we een afspraak maken voor morgen?' zei ik met een gretige uitdrukking op mijn gezicht.

'Ik bel u nog, morgen of overmorgen.' Nu was ze ongerust. Ze was in handen gevallen van een gewetenloze opportunist en wilde zo snel mogelijk weg.

'Oké, maar denk erom, niet later dan overmorgen.'

Ze verzekerde me dat het absoluut niet later zou worden dan overmorgen. En nu moest ik haar verontschuldigen, ze moest er snel vandoor, ook om haar moeders incontinentieluier te verschonen.

In dat geval wilde ik haar verder niet ophouden. Goedemiddag, u ook goedemiddag, mevrouw.

Nee, ik ben niet de zoon van Marietta en ook niet de neef van mevrouw Marzulli.

En godzijdank ben ik uw tandarts niet.

20

Het was die ochtend ijskoud in Foggia en het was dus een aangename gewaarwording om het warme restaurant vol heerlijke geuren binnen te komen. Colaianni was er al, hij zat aan een tafel met twee louche types: zijn politiebewaking.

We omhelsden elkaar, we wisselden de gebruikelijke beleefdheden uit die je mag verwachten van studiegenoten op leeftijd. De twee bewakers stonden op, zonder een woord te zeggen, en gingen aan een andere tafel zitten, vlak bij de ingang van de zaak.

'Hoe lang ben je nu al in Rome?'

'Te lang. Ik heb er mijn buik meer dan vol van. En in het bijzonder heb ik mijn buik vol van de strijd tegen de maffia. We blijven maar drugshandelaars en dealers arresteren, we geven honderdduizenden euro's uit aan het aftappen van telefoons, we blijven maar spijtoptanten, of pseudospijtoptanten, verhoren, en er verandert helemaal niets. Ik zou een eerlijke baan moeten zoeken.'

Kijk, dacht ik. Precies hetzelfde als wat ik een paar dagen geleden tegen mezelf zei toen ik uit de gevangenis kwam. Daar zaten we dan, de beste vertegenwoordigers van een generatie op het hoogtepunt van hun professionele succes.

Ik zei niets van dat alles en hij ging door. Zijn aanvankelijk schertsende toon had opeens een bittere klank gekregen die ik niet verwacht zou hebben van Andrea Colaianni.

In tegenstelling tot mij was hij iemand die altijd hartstochten en vooral zekerheden had gekend. Zoals bijvoorbeeld de overtuiging dat je de wereld kon veranderen vanuit het kantoor van een Openbaar Ministerie. Het leven is echter iets ingewikkelder.

'Ik voel me steeds ongemakkelijker in deze baan. Weet je nog hoe ik was direct na de sollicitatieprocedure?'

Dat herinnerde ik me heel goed. Toen hij werd uitgekozen voor die baan, zagen we elkaar elke dag. Op zijn vijfentwintigste had hij reeds het doel van zijn leven bereikt. Werken als magistraat. Ik was echter nog een jochie dat maar wat aanklooide en dat nog een heel tijdje zou blijven doen.

'Ik popelde om te beginnen. Ik popelde om officier van justitie te worden. Ik stond klaar om de dingen te veranderen. Om recht te doen.'

Hij keek me in de ogen.

'Grote woorden, hè?'

'Hoe ging dat lied van De Gregori ook alweer? *Je was op zoek naar recht, en je vond de wet.*'

'Precies. Toen ik begon voelde ik me als een wraakengel. Nu – het is niet te geloven – voel ik me misselijk iedere keer als ik iemand moet arresteren. Een paar dagen geleden kwam ik in de gangen van het gerechtsgebouw een gedetineerde in de handboeien tegen, begeleid door een gevangenbewaarder. Het was een mijnheer van een jaar of zestig, die eruitzag als een, wat zal ik zeggen, als een handelaar in kantoorbenodigdheden, als een kruidenier. Ik heb honderden mensen in de handboeien gezien. Allerlei soorten mensen. Angstige, arrogante, verwarde, onverschillige. Van alles, en ik zou eraan gewend moeten zijn. Hij zou geen enkele indruk op me moeten maken. De gevangenbewaarder liep voorop en de man kwam achter hem aan. Op een bepaald moment vertraagde de geboeide man zijn pas, of misschien kon hij hem niet bijhouden. Ik weet het niet. Hoe dan ook, de agent gaf een ruk aan de ketting, zoals je doet bij een hond die je uitlaat en die te lang aan iets blijft snuffelen. Het duurde maar heel even, omdat de man gelijk sneller ging lopen en hem weer inhaalde. Ik bleef in de gang naar ze staan kijken terwijl ze wegliepen. Mijn maag draaide om. Ook dat duurde heel even, en toen de jongens van de escorte zich al begonnen af te vragen of er iets aan de hand was, ben ik doorgelopen. Jij zal dat misschien kunnen begrijpen.'

Ik begreep heel goed wat hij zei. Hij maakte een gebaar dat ik verscheidene malen had gezien de laatste weken. Hij wreef met zijn hand hard over zijn gezicht, alsof hij probeerde iets kleverigs en onaangenaams te verwijderen. Het lukte hem niet. Het lukt niemand.

'Als het mogelijk was, zou ik van baan veranderen. Het is natuurlijk niet mogelijk en overigens is mijn lot bezegeld. Over een paar jaar kan ik overplaatsing aanvragen naar het OM van het Hof van Beroep, waar ik geen reet meer zal hoeven uitvoeren. Dan ga ik leren golfen, neem een minnares – zullen we zeggen een jonge secretaresse? – en ga dan vrolijk door tot het einde.'

'Hé, hé, kalm aan. Wat is er met je aan de hand?' Een stompzinnige vraag. Ik wist heel goed wat er met hem aan de hand was.

'Niets. Een midlifecrisis, denk ik. Heb jij die al gehad? Ze zeggen dat het weer overgaat.'

Had ik de mijne al gehad? Ja, die had ik gehad en ik wist niet of het echt overging. Maar vergeleken bij hem had ik een voordeel. Mijn hele leven had ik me nooit ergens op mijn plaats gevoeld en dus was ik er meer aan gewend. Voor iemand met zijn zekerheden moest het veel zwaarder zijn.

'Oké. Het zal me allemaal aan me reet roesten.'

Op dat moment kwam de ober achter me staan. We bestelden buffelmozzarella, gegrild vlees en wijn uit Lucera.

'Ik heb bij een paar collega's geïnformeerd naar die advocaat Macrì, maar niemand kent hem. Ik heb het ook gevraagd aan een paar bevriende advocaten, maar ook die kennen hem niet. Dat is op zichzelf niet uitzonderlijk in een stad als Rome. Maar helemaal normaal is het ook niet.'

Nee, dacht ik, dat is niet normaal. De wereld van advocaten en magistraten die zich bezighouden met strafzaken, is een kleine gemeenschap, ook in een grote stad als Rome. Het is een dorpje waar iedereen elkaar kent. Als je in dat dorpje woont en niemand heeft ooit van je gehoord, dan is er iets mis. Dan wil dat zeggen dat je weinig of geen werk hebt. En als dat zo is, hoe kom je dan aan geld om te leven?

'Toen ben ik maar eens een onderzoekje gaan doen in onze databank. Die bevat de stukken van alle onderzoeken en processen, die verband houden met de maffia en georganiseerde misdaad, van de afgelopen tien jaar. In heel Italië. Ik zei tegen mezelf: als deze Macrì iemand heeft verdedigd in een dergelijk proces, zal ik hem vinden, en dan krijgen we een idee van wat er speelt.'

'Heb je hem gevonden?'

De ober verscheen met de wijn en schonk onze glazen weer vol. Colaianni dronk het zijne leeg, op een manier die me niet beviel. En het beviel me ook niet dat hij het onmiddellijk weer vulde. Hij keek me recht in de ogen.

'Natuurlijk heeft dit gesprek nooit plaatsgevonden.'

'Ik ben zelfs nooit naar Foggia gekomen.'

'Goed zo. Ik heb hem gevonden, de heer Corrado Macrì. Hij was echter niet als advocaat in de databank opgenomen. Hij zat erin als verdachte, drie jaar geleden gearresteerd door de rechter-commissaris van Reggio Calabria, vanwege banden met de georganiseerde misdaad, handel in verdovende middelen en een aantal bijkomende vergrijpen.'

'Wat heeft hij gedaan?' Terwijl ik deze vraag stelde besefte ik hoe de rollen die wij spelen invloed hebben op de dingen die we zeggen en ook op de dingen die we denken. Als Macrì mijn cliënt was geweest, zou ik hebben gevraagd waarvan ze hem beschuldigden en zou ik er zeker niet zomaar van uit zijn gegaan dat hij iets had gedáán.

Intussen haalde Colaianni een paar vellen papier uit zijn tas, koos er een uit en begon de tenlastelegging voor te lezen.

'Even kijken... ja: Corrado Macrì, gebruikmakend van zijn hoedanigheid als raadsman en verdediger van een aantal prominente leden van de organisatie – volgt een lijst – vervulde de taak van tussenpersoon tussen de leiders van de organisatie in gevangenschap en hun leden op vrije voeten. Aangezien hij, in zijn hoedanigheid als verdediger, toegang had tot de penitentiaire inrichtingen – volgt een lijst – waarin voornoemden waren opgesloten, zorgde hij er in het bijzonder voor dat ze op de hoogte werden gebracht van de belangrijkste gebeurtenissen in de organisatie die zich buiten de inrichting voltrokken, hielp hen bij het beramen van strategieën en operaties, en zorgde er vervolgens voor dat de beslissingen en de bevelen van de leiders in gevangenschap werden medegedeeld aan de leden op vrije voeten.'

Hij hield op met lezen – het had hem moeite gekost en volgens mij zou hij binnenkort een leesbril nodig hebben – en keek me aan.

'Hij fungeerde als ordonnans.'

'Precies. Wil je weten hoe het is afgelopen?'

Dat wilde ik en hij vertelde het me. Onze vriend Macrì was vastgezet op grond van de verklaringen van twee spijtoptanten en een reeks verificaties. Hij heeft een paar maanden vastgezeten totdat een van de spijtoptanten er spijt van kreeg dat hij spijt had gekregen en alles introk. Het Openbaar Ministerie had geen poot meer om op te staan. Macrì was in vrijheid gesteld wegens gebrek aan bewijs. Een paar maanden later had hij de versnelde rechtsgang aangevraagd en was vrijgesproken.

'En hoe is hij in Rome terechtgekomen?'

'Dat weet ik niet. Wat ik wel weet is dat hij zich na zijn vrijspraak heeft laten uitschrijven uit de raad van de Orde van Advocaten van Bari, en zich, om onbekende redenen, heeft laten inschrijven in Rome. Waar hij, zoals ik je al zei, niet regelmatig te vinden is in het gerechtsgebouw.'

Hij liet de laatste zin in de lucht hangen en dronk opnieuw zijn glas leeg. Hij schonk het weer vol, en deed hetzelfde met het mijne.

Mijn brein was koortsachtig aan het werk. Macrì was de sleutel tot dit hele verhaal, dat stond voor mij vast. Op een of andere manier behoorden de drugs die in de auto van Paolicelli waren gevonden toe aan een cliënt – of liever, een handlanger – van Macrì. Toen Paolicelli was gearresteerd, hadden ze de advocaat ingezet om in de gaten te houden wat er gebeurde, om na te gaan wat er in het dossier stond, om er zeker van te zijn dat het onderzoek niet zou leiden naar de werkelijke eigenaars van de drugs.

En dan was er nog die kwestie van het vrijgeven van de auto. Het feit dat hij hem persoonlijk uit het depot was gaan halen. Misschien zat er nog iets in de auto dat de douanerecherche niet had gevonden, en dat zo snel mogelijk moest verdwijnen.

Zo lag de zaak als Paolicelli er niets mee te maken had. Want het kon ook nog zo zijn dat Macrì was ingezet door de organisatie om een lid – Paolicelli – te beschermen dat het ongeluk had gehad om in handen te vallen van smerissen en rechters. Een klassiek verhaal.

Ik zei tegen mijn vriend wat ik dacht en hij knikte. Dezelfde gedachtes waren bij hem bovengekomen.

'En wat ga je nu met deze informatie doen?'

Ja, wat ging ik ermee doen?

Ik zei dat ik erover na moest denken, om na te gaan of ik, met deze gegevens als uitgangspunt, een stapje verder kon komen, misschien door een privédetective in te huren. In werkelijkheid had ik geen flauw idee wat ik kon doen.

Toen het moment was gekomen om afscheid te nemen, zei Colaianni dat hij het heel fijn had gevonden om me weer te zien en te spreken. Hij zei het op een enigszins angstige toon, alsof hij me op een of andere manier vast had willen houden. Ik voelde me tegelijkertijd droef en ongemakkelijk.

Ik wilde er nu snel vandoor. Weg van die onverwachte kwetsbaarheid, die wanhoop, dat gevoel mislukt te zijn.

Terwijl ik de oprit insloeg van de snelweg, dacht ik aan mijn vriend Colaianni.

Aan de dingen die hij tegen me had gezegd – afgezien van de informatie over Macrì – en aan de vertwijfeling die bij hem doorschemerde en die hij maar nauwelijks onder controle had. Ik vroeg me af hoe zijn leven – ónze levens – eruit zouden zien wanneer we elkaar de volgende keer zouden ontmoeten.

Vervolgens werd alles opgeslokt door de halfverlaten snelweg.

21

Wat wilde ik doen met die informatie? had Colaianni me gevraagd.

Ik had geantwoord dat ik het niet wist. En ik wist het ook echt niet. Ik had geen idee wat ik ermee zou kunnen doen. Ik wist nu dat Macrì een handlanger van maffiosi en drugshandelaren was. Maar, welbeschouwd, veranderde dat niet veel aan mijn dilemma.

Ik wist niet wat ik moest doen en dat was de reden waarom ik niet naar Paolicelli ging om hem te vertellen wat ik had ontdekt. Als hij onschuldig was, wilde ik geen ongegronde verwachtingen oproepen. En als hij schuldig was – mijn twijfels waren na het gesprek met Colaianni weer met kracht teruggekeerd – wilde ik niet langer dan absoluut nodig was de rol van goedgelovige gek spelen.

Om dezelfde redenen, en om andere redenen die ik zelfs niet tegenover mijzelf wilde toegeven, belde ik Natsu niet. Ook al moest ik de impuls om dat te doen heel wat keren onderdrukken.

Ik overwoog om Tancredi te bellen, maar vervolgens zei ik tegen mezelf dat ik al meer dan genoeg had geprofiteerd van onze vriendschap. Bovendien wist ik niet wat ik tegen hem moest zeggen, behalve dat ik hem voor de zoveelste maal om raad zou kunnen vragen.

Met deze onzinnige overwegingen gingen verscheidene dagen voorbij.

Maar op een avond, toen ik mijn kantoor verliet om naar huis te gaan, hoorde ik mijn naam roepen. Ik keek op en zag Natsu in een terreinwagen. Ze glimlachte schuchter, en maakte met een handgebaar duidelijk dat ik naar haar toe moest komen. Ik stak de straat over en stapte bij haar in de auto, nadat ik eerst om me heen had gekeken als iemand die iets te verbergen heeft.

Wat ook zo was.

22

'Heb je zin om naar zee te rijden?'

Ik zei ja en ze nam een route langs straten die ongebruikelijk verkeersluw waren. Ze reed ontspannen, comfortabel weggezonken in haar stoel, beide handen aan het stuur, blik op de weg. Heel even dacht ik dat dit de auto zou kunnen zijn waarmee de drugs waren vervoerd. Toen herinnerde ik me dat in het politierapport sprake was van een ander model en een ander merk.

'Je bent verbaasd.'

Het was een bewering, geen vraag, en dus haalde ik heel licht mijn schouders op en antwoordde niet. Ik liet háár praten.

'Ik had een werkafspraak voor vanavond. Maar er is gelazer ontstaan en alles is geannuleerd. Ik kon de babysit niet meer op tijd waarschuwen. Dus toen ze kwam, ben ik toch maar weggegaan, en ik dacht dat jij misschien wel zin zou hebben om een ritje te maken en wat te kletsen.'

Die avond was ik beslist Guido de spraakzame niet. Voor het eerst wendde zij haar blik van de weg af – we waren nu buiten de stad – om te zien of ik dood was of in slaap gevallen.

'Heb ik er fout aan gedaan?'

'Je hebt er heel goed aan gedaan. Ik vind het fijn.'

Ze gaf een beetje gas, de motor maakte een ronkend geluid, en de auto schoot naar voren. Ze vroeg me of er nog nieuws was wat betreft haar man.

Ik kreeg een hevig gevoel van ongemak bij die vraag. Ik werd er abrupt door herinnerd aan het feit dat ik advocaat was en zij de vrouw van een cliënt die in de gevangenis zat.

Ik gaf antwoord. Met weglating van bepaalde details – bijvoorbeeld hoe en van wie ik bepaalde informatie had verkregen – vertelde ik haar wat ik had ontdekt ten aanzien van hun ex-advocaat.

Ze luisterde rustig naar me, in stilte, totdat ik uitgesproken was. Intussen waren we gestopt op een lage klif in de omgeving van Torre a Mare. Het wateroppervlak was zwart en kalm als inkt. In de verte kon je het knipperlicht van een vuurtoren zien.

Toen Natsu er zeker van was dat ik er niets meer aan toe te voegen had, zei ze: 'En wat ga je nu doen?'

'Ik heb geen idee. Op zich helpt het feit dat deze klootzak gearresteerd is – en vervolgens vrijgesproken – ons niet veel verder. Ik bedoel: ik weet niet hoe je deze informatie kunt gebruiken in een rechtszaak.'

'Maar hij heeft zichzelf aangeboden zonder dat iemand van ons hem dat had gevraagd. Dat moet toch iets te betekenen hebben.'

'Theoretisch gesproken wel. Wat er in de praktijk uit de processtukken naar voren komt is dat jij hem hebt aangesteld en dat je man deze aanstelling heeft bevestigd.'

'Maar ze hadden tegen me gezegd...'

'Ik weet het, ik weet het. Maar wat doen we? Ga ik jou tijdens het hoger beroep vragen om te getuigen dat een vent je heeft aangesproken op straat, je heeft aangeraden om een jou onbekende advocaat, Macrì genaamd, aan te stellen, en dat jij die raad hebt opgevolgd? Nog afgezien van het feit dat we, zelfs al was het waar – ik bedoel, zelfs als de rechters het zouden geloven – nog nergens zouden zijn. De advocaat-generaal zou met gemak kunnen zeggen dat de medeplichtigen van je man je hebben gezegd wie je als raadsman moest nemen. En dan zijn we weer waar we waren, of zelfs nog een beetje verder van huis.'

Ik zei er niet bij dat dat het bezwaar van de advocaat-generaal kon zijn, of simpelweg de waarheid. Daar was ze vast zelf wel op gekomen.

Precies op dat moment kreeg ik een idee. Het was een krankzinnig idee, maar terwijl Natsu bleef zwijgen, zei ik tegen mezelf dat het de moeite van het proberen waard was, omdat het wellicht de enige mogelijke weg was die we konden bewandelen. Toen onderbrak ze mijn gedachte-gang.

'Weet je wat voor mij het ergste is?'

'Dat je de waarheid niet weet?'

Ze keek me enige seconden verbaasd aan, totdat ze zich het spel van de gekleurde wensen herinnerde. Ze rommel-de in haar tas, haalde er een pakje sigaretten uit, draaide het raampje omlaag, en stak er een op.

Ze rookte die sigaret in stilte op. Ze genoot van iedere trek en liet de rook weer opzuigen door de duisternis die de auto omringde. Ten slotte deed ze het raampje weer dicht en rilde, alsof ze zich pas op dat moment bewust werd van de kou.

'Ik heb honger, maar ik heb geen zin om opgesloten te zitten in een restaurant.'

'Ah,' zei ik.

'Zoals alle mannen die alleen wonen zul je wel een kast vol blikjes en andere troep hebben.'

Ik zei dat ze leed aan stereotypering en dat ik helemaal geen kast vol blikjes had. Ik had vers, gezond voedsel in de ijskast, en als ik wilde zou ik zonder probleem snel een maaltijd kunnen bereiden.

Ze zei oké, laten we naar jouw huis gaan. En terwijl ik de opstand van mijn geweten meedogenloos onderdrukte, kwam ik tot de conclusie dat het eigenlijk geen enkel kwaad kon. Er hoefde toch niet per se iets te gebeuren. En hoe dan ook, mij viel niets te verwijten. Ik bedoel, het kwam allemaal van haar af: zij had mij opgewacht bij mijn kantoor, me rondgereden, en voorgesteld om naar mijn huis te gaan. Mij viel echt niets te verwijten. Als het aan mij had gelegen was er niets gebeurd.

Een onafgebroken stroom lulkoek die mij begeleidde gedurende de hele rit naar mijn huis.

'En wat is dat?' Het was het eerste wat ze zei toen ze nog maar net binnen was. Ze doelde op de zak die in het midden hing van het vertrek dat zowel entree als zitkamer was. Een nogal bizar onderdeel van het meubilair, dat moet ik toegeven.

'Een van mijn neurosen. Elke avond als ik thuiskom ga ik er een halfuur mee op de vuist. Dat is uiteindelijk beter dan je te bezatten, drugs te gebruiken of je vrouw en kinderen te slaan. Die ik overigens niet heb.'

'Het is wel mooi hier. Vind je het prettig om boeken op de grond te laten liggen of ben je gewoon een sloddervos?'

Ze doelde op de stapels boeken rondom de bank en verspreid in de kamer. Ik had er nooit over nagedacht, maar ik zei dat ik ze graag op de grond liet liggen omdat ze me gezelschap hielden.

Ze zag waar de keuken was en liep erop af.

'Waar ga je naartoe?'

'Ik ga kijken wat er in de ijskast zit en dan maak ik iets.'

Met een zeker aplomb zei ik dat ik al kennis had gemaakt met haar kookkunst, en dat het nu haar beurt was, of ze het nu leuk vond of niet, om kennis te maken met de mijne. Dat risico had ze genomen toen ze mijn huis binnenkwam. Als ze wilde kon ze in de keuken blijven terwijl ik kookte maar onder geen beding mocht ze iets aanraken.

Er was niet zo heel veel in huis, en wat die overvloed aan vers voedsel betrof had ik lichtelijk overdreven. Maar er was wel wat ik nodig had om mijn specialiteit te maken. Spaghetti 'zand in de ogen'. Een simpele verwijzing naar het feit dat het een recept is waarbij de kok – ik dus in dit geval – bedrevener probeert te lijken dan hij in werkelijkheid is.

'Een pastagerecht is het hoogste wat ik zonder waarschuwing vooraf in elkaar kan draaien.'

Trouwens, ook mét een waarschuwing vooraf. Maar dat zei ik niet.

'Pasta en wijn is prima. Wat ga je maken?'

'Wacht maar af,' zei ik op een toon waardoor ik me meteen belachelijk voelde. Wie denk je in godsnaam wel te zijn, Guerrieri? De Artusi van de buurt? Deze vrouw is kok van beroep, stommeling. Ga nu maar koken.

Ik fruitte knoflook en pepertjes met een beetje olie in de koekenpan. Terwijl de spaghetti kookte, raspte ik wat schapenkaas, hakte wat basilicum fijn, en ontpitte een paar zwarte olijven die ik vervolgens in stukjes sneed. Ik deed de pasta, zeer al dente, in de pan, en voegde de schapenkaas en de rest eraan toe.

Natsu zei dat ze het leuk vond mij te zien koken, wat me helemaal deed tintelen, een heerlijk en gevaarlijk gevoel. Daarom gaf ik geen antwoord, dekte snel de tafel, zei dat ze moest gaan zitten en kwam met de iets te volle borden.

We aten, dronken en kletsten over niets terwijl de stootzak ons van dichtbij in de gaten hield.

Toen we klaar waren met eten, zette ik *Shangri-la* op van Mark Knopfler. Vervolgens pakte ik mijn glas en ging op de bank zitten. Zij bleef op haar plaats. Toen ze doorhad welke plaat ik had opgezet, zei ze dat ze erg veel hield van het nummer 'Postcards from Paraguay'. Ik zette mijn glas op de grond, strekte mijn arm uit naar de knop en draaide snel door naar nummer zeven.

Zij kwam naast me zitten op de bank, juist toen het lied begon.

One thing was leading to the next.

Inderdaad.

Het was de laatste rationele gedachte die ik die nacht kon opbrengen.

23

De dag daarop had ik geen zitting. Ik stuurde Maria Teresa naar het gerechtsgebouw om een paar dingen af te handelen bij de griffie. Niet dat het om dringende zaken ging, maar ik had het nodig om alleen te zijn.

Ik moest namelijk over een paar dingen nadenken. Om het zacht uit te drukken.

Ten eerste voelde ik me een klootzak vanwege hetgeen die nacht daarvoor was gebeurd. Het was niet zo dat ik door iets was overvallen, of dat ik niet precies wist wat er zou kunnen gebeuren. Als ik een greintje moreel besef had gehad, zei ik tegen mezelf, zou ik Natsu niet mee naar huis hebben genomen.

Ik vroeg me af wat ik zou zeggen als iemand me een dergelijk verhaal zou vertellen, en mij zou vragen wat ik ervan dacht. Ik bedoel: wat ik dacht van een advocaat die neukt met de vrouw van een cliënt die in de gevangenis zit.

Ik zou zeggen dat die advocaat een stuk stront was.

Een deel van mij probeerde excuses te vinden voor wat er was gebeurd, en vond er ook een paar, maar over het geheel was mijn innerlijke officier van justitie bezig dit proces met gemak te winnen. Met zo veel gemak dat ik hem wel had willen vragen waar hij in godsnaam de avond daarvoor had uitgehangen toen ik hem echt nodig had.

Ik herinnerde me een gesprek na een maaltijd met collega's, heel veel jaren geleden. Nadat we flink wat hadden

gegeten en gedronken. Sommigen van ons waren nauwelijks meer dan jongens, de anderen, bij wie we stage hadden gelopen, waren ouder.

Ik weet niet wie met het verhaal aankwam. Een waar
verhaal, zei hij, dat een paar jaar daarvoor was gebeurd.

Er zat een man in de gevangenis, beschuldigd van moord.
Een bijna hopeloze zaak. Hij had een advocaat nodig. Een
heel goede, gezien zijn situatie.

Hij had geen geld om een goede advocaat te betalen. In
feite had hij zelfs geen geld om een slechte te betalen, maar
hij had een heel mooie vrouw. Op een avond verscheen zij
op het kantoor van een oude, beroemde, zeer goede advocaat, die ook een berucht rokkenjager was. Ze zei dat ze
hem wilde vragen de verdediging van haar man op zich te
nemen maar dat ze geen geld had om hem te betalen. Daarom stelde ze betaling in natura voor. De advocaat accep-
teerde het aanbod, neukte de vrouw herhaaldelijk – op zijn
kantoor en daarbuiten – verdedigde haar man en slaagde
erin vrijspraak voor hem te krijgen.

Einde van het verhaal, begin van de discussie.

'Wat zouden jullie gedaan hebben?'

Verschillende antwoorden. Sommigen vonden het weinig chic dat hij het op kantoor had gedaan. Goede manieren zijn verdomd belangrijk, altijd. Het zou beter zijn geweest als ze naar een hotel waren gegaan of in ieder geval
naar een andere plek. Anderen daarentegen waren van
mening dat neuken op het bureau voortvloeide uit de aard
van hun contract. Een paar opperden schuchter hun ethi-
sche twijfels, en werden weggehoond.

De jonge Guerrieri zei dat hij de verdachte gratis zou
hebben verdedigd, zonder betaling in natura, en iemand zei
tegen hem dat hij een grapjas was, en dat hij het er graag
nog eens met hem over zou willen hebben als iets dergelijks zich echt voordeed.

Letterlijk.

En toen moest ik denken aan Macrì, en aan het idee dat de avond ervoor bij me was opgekomen. Over hoe ik de informatie die Colaianni me had toegespeeld kon gebruiken om te proberen een vluchtgang te graven voor Paolicelli. Langzamerhand, terwijl mijn gedachten heen en weer gingen als een pingpongballetje – wat een klootzak van een kerel ik was, en wat ik moest doen met mijn weinig eerwaarde collega Macrì om mijn nietsvermoedende cliënt Paolicelli te redden – kreeg mijn professionele kant de overhand.

Kortom, mijn idee was om hem als getuige op te roepen.

Een waanzinnig idee, omdat je een advocaat niet oproept als getuige à decharge. Nog afgezien van het feit dat er bezwaar gemaakt zou kunnen worden op grond van het beroepsgeheim, is het oproepen van een advocaat iets wat je gewoon niet doet. Punt uit.

Ik had nog nooit iets dergelijks meegemaakt. Ik wist zelfs niet of het feit dat hij eerder de raadsman was geweest van verdachte een formeel obstakel vormde – wat incompatibiliteit wordt genoemd – om te getuigen.

Dus in de eerste plaats wierp ik een blik in het Reglement van Strafvordering. Er bleek inderdaad geen incompatibiliteit te bestaan voor de verdediger van de verdachte en in theorie was het dus uitvoerbaar.

Het was het soort situatie waarin je behoefte hebt aan advies, aan het gezichtspunt van iemand anders. Zoals me al vaker overkomen was realiseerde ik me dat ik geen enkele collega had tot wie ik me kon wenden. Er waren er maar weinig die ik vertrouwde, en ik was met niemand echt bevriend. Voor iets als dit had ik een vriend nodig die wist waar je het over had. En die zijn mond wist te houden.

Ik kon maar op twee mensen komen. Vreemd genoeg

waren beiden officier van justitie. Colaianni en Alessandra Mantovani.

Ik had geen zin om Colaianni weer te bellen, en het leek me trouwens een goede gelegenheid om weer eens contact op te nemen met Alessandra, na al die tijd. Ik had haar niet meer gezien of gesproken sinds ze Bari had verlaten voor het Openbaar Ministerie in Palermo. Ze was iets ontvlucht, zoals zo velen. Alleen had zij het resoluter gedaan dan de meesten.

Ze nam de telefoon pas op nadat hij een flink aantal malen was overgegaan, net toen ik op het punt stond neer te leggen. We maakten wat grapjes, zoals je doet om een contact weer te hervatten, om de oude vertrouwdheid weer op te roepen.

'Ik ben blij je te horen, Guerrieri. Soms denk ik wel eens dat jij en ik een stel hadden moeten worden. Dan zou het er voor mij misschien beter uitzien. Hier ontmoet ik alleen maar losers, hetgeen voor een meisje van veertig behoorlijk problematisch begint te worden.'

Ik ben een loser. Ik ben een grotere loser dan de grootste loser met wie jij uitgaat. En ik ben ook nog een klootzak, en als je wist wat ik gisteravond heb gedaan, zou je dat met me eens zijn.

Dat zei ik niet. Ik zei dat we nog op tijd waren als ze zich werkelijk aangetrokken voelde tot advocaten met een dubieus verleden en een onzekere toekomst. Ik zou naar Palermo komen, zij zou haar politie-escorte naar huis sturen, en we zouden wel zien wat het opleverde.

Ze lachte. Vervolgens herhaalde ze dat ze blij was me te horen en zei dat ze er nu wel aan toe was om te vernemen waarom ik haar belde. Ik vertelde het haar. Ze luisterde aandachtig, terwijl ze me slechts af en toe vroeg een paar punten te verduidelijken. Toen ik klaar was vroeg ik haar wat ze van mijn idee vond.

'Het is waar dat de getuigenis van een advocaat in theorie toelaatbaar is. In de praktijk heb ik grote twijfel of ze je zullen toestaan deze getuige op te roepen tenzij je hun een goede reden kunt geven – een héél goede reden – om dat te doen. En jouw verdenkingen zijn geen heel goede reden.'

'Dat weet ik, dat is precies mijn probleem. Ik moet een manier vinden om die getuige te mogen oproepen.'

'Je moet vragen of je eerst de verdachte mag ondervragen, en vervolgens zijn vrouw mag horen als getuige. Zij moeten vertellen hoe die advocaat op het toneel is verschenen. Daarna kun je een poging wagen, hoewel ik geen weddenschap zou afsluiten op de afloop. Rechters bij het Hof van Beroep willen geen gezeur.'

'Laten we nu eens veronderstellen dat ze mij toestaan hem als getuige op te roepen. Kan hij dan volgens jou weigeren te antwoorden, op grond van zijn beroepsgeheim.'

Ze dacht er even over na voordat ze antwoordde.

'Dat lijkt me niet. Het beroepsgeheim bestaat in het belang van de cliënt. Hij zou het kunnen aanvoeren als zijn getuigenverklaring tégen zijn ex-cliënt was gericht. Als je het zo brengt... wie weet zijn er precedenten.'

'Ik zou natuurlijk mijn cliënt kunnen laten verklaren dat hij zijn ex-advocaat ontslaat van elke plicht tot geheimhouding.'

'Ja. Dat zou de doorslag geven. Als ik jou was zou ik in ieder geval de jurisprudentie hierover bestuderen en een kogelvrij vest kopen, voordat ik deze beerput opentrok.'

Toen we de telefoon erop legden, voelde ik me al beter dan een paar minuten daarvoor, en mijn idee leek me heel wat minder belachelijk.

24

's Middags nam ik de fiets en ging naar de gevangenis. Ik moest me er met kracht toe zetten omdat het idee Paolicelli te ontmoeten, nog geen dag na wat er was gebeurd, niet bijdroeg tot verhoging van mijn zelfrespect.

Maar ik moest erheen omdat het actieplan dat ik had uitgewerkt riskant was. En vooral hij zou risico lopen. Dus moest ik hem alles uitleggen, me ervan vergewissen dat hij het goed begreep, en hem vragen of hij die poging wilde wagen.

Toen hij de spreekkamer binnenkwam dook een aantal losse beelden van de vorige nacht op in mijn hoofd, maar het duurde gelukkig maar even. Toen we begonnen te praten, verdween alles.

Ik legde hem uit wat het idee was. Ik zei dat het niet veel meer dan een poging was. Ik zei dat hij zich geen illusies moest maken omdat het onwaarschijnlijk was dat het hof toestemming zou geven om Macrì als getuige op te roepen, en dat het heel onwaarschijnlijk was dat, als die toestemming al werd gegeven, zijn verklaring beslissend zou zijn voor de uitslag. In de situatie waarin we ons bevonden was het echter het enige alternatief voor het onderhandelen over strafvermindering, hoewel dat een optie bleef tot aan de dag van de zitting.

Hij maakte slechts een handgebaar, alsof hij een vlieg

doodsloeg of een klein voorwerp verplaatste. Niks onderhandelen, betekende het.

Ik vond dat een mooi, waardig gebaar. Ik voelde me op
een vreemde manier solidair met hem.

Misschien was het mijn manier om mijn schuldgevoel te
verwerken. Straks begin ik hem nog sympathiek te vinden,
zei ik tegen mezelf. En dat zou echt te ver gaan.

Dus ging ik door met hem uit te leggen hoe we te werk
zouden kunnen gaan, om de weinige kaarten die we in
handen hadden uit te spelen.

'Dit zou de volgorde moeten zijn: ik vraag of ik u mag
verhoren en of uw vrouw een verklaring af mag leggen.
Dat staat het hof toe, dit zou geen probleem moeten zijn.
U verklaart dat u niets afweet van die drugs. U geeft toe
dat u de verantwoordelijkheid op u hebt genomen ten
tijde van uw arrestatie maar alleen omdat u uw vrouw erbuiten wilde houden. U komt met een veronderstelling
over hoe de cocaïne in uw auto terecht heeft kunnen
komen. Dan vraag ik u naar uw advocaat en dan vertelt u
op welke manier deze relatie is ontstaan. Uw vrouw vertelt hetzelfde verhaal, vanuit haar standpunt.'

Ik keek hem in de ogen. Hij weerstond mijn blik, met
iets vragends in zijn ogen. Wat betekende mijn blik? Ik
legde hem uit wat hij betekende.

'Dit is natuurlijk een gevaarlijk spel dat we spelen. We
balanceren op het scherp van de snede. Het zou alleen
kunnen werken als u mij de volledige waarheid heeft verteld. In het tegengestelde geval lopen u en ik beiden ernstige risico's, in de rechtszaal en vooral buiten de rechtszaal,
rekening houdend met het soort mensen met wie we
waarschijnlijk te maken hebben.'

'Ik heb de waarheid gezegd. Die drugs waren niet van
mij. Ik heb in het verleden stommiteiten begaan, maar die
drugs waren niet van mij.'

Wát voor stommiteiten? De vraag flitste even door mijn hoofd, en verdween toen weer even snel als hij was gekomen, en maakte plaats voor hetzelfde gevoel van even geleden. Een genegenheid die ik niet wilde voelen maar die als een soort lichte rook binnendrong door de scheuren in mijn geweten.

Oké. We kunnen beter doorgaan.

'Ik zal u moeten ondervragen over de gesprekken die u heeft gehad met deze advocaat. In het bijzonder, en dit is het belangrijkste, zal ik u moeten vragen of u hem ooit heeft gevraagd zijn aanwezigheid te verklaren.'

'Sorry, wat bedoelt u daarmee?'

'Ik zal u vragen: heeft u, toen u advocaat Macrì voor het eerst ontmoette, of een van de keren daarna, hem gevraagd wie uw vrouw had geadviseerd om hem te nemen? Begrijpt u waarom ik dat vraag?'

'Ja, ja. Nu begrijp ik het.'

'Trouwens, nu we toch bezig zijn, beantwoord die vraag maar gelijk. Dan beginnen we alvast om de zaken op een rijtje te krijgen.'

Hij concentreerde zich waarbij hij zijn kin aanraakte. Het was stil in het vertrek en ik kon het geluid horen dat zijn vingers maakten door, tegen de haren in, over zijn stoppelbaard te strijken.

'Ik geloof dat het de tweede keer was dat we elkaar ontmoetten. De eerste keer was net na mijn arrestatie, ik had mijn vrouw niet meer gezien en zij had me dus ook nog niet verteld hoe dat advies om hem te nemen in zijn werk was gegaan. Bovendien was ik nog verward, ik was niet helder. Na de bekrachtiging van het bevel tot voorlopige inhechtenisneming kreeg ik voor het eerst bezoek van mijn vrouw en toen heeft ze me verteld hoe die man haar had aangehouden op straat, vlak bij ons huis. Dus toen Macrì me weer kwam opzoeken, een paar dagen later, heb ik hem gevraagd of hij wist wie mijn vrouw zijn naam had gesuggereerd.'

'En wat zei hij?'

'Hij zei dat ik me daarover niet druk hoefde te maken. Hij zei dat er mensen waren die voor mij wilden zorgen en aan wie ik alles kon overlaten. Hij doelde op zijn honorarium, en we hebben inderdaad niets betaald. Een paar keer heb ik geprobeerd hem te vragen wanneer ik moest betalen en hoeveel, en hij zei altijd dat ik me geen zorgen hoefde te maken.'

'Hij heeft natuurlijk nooit gezegd, of zelfs maar laten doorschemeren, wie die mensen waren?'

'Natuurlijk niet.'

'Oké.Vervolgens zult u me moeten vertellen over de andere gesprekken, in het bijzonder over het gesprek waarbij jullie ruzie kregen. U moet zich zo veel mogelijk details herinneren die uw verklaring geloofwaardig kunnen maken. Houd een aantekenboekje bij de hand in uw cel en noteer alle bijzonderheden die u te binnen schieten. Ook onbeduidende dingen. Oké?'

Het gesprek was afgelopen en we riepen de bewakers die hem terugbrachten naar de ingewanden van de gevangenis. Terwijl ik de weg terug aflegde langs hekken, sloten en gepantserde deuren, naar de buitenwereld. Ik was in een tegenstrijdige gemoedstoestand.

Aan de ene kant voelde ik me nog steeds een klootzak. Maar we zijn er allemaal heel goed in om onszelf te rechtvaardigen, te excuseren en om uitwegen te vinden.

Dus zei ik tegen mezelf, oké, ik had een fout gemaakt, maar als je de totale balans opmaakte, stonden we min of meer quitte. Misschien had ik zelfs nog een tegoed. Misschien zou ik die man zijn leven kunnen redden. Welke andere advocaat zou voor hem hebben gedaan wat ik aan het doen was?

Terwijl ik op mijn fiets stapte vroeg ik me af of Natsu me weer zou komen afhalen bij mijn kantoor, of dat ze me zou bellen.

Of dat ik de moed zou hebben haar te bellen.

25

Er volgde een aantal vreemde dagen. Van een vreemde structuur. Compact, en tegelijkertijd luchtig.

Af en toe dacht ik aan Margherita. Soms vroeg ik me af waar ze mee bezig was. Of ze met iemand uitging, of ze ooit terug zou komen. Daar hielden mijn gedachten op. Ik vroeg me nooit af wat er zou gebeuren als ze terug zou komen. Als ik dacht dat ze met iemand uitging voelde ik een steek van jaloezie, maar dat duurde niet lang. Soms, 's avonds, kwam het verlangen bij mij boven om haar op te bellen, maar ik deed het nooit.

We hadden elkaar gesproken tijdens de eerste maanden na haar vertrek. Het waren geen geweldige gesprekken geweest, en langzamerhand waren ze vanzelf opgehouden na de kerstvakantie. Zij was daar gebleven tijdens die vakantie, en dat moest iets betekenen, had ik gedacht. Gefeliciteerd Guerrieri, een schrandere gedachte.

Ik had geen zin gehad om haar uit te diepen.

Geleidelijk aan had ik al mijn spullen uit haar appartement gehaald. Iedere keer dat ik erheen ging had ik het gevoel dat er iemand naar me keek, en dat was geen prettige gewaarwording. Dan pakte ik wat ik nodig had en wist niet hoe snel ik weg moest komen.

's Avonds, na het werk, ging ik naar de sportschool, of trainde thuis een beetje. Na het avondeten begon ik te lezen of naar muziek te luisteren.

Ik keek niet meer naar de televisie. Niet dat ik ooit veel gekeken had, maar ik zette hem nu zelfs niet meer aan. Ik had het toestel kunnen verkopen zonder dat de verandering in huis me zou zijn opgevallen.

Ik las vaak twee uur achter elkaar, en maakte aantekeningen. Ik was daarmee begonnen na die avond in het huis van Natsu, en nadat ik het boek had gelezen over de manumissie van woorden, met het idee dat ik misschien, in een latere fase, zelf zou kunnen proberen te schrijven. Misschien.

Wanneer ik ophield met lezen en aantekeningen maken, ging ik soms naar bed, en viel dan meteen in slaap.

Maar andere keren – wanneer ik voorvoelde dat ik de slaap niet zou kunnen vatten – ging ik naar buiten om een wandeling te maken en iets te drinken. Ik ging naar plekken waar niemand me kende en vermeed die waar ik met Margherita vaak kwam. Plekken zoals Magazzini d'Oltremare, waar ik iemand zou kunnen tegenkomen die me zou vragen hoe het met me ging, waar ik al die tijd was geweest, waarom Margherita er niet was, et cetera.

Soms gebeurde het dat ik aan de praat raakte met mensen en dat ik een paar uur doorbracht met het luisteren naar verhalen van volstrekt onbekenden. Ik zweefde in een volledig onbekend gebied van mijn bewustzijn. Een zwartwitfilm, met een dramatische, melancholieke soundtrack waarop Green Day met 'Boulevard of Broken Dreams' de boventoon voerde. Ik luisterde vaak naar dat lied, en het weerklonk bijna dwangmatig in mijn hoofd tijdens mijn nachtelijke wandelingen.

Op een keer leerde ik, in een kleine bar in de oude stad, een meisje kennen. Lara. Ze was vijfentwintig, klein van gestalte, een mooi onregelmatig gezicht, een arrogante, soms gejaagde blik. Ze was bezig met een proefschrift over de Duitse literatuur, sprak vier talen, haar vriend had haar zeer recent verlaten en zij bezatte zich, op resolute en systematische wijze, door de ene wodka na de andere te drinken. Ze vertelde me over die vriend, over zichzelf, over haar kinderjaren, over de dood van haar moeder. De sfeer in de bar was enigszins onwerkelijk. De weinige mensen die er waren spraken bijna fluisterend, uit een stereo-installatie klonk zachtjes de *Symfonie uit de nieuwe wereld* van Antonio Dvořák, en in de lucht hing de lichte geur van kaneel waarvan ik de oorsprong niet kon thuisbrengen.

Op een bepaald moment vroeg Lara me of ik haar naar huis wilde brengen. Ik zei oké en rekende af: één wodka voor mij, vijf voor haar. We wandelden door de stad tot aan haar huis, in de wijk Madonella.

Madonella is een vreemde wijk. Vlak naast elkaar staan prachtige huizen en afschuwelijke huurkazernes, villa's van miljonairs en barakken bevolkt door drugsdealers en andere bewoners van de onderwereld. In bepaalde delen van de Madonella krijg je het gevoel elders te zijn.

In Tanger, in Marseille, of in Casablanca. Elders.

Voor de deur van haar gebouw vroeg Lara of ik mee naar boven wilde. Ik zei, nee, dank je. Misschien een andere keer, voegde ik eraan toe. In een ander leven, dacht ik. Zij bleef me even aankijken, verbaasd, en vervolgens begon ze te huilen. Ze huilde duidelijk niet vanwege mijn beleefde weigering. Ik voelde een afstandelijke tederheid voor haar; ik omhelsde haar en zij omhelsde mij, en ze ging nog harder huilen, snikkend.

Dag, zei ze snel, terwijl ze zich van mij losmaakte en naar binnen ging. Vaarwel, zei ik, een paar seconden later, tegen de oude houten voordeur en de verlaten straat.

26

De moeilijkste dag, sinds Margherita weg was gegaan, was zondag. Ik ging naar buiten, ik las, ik maakte een ritje in de auto buiten de stad en vervolgens at ik alleen in een restaurant waar niemand me kende. 's Middags ging ik naar de bioscoop en daarna dwaalde ik rond in boekhandel Feltrinelli. 's Avonds bleef ik thuis om te lezen, en 's avonds laat ging ik vaak weer op stap, of soms weer naar de bioscoop.

Het was op een zondagmorgen – een schitterende, koude dag met een verblindende zon, drie dagen voordat het proces begon – dat ik me niet meer kon inhouden en Natsu opbelde.

'Guido!'

'...hallo. Ik wilde...'

'Ik ben blij dat je belt. Ik zou je graag willen zien.'

Ik heb bepaalde mensen – voor het merendeel vrouwen – altijd benijd om hun natuurlijkheid en hun vermogen om vrijuit te zeggen wat ze denken en wat ze willen. Ik heb dat nooit gekund. Ik heb me altijd onbeholpen gevoeld. Een binnendringer op een feest waar iedereen wist hoe ze zich moesten gedragen.

Er volgde even een stilte. Zij dacht waarschijnlijk, en terecht, dat als ik haar graag wilde zien, en gezien het feit dat ik háár had gebeld, ik op zijn minst mijn best kon doen om met een voorstel te komen. Uiteindelijk gaf ze toe. Ze moet wel hebben gedacht dat ik een ongeneeslijk geval was.

'Luister, omdat het zo'n mooie dag is ga ik met mijn dochter naar het park. Als je zin hebt zou je daar ook naartoe kunnen komen.'

'Het park bij het Largo Due Giugno?'

'Ja. Zien we elkaar dan over een uur bij het meertje?'

Dat was goed, over een uur bij het meertje. Dag, tot straks. Dag.

Ik kleedde me aan als iemand die in zijn eentje gaat wandelen in het park. Dat wil zeggen, volgens mijn idee over iemand die in zijn eentje gaat wandelen in het park. Spijkerbroek, gymschoenen, sweater, versleten leren jack.

Ik fietste ernaartoe en kwam te vroeg aan. Ik zette mijn fiets vast aan een rek en liep door een van de hekken het park binnen. Het was elf uur en er waren heel veel mensen. Gezinnen, kleine jongens op rollerblades, volwassenen op rollerblades, mensen die jogden en anderen die fit-walking deden, dus eigenlijk wandelden. Maar wel met trainingspakken, dure schoenen en heel ernstige gezichten. Laat er geen onduidelijkheid over bestaan dat wij hier een sport beoefenen, en niet zomaar een wandelingetje maken.

De basketbalvelden waren allemaal vol. En op een open plek zag ik een groep meisjes gekleed in kimono's. Het waren allemaal zwarte banden, bezig een karate *kata* uit te voeren. Het was een heel mooi gezicht.

Ik liep drie keer het hele park rond om de tijd te doden. Toen zag ik eindelijk Natsu die min of meer net zo gekleed was als ik. Haar dochtertje, in een donzen jack, zwoegde naast haar op een fietsje.

Ik zwaaide en zij zwaaide vrolijk terug.

'Herinner je je Guido nog, Anna?'

Ik vroeg me af of ze zich die avond herinnerde. Wat een stomme vraag, zei ik tegen mezelf. Ze was niet eens wakker geworden en kon zich dus helemaal niets herinneren.

'Hallo,' zei ze simpelweg.

'Hallo, Anna, hoe gaat het met je?'

'Goed. Hoe vind je mijn fiets? Het is een cadeau van mama en ik kan er al op rijden zonder steunwielen.'

'Wat ben je knap. Toen ik zo oud was als jij probéérde ik niet eens zonder steunwielen te rijden.'

Ze keek me even strak aan om te zien of ik haar in de maling nam. Toen leek ze te besluiten dat ik er inderdaad uitzag als iemand die moeite had gehad om te leren fietsen zonder steunwieltjes.

'Waarom ben je naar het park gekomen? Heb je je kinderen meegebracht?'

'Ik heb geen kinderen.'

'Waarom niet?'

Omdat ik te laf was om ze te maken toen het moment daar was.

'Guido is niet getrouwd, schatje. Als hij eenmaal besluit te trouwen, krijgt hij ook kinderen.'

Geen probleem. Gegarandeerd.

Het meisje reed weer door op haar fiets. Natsu en ik wandelden langzaam achter haar aan.

We passeerden een stalletje dat ijs en drankjes verkocht.

'Mama, mag ik een ijsje?'

'Als we een ijsje nemen, eet je straks niet, schatje.'

'Toe, mama. Een klein ijsje. Het allerkleinste ijsje dat er is. Asjeblieft.'

Natsu stond op het punt iets te zeggen, en ze zag eruit als iemand die ging toegeven. Toen vroeg ik haar of ik voor Midori een ijsje mocht kopen. Ze haalde haar schouders op.

'Wel een kleintje.'

Oké. Een kleintje.

Ik vroeg het meisje met me mee te gaan en ze volgde me gedwee. Natsu bleef op een afstand staan.

Een paar seconden – de tijd die nodig was om samen

naar het stalletje te lopen, haar een ijsje te laten uitkiezen, het te betalen, het aan te pakken, en aan haar te geven – voelde ik een absurde, alledaagse, perfecte emotie.

Ik was de vader van dat meisje. We waren met z'n drieën – zij, haar vader en haar moeder – een wandeling gaan maken in het park. Ik kocht een ijsje voor haar.

Ik ben gek aan het worden, zei ik tegen mezelf. En het kon me niets schelen. Ik was blij dat ik daar was, dat wíj daar waren, en het kon me niets schelen.

Het meisje pakte het ijsje aan, vroeg of ik haar fietsje wilde dragen, en zo vervolgden we onze wandeling langs de lanen, met z'n drieën. Als een gezin.

'Anna heeft vanmiddag een feestje,' zei Natsu.

'O,' zei ik, met mijn meest onnozele uitdrukking.

'Als je geen andere verplichtingen hebt, zou ik bij je langs kunnen komen, nadat ik haar heb afgezet bij het huis van haar vriendinnetje. Wat denk je?'

Wat ik dacht was dat het proces over drie dagen zou beginnen.

Ik zei dat ik geen andere verplichtingen had.

27

Ik ging Paolicelli de dag voor de zitting opzoeken. Toen ik de spreekkamer binnenkwam, vond ik dat hij er uitermate verslagen uitzag.

'Ik ben gekomen om de details met je door te nemen. Maar in de eerste plaats om definitief te beslissen wat we gaan doen. Tot morgenochtend kunnen we nog besluiten om te kiezen voor onderhandelen over strafvermindering.'

'U vindt dat ik een stommiteit bega, hè? Ik zou moeten onderhandelen en de schade beperken, toch? Anders wordt het vonnis bevestigd, en god weet wanneer ik hier dan uit kom.'

'Zo ligt het niet helemaal. Maar zoals we al meerdere malen hebben gezegd, kunt u, als we onderhandelen over strafvermindering, over een paar jaar vrij zijn, of in ieder geval gedeeltelijke bewegingsvrijheid genieten.'

'In de afgelopen weken kon het proces me niet snel genoeg beginnen en had ik geen enkele twijfel. Nu weet ik niet meer wat ik moet doen en ben ik doodsbenauwd. Wat moet ik doen?'

Het spijt me maar het is niet aan mij om dat te zeggen. Als uw raadsman moet ik de alternatieven uiteenzetten, vanuit een technisch standpunt, en afstand bewaren. Ik moet u het mogelijke resultaat voorleggen van elk van de verschillende opties. Vervolgens is het aan u om te kiezen. Die verantwoordelijkheid kan ik niet op me nemen.

Ik zei niets van al dat gelul. Ik bleef alleen een paar seconden zwijgen, alvorens hem te antwoorden. En toen ik sprak leek het alsof het niet mijn stem en niet mijn woorden waren.

'Ik zeg: laten we in beroep gaan. Als de drugs niet van u waren – en ik geloof u – dan is het niet terecht dat u in de gevangenis zit en moeten we proberen u eruit te krijgen. Dan moeten we alles op alles zetten. Als de drugs wel van u waren, dan is dit het allerlaatste moment om mij dat te zeggen. Ik ben hier niet om over u te oordelen. Zeg het me als het zo is en dan zullen we morgen proberen zo goed mogelijk te onderhandelen over strafvermindering.'

Hij keek me in de ogen. Ik beantwoordde zijn blik, en ik had de indruk dat zijn ogen vochtig werden.

'Laten we in beroep gaan.'

Dat was alles.

Ik legde hem in het kort uit wat er de dag daarop stond te gebeuren en zei dat zijn verhoor plaats zou vinden tijdens de volgende zitting. Vervolgens vroeg ik hem of hij nog vragen had maar gelukkig had hij die niet. Ik nam afscheid – we zien elkaar morgen in de rechtszaal – en vertrok.

Toen ik uit de gevangenis kwam, stond ik op het punt mijn mobiel weer in te schakelen. Vervolgens veranderde ik van gedachte. Ik kon beter ieder risico, iedere verleiding vermijden, in ieder geval die avond. Voor wat het waard was.

28

Toen ik thuiskwam, had ik zelfs geen zin om te oefenen op de stootzak, dus maakte ik een broodje, at het op en ging weer naar buiten om wat rond te zwerven, zonder de moeite te nemen me om te kleden.

Na korte tijd bevond ik me in de straten van de wijk Libertà. Op plekken die me herinnerden aan oude verhalen uit een periode in mijn leven, zo'n twintig jaar geleden, toen alles nog eenvoudig leek.

In gedachten verzonken, stond ik stil voor de ingang van een soort privéclub. Binnen hoorde ik stemmen die in dialect spraken. Zeven, acht mannen zaten om een tafel. Ze spraken luid, door elkaar heen, en ze maakten gebaren, door elkaar heen. Op de grond stonden twee kratten Peroni-bier.

Ze speelden om bier. Het spel hield het midden tussen een spel en een stammenritueel dat wordt uitgevoerd met een spel Napolitaanse kaarten en een flinke hoeveelheid flessen bier.

'Advocaat Guerrieri!'

Tonino Lopez, een beruchte heler uit de Libertà, met een strafblad ter grootte van een boekdeel. Al een jaar of tien mijn cliënt.

Zijn officiële werk, in de periode tussen twee arrestaties door, was groenteboer, en aangezien hij, om onbekende redenen, bijzonder op mij gesteld was, liet hij iedere twee à drie maanden een kistje fruit bij mijn kantoor afleveren, of een kistje artisjokken, of een pot olijven in zout water, of twee flessen wijn van het land. Iedere keer belde ik naar zijn winkel om hem te bedanken, en iedere keer antwoordde hij, zonder mankeren, op dezelfde manier.

'Tot uw dienst, advocaat. Altijd tot uw dienst.'

Tonino stond op van het blankhouten klapstoeltje, liep op mij af en gaf mij een hand.

'We spelen om bier, advocaat. Wil u er niet bij komen zitten?'

Ik hoefde er niet over na te denken. Ik zei dank je en ging naar binnen. De lucht was zwaar van alcohol, rook en allerlei mensengeuren. Lopez stelde me voor aan de anderen. Het merendeel bestond uit gezichten die ik eerder in de wijk of in de gangen van het gerechtsgebouw had gezien. Sommigen zeiden goedenavond, anderen knikten. Aan niemand merkte je dat hij verbaasd was dat ik daar was, in mijn grijze advocatenpak met stropdas.

Tonino pakte een andere klapstoel die tegen de muur stond, opende hem en zette hem naast de zijne. Vervolgens pakte hij een fles bier uit de krat, opende hem en gaf hem aan mij.

'Gaat u zitten, advocaat. Heeft u trek in een biertje?'

Ik nam de fles aan en dronk hem in één keer half leeg, zonder mijn mond van de fles te nemen. Dat beviel Tonino wel, dat zag ik aan zijn gezicht. Ik had gedronken als een echte man. Ik dacht dat het beter zou zijn om mijn das af te doen. Ik deed het terwijl ik om me heen keek.

Het was een kale ruimte met één deurtje van schilferend hout tegenover de straatkant. Op de smerige muren hingen alleen twee voetbalposters: op de een stond een foto van het team van Bari in betere tijden; op de ander Roberto Baggio in een blauw shirt, in volle actie.

Ik dronk mijn bier op in twee slokken. Tonino opende weer een fles en gaf hem aan me.

'Weet u hoe je om bier speelt, advocaat?'

Ik nam een flinke slok van mijn tweede bier. Mijn oog viel op de rode Marlboro's die op de tafel lagen en ik kreeg de aandrang er een te pakken. Ik weet niet hoe, en vooral niet waarom ik het niet deed. Eerlijk gezegd heb ik nooit geweten waarom ik met roken ben gestopt.

Ik wendde me tot Tonino.

'Een beetje. We speelden het in dienst, met jongens uit de wijken Iapigia en San Pasquale.'

'Speel dan met ons mee. Het is geen probleem als u er nu in stapt.'

Een fantastisch idee. We zaten praktisch op straat. Er zou zomaar iemand kunnen passeren die ik kende, en die zou mij daar zien zitten, zonder stropdas, te midden van een aantal van de grootste bajesklanten uit de buurt, terwijl ik me volgoot met bier, boeren liet, ruziënd discussieerde over de strategische keuzes van het spel. Het zou best eens kunnen uitlopen op een vechtpartij waarbij messen werden getrokken, en met een beetje geluk zou ik de nacht moeten doorbrengen in een cel van de carabinieri of de politie. Een ideaal verloop van de avond.

'Oké, ik doe mee,' antwoordde ik, terwijl er een lichte huivering door me heen ging, maar tegelijkertijd dacht ik: het kan me geen reet schelen.

Ik speelde een paar uur met hen; ik dronk heel veel bier, en ging pas weg toen ze allemaal gingen. Ik was net zo dronken als de anderen, en voelde me vrij en licht.

Iedereen nam heel hartelijk afscheid van me. Bijna innig. Het was alsof ik een inwijdingsrite briljant had doorstaan. Een kerel met een buik zo groot dat hij niet echt leek omhelsde me zelfs en kuste me op de wangen. Ik voelde de elastische aanraking van zijn pens, en ik rook de geur van bier, sigaretten en zweet.

'Je bent een geweldige peer, advocaat,' zei hij voordat hij waggelend wegliep.

Ook ik liep waggelend weg en ergens onderweg naar huis begon ik te zingen. Ik zong oude liederen uit de jaren zeventig. Er moest een betekenis zitten in alles wat me overkwam, dacht ik.

Gelukkig was ik te dronken om uit te vinden wat die betekenis was.

29

Ik liep de zaal van het Hof van Beroep binnen nadat ik een blik had geworpen op het papier dat op de deur was bevestigd, met de lijst van de zaken die die morgen behandeld zouden worden.

Er was het gewone allegaartje – kleine diefstallen, overtreding van bouwvoorschriften, heling – zaken die zouden worden afgehandeld met de snelheid van één per minuut, door een president die boze blikken zou werpen naar de advocaten en zelfs naar de advocaat-generaal als ze het waagden om één woord meer te gebruiken dan strikt noodzakelijk. Wat neerkwam op twee of drie woorden meer dan stilte.

Mijn zaak was, naar het scheen, de enige met een gedetineerde verdachte, en had daarom eigenlijk voorrang moeten krijgen. Eigenlijk, want in de praktijk deden ze wat hun uitkwam.

Het was halftien, het officiële tijdstip waarop de zitting moest beginnen. Vanzelfsprekend was er nog niemand. Ik was met opzet op tijd gekomen omdat ik houd van verlaten rechtszalen, en daar te zitten, zonder iets te doen, helpt mij bij mijn concentratie. Ik houd van dat afwachtende gevoel. Het is dezelfde gewaarwording die je krijgt wanneer je 's morgens vroeg je huis verlaat en er is nog niemand op straat. Wanneer je in een bar gaat zitten aan zee, een espresso of een cappuccino neemt, en wacht. De straten vullen zich langzamerhand en je wordt je bewust van alles en je hebt het gevoel dat je bij iets vluchtigs en toch eeuwigs behoort.

Wanneer je op een bank gaat zitten in een verlaten rechtszaal, krijg je een soortgelijke gewaarwording. Je voelt je onderdeel van iets. Iets belangrijks, iets zuivers en geordends.

Maar wees gerust. Dat gevoel verdwijnt snel – omstreeks kwart voor tien, als ik al een tijdstip moet noemen – wanneer de zaal begint vol te lopen.

'Hé, Guerrieri. Ben jij hier soms blijven slapen?'

Dat bedoel ik.

De stem die het midden hield tussen onzeker Italiaans en het dialect van Bari was van Castellano. Het lukte me nooit zijn voornaam te onthouden. Hij verdedigde uitsluitend dieven van allerlei soort – autodieven, inbrekers, zakkenrollers, tasjesdieven – en kleine drugsdealers. We hadden aan de universiteit dezelfde richting gedaan, maar dat betekende absoluut niet dat er een persoonlijke band tussen ons bestond aangezien er meer dan duizend studenten ingeschreven stonden.

Hij was klein, gedrongen, met een stierennek, bijna helemaal kaal, op de plukjes haar na die langs zijn hoofd over zijn oren vielen. Nog meer plukjes haar kwamen uit de boord van zijn overhemd dat altijd openstond, net zoals zijn stropdas altijd scheef hing.

Hij was niet bepaald het type met wie je aan de praat zou raken over Emily Dickinson of over de esthetische theorie van Thomas van Aquino. Om de twee of drie woorden zei hij 'kut' en in de pauze van de zittingen – en eerlijk gezegd ook tijdens de zittingen – liep hij te koop met zijn erotische fantasieën over ieder willekeurig schepsel van het vrouwelijk geslacht dat in zijn blikveld kwam. Hij discrimineerde niet: stagiaires, secretaresses, magistraten en verdachten konden zonder onderscheid het voorwerp zijn van zijn weinig romantische dromen. Of ze nu mooi of lelijk, jong of oud waren, maakte geen enkel verschil.

Ik reageerde met een vage glimlach, hopend en biddend dat hij daarmee tevreden zou zijn en niet zou besluiten naast me te komen zitten om een goed gesprek te beginnen. Mijn gebed werd niet verhoord. Hij zette zijn tas op de bank en ging puffend zitten.

'Hoe gaat het, Guerrieri, alles oké?'

Ik zei, dank je, alles was oké. Ik zei het terwijl ik in mijn tas rommelde en deed alsof ik druk bezig was. Het was een ijdele poging, Castellano merkte het niet eens, hij vertelde me dat die ochtend de zaak behandeld werd van twee oude cliënten van hem die beiden vier jaar hadden gekregen voor een reeks tasjesdiefstallen en hij vroeg me of ik wist hoe het hof was samengesteld. Als het geschikte rechters waren zou hij het beroep doorzetten, zo niet, dan zou hij onderhandelen over strafvermindering. Ik vertelde hem wie de rechters waren en, nadat hij er even over had nagedacht, zei hij dat het niet de moeite waard was om met hen een risico te lopen. Hij zou onderhandelen, dat zou de zaak ook nog bespoedigen. En wat had ik die ochtend?

O, had ik een drugshandelaar. En hoeveel jaar had hij in eerste aanleg gekregen? Zestien jaar? Kut, en wat hij dan wel gedaan om zestien jaar te krijgen? Wie was die man in jezusnaam, het hoofd van het Medellin-kartel? Wie kon het overigens een kut schelen wie die klootzakken waren, het gaat erom dat ze betalen. Nu de materie van onze respectieve zaken uitgeput was, veranderde Castellano van onderwerp.

'Guerrieri, weet je dat ik een snelle internetverbinding heb laten installeren op mijn kantoor? Het is niet te geloven, je kunt zelfs films downloaden.'

Ik had geen twijfel over het soort films dat Castellano downloadde van internet.

'Gisteren heb ik een waanzinnig goede pornofilm gedownload. Daarna had ik een afspraak met een cliënt, en terwijl die man tegen me praatte, keek ik naar de film. Het geluid had ik natuurlijk uitgezet.'

Vervolgens legde hij me omstandig uit, voor het geval ik geen man van de wereld was, waarvoor hij die films gebruikte, als er op kantoor of thuis niemand was om aan zijn kop te zeuren. En een laptop was ideaal want die kon je ook meenemen naar bed, als je voelt wat ik bedoel.

Ik zal braaf zijn, zei ik in mezelf. Ik zweer dat ik braaf zal zijn, als iemand of iets me nu onmiddellijk komt redden van deze maniak. Ik zal spinazie eten, ik zal geen lelijke woorden zeggen, ik zal geen stinkbommetjes meer laten afgaan tijdens de catechismusles.

Deze keer werd ik wel verhoord. Zijn mobiel ging en hij ging verderop staan om te antwoorden.

Een paar minuten later – het was zo langzamerhand bijna tien uur – kwam de advocaat-generaal de zaal binnen.

Montaruli, een bekwame man. Voordat hij werd overgeplaatst naar het OM van het Hof van Beroep had hij vele jaren gewerkt als vooraanstaand substituut-officier, verantwoordelijk voor de arrestatie en de veroordeling van honderden gewone misdadigers en witteboordencriminelen. Sommigen daarvan had ik zelfs verdedigd.

Het was geen werk dat je al te lang kon doen. Voor iedereen komt een breekpunt waarop je merkt dat je er genoeg van hebt. Ook hij had dat punt bereikt, en dus had hij, na de vijftig te zijn gepasseerd, besloten het rustiger aan te gaan doen in het OM van het Hof van Beroep. Een kantoor waar je je – hoe zal ik het zeggen – niet bepaald dood hoeft te werken.

Ik stond op om hem te begroeten.

'Goedemorgen.'

'Goedemorgen, advocaat. Hoe maakt u het?'

'Uitstekend. Het is mijn cliënt die een aantal problemen heeft.'

'Over welke zaak gaat het?'

'Paolicelli. De drugs uit Montenegro.'

Hij trok een veelzeggend gezicht. Ja, mijn cliënt zat absoluut in de problemen, betekende het. We wilden natuurlijk onderhandelen over strafvermindering. Nee? Nu begon hij met enige nieuwsgierigheid naar me te kijken. Wat dacht ik in hemelsnaam te kunnen doen in een uitgemaakte zaak als deze? Na een korte aarzeling vertelde ik hem – met weglating van een paar details – wat ik van plan was te doen. Ik vertelde hem dat Paolicelli volhield dat hij onschuldig was, dat hij in een val was gelopen, dat ik hem geloofde en wilde proberen vrijspraak voor hem te krijgen.

Hij luisterde beleefd naar me, en zei niets totdat ik klaar was.

'Als uw cliënt de waarheid spreekt bevindt hij zich inderdaad in een benarde situatie. En ik zou niet graag in de schoenen staan van zijn advocaat.'

Ik stond op het punt te zeggen dat ook ik niet graag in de schoenen van zijn advocaat had willen staan, toen het geroezemoes in de zaal werd onderbroken door het geluid van de bel.

De rechters kwamen eraan.

30

De drie rechters kwamen binnen nadat de bel nog een keer had geklonken. Het was niet bepaald een college van jongemannen. De jongste – Girardi – was over de zestig, de president – Mirenghi – was iets meer dan een jaar van zijn pensioen verwijderd.

De derde – Russo – viel doorgaans een paar minuten na het begin van de zitting in slaap en werd weer wakker als het tijd was om op te stappen. Bijna iedereen was hiervan op de hoogte en op mijn persoonlijke ranglijst van rechters, gebaseerd op mijn professionele waardering, bezette hij niet een van de hoogste plaatsen.

Wat mij betreft waren deze drie goed noch slecht. Ze wilden vooral geen gedoe, maar er waren slechtere rechters aan het Hof van Beroep. Ook betere, eerlijk gezegd, maar ik mocht echt niet klagen.

Ze handelden snel de zaken af die verdaagd moesten worden, en ook een aantal verzoeken om strafverminde-ring waaronder dat van mijn collega Castellano. Vervolgens vroeg de president aan de griffier of de politie-escorte uit de gevangenis al was gearriveerd met verdachte Paolicelli. De griffier zei ja, ze waren gearriveerd en wachtten in de beveiligde vertrekken.

De beveiligde vertrekken bevinden zich in de kelder-verdieping van het paleis van justitie.

Altijd als ik die vertrekken hoor noemen, moet ik denken aan de enige keer dat ik er ben geweest. Een cliënt van me had met klem verzocht of hij mij mocht spreken voordat de zitting begon. De officier van justitie had mij gerechtigd om met het bewakingspersoneel af te dalen en contact met hem op te nemen. Mijn cliënt was een roofovervaller die op het punt stond met justitie samen te werken maar voordat hij de sprong waagde wilde hij me spreken.

Ik herinner me een onderaardse, abstracte wereld. Er was een gang met een kapot neonlicht dat beurtelings aan- en uitging. Aan beide kanten waren cellen die leken op kooien voor batterijdieren. Nachtmerrieachtige spleten waaruit plotseling een geklauwde hand kon komen om je te grijpen. De geur van vocht, schimmel en stookolie. Gedempte, dreigende geluiden. Smerige, beschadigde muren. Het gevoel dat daarbeneden de gewone regels niet meer golden. Dat er andere, onbekende en onheilspellende regels waren.

Ik besefte dat de zogenaamde gewone wereld maar een paar meter weg was en ik vroeg me af hoe vaak ik een onderaardse, angstwekkende wereld zoals deze rakelings was gepasseerd in mijn leven.

Het was geen prettige gewaarwording en ik voelde me pas beter toen ik weer terug was in de vertrouwde troosteloosheid van de rechtszaal.

De agenten brachten Paolicelli naar de kooi, en toen hij er eenmaal in zat verwijderden ze zijn handboeien door de tralies heen. Ik liep erheen om hem te begroeten, en terwijl ik hem de hand drukte vroeg ik hem, zoals gebruikelijk, of we het nog steeds eens waren over de te volgen strategie. Hij zei ja, we waren het erover eens. De president zei dat we konden beginnen, ik keerde terug naar mijn plaats, deed de toga aan en vlak voordat de openingsformaliteiten begonnen moest ik denken aan Natsu, aan haar dochtertje, aan de wandeling in het park. Aan wat er daarna was gebeurd.

De president zelf las het inleidende verslag en deed daar niet langer dan vijf minuten over. Vervolgens wendde hij zich tot mij en de advocaat-generaal, en vroeg of er eventueel verzoeken tot strafvermindering waren.

Montaruli opende zijn handen een heel klein beetje, en schudde licht met zijn hoofd. Ik stond op en trok mijn toga goed over mijn schouders.

'Nee, mijnheer de president. Wij dienen geen verzoek tot strafvermindering in. Ik wil daarentegen een aantal verzoeken indienen om het proces gedeeltelijk te mogen overdoen.'

Mirenghi fronste zijn voorhoofd. Girardi keek op van het dossier dat hij bezig was te bestuderen. Russo zocht naar de beste houding om weg te dommelen en gaf er geen blijk van iets te hebben gehoord.

'Op grond van een aanvechtbare verdedigingsstrategie heeft de heer Paolicelli geweigerd verhoord te worden tijdens het proces in eerste aanleg. Wij zijn nu van mening dat dat een verkeerde keuze was. Wij zijn van mening dat het noodzakelijk is dat het hof de versie van de verdachte hoort, zowel wat betreft de feiten die de basis vormen voor de aanklacht, als wat betreft de gebeurtenissen die daarna hebben plaatsgevonden. In hetzelfde perspectief en met hetzelfde doel verzoeken wij tevens dat mevrouw Natsu Kawabata, echtgenote van de heer Paolicelli, als getuige gehoord mag worden.'

Ik pauzeerde enige ogenblikken. De president en Girardi luisterden naar me. Russo zakte langzaam weg naar één kant. Alles verliep goed, tot aan dat moment.

'Afgezien van het verzoek om de verdachte te mogen verhoren en zijn vrouw te mogen laten getuigen hebben we nog een ander verzoek. En het valt me tamelijk zwaar dit verzoek in te dienen en u zult spoedig begrijpen waarom. In de afgelopen dagen heeft mijn cliënt mij een aantal feitelijke elementen onthuld met betrekking tot zijn relatie met zijn vorige verdediger en in het bijzonder met betrekking tot de inhoud van bepaalde gesprekken met voornoemde verdediger. Volgens de heer Paolicelli – en hij zal dat natuurlijk ook voor dit hof verklaren tijdens het verhoor – heeft zijn vorige verdediger tegenover hem laten doorschemeren dat hij de echte daders kende van de illegale handel waarvoor Paolicelli eerst gearresteerd en vervolgens veroordeeld is. Het belang van een dergelijk gegeven is evident, hoewel het voor de hand ligt dat het aan een nauwgezet betrouwbaarheidsonderzoek onderworpen zal moeten worden. Maar evenzeer ligt het voor de hand dat deze informatie, om op waarde geschat te kunnen worden, rechtstreeks moet worden verkregen van de betrokkene, te weten advocaat Macrì. Ik verzoek derhalve om advocaat Macrì te mogen oproepen als getuige.

Het spreekt vanzelf dat deze verzoeken om het proces gedeeltelijk te mogen overdoen niet zijn opgenomen in de akte van het beroep omdat die nog is opgesteld door de vorige verdediger, dus in het kader van een volstrekt andere verdedigingsstrategie. Maar zoals het hof zal kunnen verifiëren, betreft het gerechtelijke stappen die ambtshalve kunnen worden toegestaan op grond van het paradigma zoals vastgelegd in artikel 603, paragraaf 3, van het Reglement van Strafvordering. Op basis van de verklaringen die verdachte zal afleggen tijdens het verhoor zult u zelf de absolute noodzaak kunnen vaststellen van de getuigenverklaring van advocaat Macrì waarom wij u verzoeken.'

Ik had het gedaan. Pas nadat ik was gestopt met praten, en terwijl de president aan de advocaat-generaal vroeg om te reageren op mijn verzoeken, werd ik me ten volle en in alle helderheid bewust van wat ik in gang had gezet.

Behalve de schriftelijk vastgelegde regels – in wetboeken en in uitspraken die de wetten interpreteren – bestaat

er een reeks ongeschreven regels die gelden voor processen en in rechtszalen. Deze regels worden veel nauwgezet-
ter en zorgvuldiger in acht genomen. En bij deze regels is
er een die min of meer het volgende behelst: een advocaat
verdedigt geen cliënt door een collega voor schut te zetten. Dat doe je niet, punt uit. Degene die deze regels over-
treedt moet hier op een of andere manier voor boeten.

Of in ieder geval zal iemand proberen het hem betaald
te zetten.

Montaruli stond op om te reageren.

'Mijnheer de president, het lijkt mij – tenminste wat betreft het oproepen van de vorige verdediger als getuige – te
gaan om een enigszins ongebruikelijke hypothese als basis
voor de heropening van het proces. Nog even afgezien van
het inhoudelijke aspect, denk ik dat er verscheidene juridische obstakels zijn die het oproepen van de vorige verdediger als getuige in de weg staan. Ik vermeld, heel in het
kort, de mogelijke juridische obstakels. Ten eerste, als ik het
goed heb begrepen, komt uit de summiere aanwijzingen
die ons zijn verschaft door advocaat Guerrieri de veronderstelling naar voren dat de vorige verdediger te kwader
trouw zou hebben gehandeld. Die veronderstelling maakt
het onmogelijk voornoemde verdediger als getuige te horen aangezien hij opgeroepen zou worden om bezwarende
verklaringen tegen zichzelf af te leggen. Ten tweede denk
ik dat er in ieder geval sprake zou zijn van belangenverstrengeling volgens artikel 197 van het Reglement van
Strafvordering. Ten slotte en afsluitend ben ik van oordeel
dat voornoemde advocaat zich in ieder geval zou kunnen
beroepen op zijn beroepsgeheim volgens artikel 200. Om
al deze redenen verzet ik mij tegen het toelaten van advocaat Macrì als getuige, terwijl ik geen bezwaar heb tegen de
andere verzoeken, te weten het verhoor van de verdachte
en de getuigenverklaring van zijn vrouw.'

De president fluisterde raadsheer Girardi iets in het oor. Hij draaide zich niet eens in de richting van Russo. Ik stond op en vroeg het woord.

'Mijnheer de president, ik zou graag enige opmerkingen maken over wat de advocaat-generaal zojuist heeft gezegd.'

'Over wat precies, advocaat Guerrieri?'

'Over de door hem aangegeven uitgangspunten voor de vermeende ontoelaatbaarheid van de getuigenverklaring van advocaat Macrì.'

'Indien nodig, kunt u deze opmerkingen in een later stadium maken. Vooralsnog staan wij het verhoor van uw cliënt en de getuigenverklaring van zijn echtgenote toe. Pas nadat deze hebben plaatsgevonden, zullen wij een beslissing nemen over het andere verzoek.'

En voordat ik er nog iets aan toe kon voegen, dicteerde hij zijn beslissing aan de griffier.

'Het hof, de toelaatbaarheid overwegende van het verhoor van verdachte en de getuigenverklaring van diens echtgenote; en overwegende dat het daarentegen op het huidige moment niet mogelijk is een beslissing te nemen over de toelaatbaarheid van de getuigenverklaring van advocaat Macrì – aangezien er pas na afloop van voornoemde ondervragingen een oordeel gegeven kan worden over de relevantie daarvan in deze zaak – geeft toestemming voor het verhoor en de getuigenverklaring, en laat van de uitkomst daarvan iedere eventuele verdere beslissing afhangen.'

Alles bij elkaar een correcte beslissing. In hun plaats zou ik waarschijnlijk hetzelfde hebben gedaan.

De president richtte zich opnieuw tot mij.

'Advocaat Guerrieri, hoeveel tijd denkt u nodig te hebben voor het verhoor van uw cliënt? Als het in een paar minuten afgehandeld kan worden, kunnen we er nu toe overgaan. Zo niet, dan kunnen we de zaak beter uitstellen, aangezien wij vandaag de zitting vroeg moeten sluiten in verband met een persoonlijke verplichting van mijzelf.'

'Mijnheer de president, ik denk niet dat het verhoor veel tijd in beslag zal nemen maar een paar minuten lijkt me niet voldoende. Het is beter een kort uitstel in te lassen.'

Mirenghi gaf geen commentaar, liet de beslissing om het verhoor een week uit te stellen schriftelijk vastleggen en zei vervolgens dat het hof zich terugtrok voor een schorsing van vijf minuten.

Ik liep naar Paolicelli om hem te zeggen dat de dingen min of meer verliepen zoals ik had verwacht, toen ik zijn blik opving die gericht was op de ingang van de zaal. Ik draaide me om en zag Natsu binnenkomen.

Het was me sinds mijn kinderjaren niet meer overkomen dat ik zo moest blozen. Het was de eerste keer, sinds die hele affaire was begonnen, dat we ons alle drie in dezelfde fysieke ruimte bevonden. Natsu, haar man en ik.

Paolicelli riep me. Ik aarzelde een paar seconden, om mijn blos te laten verdwijnen of in ieder geval te laten zakken, en liep toen naar de kooi.

Hij wilde zijn vrouw begroeten en daarvoor moesten de bewakers toestaan dat zij dichterbij kwam. Ik vroeg het Montaruli en deze gaf toestemming voor een kort gesprek tussen de gedetineerde en zijn vrouw. Doorgaans is dat niet mogelijk – slechts een beperkt aantal gesprekken is toegestaan en deze vinden plaats in de gevangenis –, maar in de praktijk staan officieren van justitie die geen absolute klootzakken zijn deze kleine uitzonderingen toe tijdens de pauze tussen zittingen.

Natsu leunde tegen de kooi en hij pakte haar handen vast door de tralies. Hij klemde ze in de zijne, en zei iets wat ik gelukkig niet kon horen. Twee steken gingen gelijktijdig door me heen: jaloezie en schuldgevoel. Ze waren heel verschillend maar deden allebei evenveel pijn.

Ik moest de zaal uit om het gevoel te onderdrukken dat iedereen naar mijn gezicht keek en ervan kon aflezen wat er in mij gebeurde.

Een paar minuten later passeerden de bewakers me die Paolicelli geboeid wegvoerden. Hij groette me met een flauwe glimlach terwijl hij zijn vastgeketende handen optilde.

31

De middag vóór de tweede zitting ging ik Paolicelli opzoeken in de gevangenis. Ik legde hem uit wat er de volgende ochtend zou gebeuren – ik zou beginnen met de getuigenverklaring van zijn vrouw en vervolgens zouden we
doorgaan met zijn verhoor –, ik zei hem hoe hij zich moest
gedragen, we gingen nog een keer over de vragen die ik
hem zou stellen en de antwoorden die hij moest geven.

Dit nam niet veel tijd in beslag en in minder dan een
halfuur waren we klaar.

Op het moment dat ik mijn papieren in mijn tas stopte
en me klaarmaakte om te vertrekken vroeg Paolicelli me
of ik het niet erg vond om nog tien minuten te blijven en
een praatje met hem te maken. Letterlijk zei hij: 'Zou u
misschien nog tien minuten kunnen blijven om nog wat te
praten?'

Het lukte me niet de verbaasde uitdrukking te beheersen
die over mijn gezicht flitste, en natuurlijk merkte hij dat.

'Sorry, sorry. Het is belachelijk, ik weet niet wat me
overkwam...'

Ik onderbrak hem met een stuntelige handbeweging,
om hem te laten weten dat hij zich niet hoefde te rechtvaardigen.

'Het is niet belachelijk. Ik weet heel goed dat je je in de
gevangenis vreselijk eenzaam kunt voelen.'

Hij keek me in de ogen, bedekte toen zijn gezicht een

paar seconden met zijn handen, slaakte een bijna harts-
tochtelijke zucht, om uiting te geven aan zijn pijn maar
ook aan een soort opluchting.

'Soms denk ik dat ik gek aan het worden ben. Dan denk
ik dat ik hier nooit meer uit zal komen. Ik zal mijn dochtertje nooit meer zien, mijn vrouw zal iemand anders leren
kennen en een nieuw leven beginnen...'

'Ik heb uw dochtertje gezien. Op een middag heeft uw
vrouw haar meegenomen naar mijn kantoor. Ze is adem-
benemend mooi.'

Ik weet niet waarom ik dat zei. Misschien was het een
manier om hem te onderbreken en mijn schuldgevoel
draaglijker te maken. Of misschien was het iets anders.
Hoe dan ook, de woorden kwamen eruit zonder dat ik er
greep op had.

Ik had op de hele situatie geen greep.

Hij zocht naar woorden om te reageren maar kon ze
niet vinden. Toen kneep hij zijn lippen op elkaar terwijl
zijn ogen vochtig werden. Ik wendde mijn blik niet af zoals
ik normaal gedaan zou hebben. Daarentegen strekte ik
mijn arm uit over de tafel en legde mijn hand op zijn
schouder. Terwijl ik dat deed, moest ik haarscherp denken
aan alle keren dat ik erover had gedroomd om hem in handen te krijgen.

Dit slaat helemaal nergens op, zei ik tegen mezelf.

'Hoe brengt u uw tijd hier door?' vroeg ik hem.

Alvorens te antwoorden wreef hij in zijn ogen en haalde
zijn neus op.

'Ik heb het redelijk getroffen. Ik werk in de ziekenboeg,
en dat helpt. Een deel van de dag gaat vrij snel voorbij.
Daarna, in mijn vrije tijd...'

Terwijl hij deze woorden uitsprak, werd hij zich bewust
van de paradox. *Vrije tijd.* Hij leek op het punt te staan
om er een grapje over te maken, maar moet vervolgens ge-

dacht hebben dat het niet geestig en ook niet origineel zou zijn. Hij maakte alleen een vermoeid gebaar en begon weer te praten.

'...wanneer ik niet werk dus, probeer ik wat lichaams-oefeningen te doen, u weet wel, push-ups, kniebuigingen, stretching, dat soort dingen, en verder lees ik.'

Daar gaan we, dacht ik. Dat ontbrak er nog maar aan. Een fascist die leest. Hebben ze Julius Evola hier in de ge-vangenis? Of misschien een bloemlezing van fragmenten uit *Mein Kampf*?

'Wat leest u?'

'Alles wat ik in handen krijg. Op het ogenblik ben ik de biografie van Nelson Mandela aan het lezen. *De lange weg naar de vrijheid*. Dat klinkt goed, voor iemand in mijn situa-tie. Houdt u van lezen, advocaat?'

Ik bedacht dat ik tegen hem moest zeggen dat hij me mocht tutoyeren. Dat het gebruik van 'u' belachelijk was, gezien alles wat er tussen ons was en was geweest. Alleen hij wist niet wat er tussen ons was en was geweest, tussen ons alle drie. En zou dat waarschijnlijk ook nooit weten.

'Ja, heel veel.'

'En wat bent u aan het lezen?'

Ik was *Niets gebeurt bij toeval* aan het lezen. En exact op het moment dat ik zijn vraag beantwoordde en die titel noemde, leek het alsof alles een duidelijke, heldere beteke-nis kreeg. Of liever dat die heldere, duidelijke betekenis er altijd was geweest, zoals de ontvreemde brief van Poe, en dat ik gewoonweg niet in staat was geweest om die te vat-ten. Omdat hij te zeer voor de hand lag.

Zijn stem deed alles verdwijnen voordat ik de woorden had kunnen vinden om die betekenis op te slaan, ook in mijn geheugen.

'Is het een roman?'

'Nee, het is een essay van een jungiaanse psychoanalyticus. Hij spreekt over kans en toeval, en over de verhalen die we onszelf vertellen om betekenis te geven aan kans en toeval. Het is een mooi boek, een boek over de zoektocht naar betekenis, en over verhalen.'

En vervolgens, na een korte pauze, voegde ik eraan toe: 'Ik hou erg van verhalen.'

Waarom zei ik dit allemaal tegen hem? Waarom zei ik dat ik erg van verhalen hield? Waarom vertelde ik hem over mijn privézaken?

We praatten nog wat door. Eerst over boeken, daarna over sport. Het zou nooit bij hem zijn opgekomen dat ik de bokssport beoefende, zei hij, ik was er helemaal het type niet voor, en bovendien had ik niet eens een gebroken neus. Hij speelde tennis, en tamelijk goed. Helaas waren er in de gevangenis geen tennisbanen en daarom was zijn backhand waarschijnlijk niet helemaal in topvorm. Hij was nu meer ontspannen, en die grap kwam eruit met een zekere ongedwongenheid. Op dat moment bedacht ik dat hij mij bij onze eerste ontmoeting had gezegd dat hij in de gevangenis weer was begonnen te roken, maar dat ik hem nooit een sigaret had zien opsteken.

Hoe zat dat, vroeg ik hem. Hij wilde mij geen ongemakkelijk gevoel geven, antwoordde hij, aangezien ik was gestopt met roken. Ik zei dank u, maar roken gaf me nooit een ongemakkelijk gevoel meer. Bíjna nooit, dacht ik, zonder het te zeggen. Hij knikte en voegde er vervolgens aan toe dat hij er toch de voorkeur aan gaf om tijdens onze ontmoetingen niet te roken.

Van het roken gingen we over op muziek.

'Muziek is een van de dingen die ik het meest mis.'

'Bedoelt u het maken van muziek of het ernaar luisteren?'

Hij glimlachte en haalde licht zijn schouders op.

'Nee, nee. Ernaar luisteren. Ik had graag een instrument kunnen bespelen, maar ik heb het nooit geprobeerd. Er zijn zo veel dingen die ik nooit heb geprobeerd, maar goed, het zij zo. Nee, ik luister graag naar muziek. Ik hou van jazz.'

'Van wat voor soort jazz?'

'Houdt u er ook van?'

'Een beetje. Ik luister er vaak naar, ook al ben ik er niet altijd zeker van dat ik het begrijp.'

'Ik houd van alle soorten jazz, maar hier in de gevangenis mis ik vooral sommige klassieke nummers waar ik als jongen naar luisterde.'

Bedoel je toen je een fascistische raddraaier was en hakenkruisen op muren tekende? Maar wist je wel dat jazz de muziek van de zwarten was? Hoe rijm je dat met het superieure ras en al die andere lulkoek?

'Mijn vader was dol op jazz, hij had een ongelooflijke verzameling oude platen waaronder zeer zeldzame opnames uit de jaren vijftig. Nu zijn ze van mij, en ik heb nog een echte platenspeler om ze op af te draaien.'

Die verzameling moest zich bevinden in een van de kamers waar ik niet was geweest, dacht ik, terwijl opeens de geur van dat huis mijn neusgaten vulde, een pijnlijke ervaring.

'Heeft u een favoriet nummer?'

Hij glimlachte weer, terwijl hij in de verte staarde en ja knikte.

'Ja, dat heb ik. "On the Sunny Side of the Street". Het eerste wat ik ga doen als ik hieruit kom, is het beluisteren van een heel oude radio-opname van dat nummer. Satchmo die speelt en zingt in de RAI-studio's in Florence, geloof ik. Als ik aan dat nummer denk met het geknetter van jaren geleden lopen de rillingen over mijn rug.'

Zachtjes begon hij 'On the Sunny Side of the Street' te fluiten, volkomen zuiver, en even vergat hij mij en alles, terwijl hij dat naargeestige, stille vertrek vulde met zijn tonen. En terwijl door mijn hoofd de vragen heen en weer stuiterden als biljartballen.

Wie ben jij, verdomme? Was je er echt bij toen die jongen werd doodgestoken? En ben je nog steeds een fascist? Hoe is het mogelijk dat je een fascist was en van jazz hield? Hoe is het mogelijk dat je van boeken houdt? Wie ben je?

De muziek stierf weg zonder dat ik het merkte, net als mijn gedachtes, en mijn onbeantwoorde vragen. Een aantal van mijn zekerheden was al een tijdje geleden weggestorven.

Paolicelli zei dat ik moest gaan, dat hij mijn vriendelijkheid al te veel had uitgebuit en dat hij me er zeer dankbaar voor was dat ik met hem had willen praten. Het was hem een groot genoegen geweest.

Ik antwoordde dat het ook mij een groot genoegen was geweest.

Ik loog niet.

'Dus we zien elkaar morgen, in de rechtszaal.'

'Tot morgen. En bedankt. Voor alles.'

Jawel, voor alles.

32

Ik ging van de gevangenis rechtstreeks door naar kantoor, waar ik een afspraak had met Natsu. Ik zei tegen haar min of meer hetzelfde als wat ik tegen haar man had gezegd: hoe de zitting zou verlopen, hoe ze zich moest gedragen, enzovoort.

Voordat ik naar de gevangenis ging en met Paolicelli had gesproken, was ik van plan geweest om Natsu te vragen of we elkaar die avond konden zien. Maar na dat gesprek voelde ik daar niet meer voor.

Ik voelde een mengsel van tederheid, schaamte en nostalgie. Ik bedacht hoe fijn het zou zijn als dat brok diepe, doffe pijn vanwege Margherita als bij toverslag zou wegsmelten; en hoe fijn het zou zijn om onbekommerd verliefd te kunnen worden op Natsu. Ik bedacht hoe fijn het zou zijn om te kunnen dromen over de toekomst, over de dagen en nachten die we samen zouden doorbrengen. Over van alles. Waarschijnlijk was het niet om haar, maar om het idee van de liefde, van het spel en het leven dat zich er niet bij neerlegt.

Maar het was onmogelijk.

Dus toen we klaar waren met de praktische zaken, zei ik alleen dat ze er mooier uitzag dan ooit, liep om het bureau heen, gaf haar een kus op de wang en zei dat ik tot laat zou moeten werken.

Ze keek me vrij langdurig aan, alsof ze het niet goed begreep. Ik kon haar overigens geen ongelijk geven. Ten slotte gaf zij me ook een kus op de wang en vertrok.

De gebruikelijke routine volgde, alleen een beetje melancholieker dan normaal. Thuiskomst van kantoor, stootzak, douche, broodje, bier.

Het was geen avond om thuis te blijven en ik besloot naar de film te gaan. In de Esedra draaide *The Long Goodbye* van Altman, in de originele versie met ondertitels. Ik deed er twintig minuten over om bij die oude bioscoop te komen, met flinke pas door straten die zo verlaten waren en door de mistral geteisterd dat je er bijna bang van werd.

De kaartjesverkoper leek niet blij me te zien, en deed geen enkele poging dat te verbergen. Hij aarzelde zelfs even om het bankbiljet op te pakken dat ik voor hem had neergelegd. Ik had de indruk dat hij me dringend verzocht weg te gaan omdat ik waarschijnlijk de enige toeschouwer was en dus het enige obstakel om de bioscoop vervroegd te sluiten. Toen pakte hij het geld, scheurde het kaartje af en overhandigde het me op een botte manier, samen met het wisselgeld.

Ik liep de geheel lege zaal binnen. Ik weet niet of de totale afwezigheid van zintuiglijke prikkels afkomstig van mensen mijn reuk verscherpte of dat de bioscoop aan een goede schoonmaakbeurt toe was, maar ik rook duidelijk de geur van de bekleding van de stoelen en van het stof waarvan ze doordrongen waren.

Ik ging zitten, keek om me heen, en bedacht dat het een volmaakte setting was voor een aflevering van *The Twilight Zone*. En ik moest inderdaad enige seconden de impuls onderdrukken om me ervan te gaan vergewissen dat de kaartjesverkoper niet was veranderd in een gigantisch menseneтend schaaldier en dat de nooduitgangen geen openingen in de ruimte en de tijd waren geworden naar de Andere Dimensie.

Vervolgens kwam er een vrouw binnen. Ze ging bij de ingang zitten, een tiental rijen achter mij. Als ik haar wilde zien moest ik me opzettelijk omdraaien, wat ongepast zou kunnen lijken, als ik overdreef. Ik kon dus maar een oppervlakkige indruk van haar krijgen voordat de lichten uitgingen en de film begon. Ze was van gemiddelde lengte, stevig ingepakt in een grote omslagdoek, of misschien een poncho, ze had heel kort haar en leek min of meer van mijn leeftijd.

Tot aan de pauze volgde ik de film niet erg aandachtig, afgezien van het feit dat ik hem al twee keer had gezien. Ik bedacht dat ik graag een gesprek zou willen aanknopen met dat meisje, of die vrouw. Ik zou graag in de pauze met haar praten, en haar, na afloop van de film, uitnodigen om samen iets te gaan drinken. Tenzij ze al voor de pauze was weggegaan, geïntimideerd door de unheimische sfeer van die verlaten, enigszins onheilspellende zaal. En door de angst dat die andere toeschouwer – die zich net iets te vaak had omgedraaid om naar haar te kijken – een maniakale aanrander was.

Ze was er nog in de pauze. Ze had haar omslagdoek of poncho afgedaan, en stond daar, volkomen op haar gemak, maar natuurlijk had ik niet de moed om een gesprek aan te knopen.

Tijdens de tweede helft bedacht ik dat de aanwezigheid van de jonge Schwarzenegger in de film een goed aanknopingspunt zou kunnen zijn. Heeft u Schwarzenegger gezien als jongeman? Toch niet te geloven dat hij nu gouverneur is van Californië. Oké, een onbenullige opening, maar voor een cinefiel – en godsamme, een vrouw die in haar eentje, op dat late uur, *The Long Goodbye* gaat zien ís een cinefiel – is 'eerste rollen van toen onbekende en later beroemd geworden acteurs' geen slecht aanknopingspunt.

Terwijl de operateur de aftiteling abrupt afbrak en de

lichten aangingen, stond ik op, vastbesloten. Ik was mijn hele leven niet in staat geweest een meisje aan te spreken, maar ik was nu volwassen – bij wijze van spreken – en kon een poging wagen. Wat kon me eigenlijk gebeuren? Niets, helemaal niets.

Maar dit keer was ze er niet meer. De bioscoop was weer leeg.

Ik haastte me naar de uitgang met de gedachte dat ze onmiddellijk was opgestaan voordat de lichten aangingen. Maar er was niemand op straat.

De wind was nu nog harder dan toen ik was aangekomen, en deed het stof wervelend opstuiven. Als in een droom of een verschijning staken vijf zwerfhonden keurig achter elkaar de straat over en verdwenen om een hoek.

Ik zette mijn kraag op, stak mijn handen in mijn zak en ging naar huis.

33

Toen ik de volgende dag opstond had ik overal spierpijn, en de pijn ging zelfs niet weg na mijn gebruikelijke rek- en strekoefeningen. Het behoeft geen betoog dat ik niet in een al te beste stemming naar het gebouw van het Hof van Beroep liep. Dat werd nog erger toen ik bij het betreden van een stampvolle, oververhitte zaal zag dat Porcelli de advocaat-generaal was voor die zitting.

Porcelli was een man met de persoonlijkheid en het charisma van een inktvis. En gehuld in zijn toga, met zijn lange lichaam en zijn kleine hoofd, maakte hij ook fysiek de indruk een groot, overbodig ongewerveld zeedier te zijn. Iemand die zich helemaal nergens druk om maakte. Alles in hem drukte een bijna onmenselijke houding van botte onverschilligheid uit.

Hij zou tenminste geen problemen creëren voor het proces, dacht ik en zette de zaak van me af, terwijl de rechters de zaal binnenkwamen.

De gerechtelijke ambtenaar riep Natsu op die wachtte in de getuigenkamer. Ze kwam naar buiten en keek even om zich heen, enigszins gedesoriënteerd. De gerechtelijke ambtenaar leidde haar langs de rechters terwijl iedereen naar haar keek.

'Voordat we beginnen, mevrouw, ben ik volgens de wet verplicht om u te waarschuwen dat u als echtgenote van de verdachte het recht heeft af te zien van een getuigenverklaring. Mocht u echter besluiten geen gebruik te maken van deze mogelijkheid, dan bent u gehouden de waarheid te spreken zoals alle andere getuigen. Bent u bereid te antwoorden?'

'Ja, mijnheer de president.'

'Goed. Dan verzoek ik u de gelofte af te leggen.'

Natsu nam de geplastificeerde kaart aan die de gerechtelijke ambtenaar haar overhandigde en las met vaste stem.

'Mij bewust van de morele en juridische verantwoordelijkheid die ik op mij neem met mijn getuigenverklaring, beloof ik de gehele waarheid te zeggen en niets te verbergen dat mij bekend is.'

'U kunt beginnen, advocaat Guerrieri.'

'Dank u, mijnheer de president. Mevrouw Paolicelli, u weet natuurlijk al waar uw getuigenverklaring over gaat. Ik zie daarom af van een inleiding en vraag u of u advocaat Macrì heeft gevraagd om de verdediging van uw man op zich te nemen, onmiddellijk na zijn arrestatie.'

'Ja.'

'Kende u advocaat Macrì al toen u besloot hem te aan te stellen?'

'Nee.'

'Waarom koos u dan voor hem?'

'Iemand suggereerde mij hem te nemen.'

'Wie suggereerde u dat?'

Natsu bleef even stil, alsof ze haar gedachten wilde ordenen. Vervolgens antwoordde ze.

'Het was op de dag na de arrestatie van mijn man. Toen ik mijn huis verliet, werd ik benaderd door een jongeman. Hij zei dat hij was gestuurd door vrienden van mijn man en gaf mij een papiertje met de naam en het mobiele telefoonnummer van Macrì. Hij zei dat ik die advocaat zo spoedig mogelijk moest aanstellen en dat hij mijn man uit de problemen zou helpen.'

'Wat heeft u hem geantwoord?'

'Ik herinner me niet precies wat ik hem heb gezegd, ik bedoel de exacte bewoordingen, maar ik probeerde hem om uitleg te vragen.'

'Waarom zegt u: *probeerde*?'

'Omdat hij zei dat hij weg moest, dat hij geen tijd had. Hij groette me, liep naar een auto die op tien meter afstand geparkeerd stond, waarin nog iemand anders zat, en reed weg.'

'Heeft u het kenteken genoteerd?'

'Nee, dat kwam niet bij me op. Ik was te verbaasd en te verward.'

'Heeft u hem ooit weer ontmoet, na die ene keer?'

'Nee.'

'Zou u in staat zijn hem te herkennen als u hem zag?'

'Ik denk van wel, maar ik ben er niet zeker van.'

'Hebt u vervolgens met uw man gesproken over dit voorval?'

'Jazeker.'

'En wat zei hij?'

'Hij was nog verbaasder dan ik. Hij had geen idee wie die jongeman was, laat staan wie degene was die hem had gestuurd.'

'Ik heb nog een paar vragen, mevrouw. Kunt u ons iets vertellen over de omstandigheden ten aanzien van het vrij-geven van uw motorrijtuig?'

'Ja. Advocaat Macrì zei dat we een verzoek moesten in-dienen om de teruggave van de auto te bewerkstelligen. Hij zei dat de auto van mij was, dat ik niets met de zaak te maken had en dat ze hem dus moesten teruggeven. Hij diende inderdaad een verzoek in en na een paar dagen zei hij dat de officier van justitie de wagen had vrijgegeven.'

'Wat gebeurde er vervolgens?'

'We spraken elkaar over de telefoon en ik vroeg hem

wat ik moest doen om de auto terug te krijgen. Hij zei dat ik me nergens druk om hoefde te maken. Hij zou binnen een paar dagen naar Bari komen, en de auto persoonlijk gaan ophalen.'

'En zo is het gegaan?'

'Ja, hij heeft hem persoonlijk bij mij thuis afgeleverd.'

'Een laatste vraag, mevrouw. Heeft u advocaat Macrì ooit betaald?'

'Nee. Hij zei dat dat niet nodig was, dat we hem hoogstens een cadeau mochten geven als alles voorbij was.'

'U heeft hem dus nooit betaald, heeft u hem zelfs zijn onkosten niet vergoed?'

'Nee.'

'Heeft hij u ooit gezegd dat iemand anders zijn honorarium voor zijn rekening nam?'

'Nee, niet tegen mij. Ik geloof dat hij dat wel tegen mijn man heeft gezegd.'

'Dank u. Ik heb geen vragen meer.'

De president vroeg aan de advocaat-generaal of hij nog vragen had. Deze schudde vermoeid het hoofd. Toen zei Girardi tegen Natsu dat ze mocht gaan zitten. Iedereen keek naar haar, terwijl ze de enkele meters aflegde naar de publieke tribune. Even had ik een ongepast gevoel van trots. Lang genoeg om me eraan te herinneren dat ik geen enkele reden voor dat gevoel had en er in ieder geval geen recht op had.

De bewakingsagenten brachten Paolicelli de rechtszaal binnen en gingen om hem heen staan, een gebruikelijke veiligheidsmaatregel. De president liet hem zijn persoonsgegevens herhalen en vervolgens met absurde nauwgezetheid verklaren dat hij inwoner was van Bari maar dat hij zich op dat moment in bewaring bevond en dus domicilie had in de districtsgevangenis. Vervolgens wees hij hem op zijn zwijgrecht en vroeg hem of hij daarvan gebruik wenste te maken of dat hij zich wilde onderwerpen aan het verhoor. Het hele ritueel.

'Ik wens getuigenis af te leggen, mijnheer de president.'

'U kunt beginnen met uw ondervraging, advocaat Guerrieri.'

'Dank u, mijnheer de president. Mijnheer Paolicelli, mijn eerste vraag is heel simpel. Verklaart u dat u schuldig of onschuldig bent aan het misdrijf dat u ten laste wordt gelegd en waarvoor u eerst bent gearresteerd en vervolgens veroordeeld in eerste aanleg?'

'Onschuldig.'

'Zou u het hof dan in de eerste plaats willen uitleggen waarom u, na de vondst van een gigantische hoeveelheid verdovende middelen in uw motorrijtuig, de volgende verklaring hebt afgelegd: "*Ik constateer dat er in mijn voertuig een hoeveelheid van veertig kilo cocaïne is aangetroffen. Wat betreft deze vondst verklaar ik uit eigen vrije wil dat de drugs mij exclusief toebehoren en dat mijn vrouw, Natsu Kawabata, wier persoonsgegevens in andere stukken volledig zijn opgenomen, niets te maken heeft met het illegale transport waarvoor ondergetekende alle verantwoordelijkheid draagt. Ik heb het verdovende middel in het voertuig geladen buiten medeweten van mijn vrouw. Ik ben niet van plan de personen aan te wijzen van wie ik voornoemde hoeveelheid verdovende middelen heb verkregen...*" et cetera?'

Paolicelli haalde diep adem en ging verzitten alvorens te antwoorden.

'Ik was met mijn vrouw en mijn dochtertje. De douanerecherche zei dat ze ons allebei moesten arresteren, omdat het niet mogelijk was vast te stellen aan wie de drugs toebehoorden. We reisden in dezelfde auto en we waren man en vrouw. Het was meer dan waarschijnlijk dat we onder één hoedje speelden en elkaars medeplichtige waren. En dus moesten ze ons beiden arresteren.'

'En wat gebeurde er toen?'

'Ik raakte in paniek. Ik bedoel, ik was al in paniek, maar het idee dat ze ook mijn vrouw konden arresteren, dat we ons kind zouden moeten toevertrouwen aan derden, dat alles beangstigde me. Ik vroeg ze, ik smeekte ze om mijn vrouw met rust te laten omdat ze echt niets van die drugs afwist.'

'Terwijl u er wel van afwist?'

'Nee. Maar ik realiseerde me dat er geen uitweg was, dat ik verzeild was geraakt in een helse machinerie. Dus in de eerste plaats wilde ik mijn vrouw en kind erbuiten houden. Ik wil maar zeggen dat ik niet veel keus had. Of ze arresteerden ons allebei of ze arresteerden alleen mij.'

'Gaat u door.'

'De rechercheurs zeiden dat er maar één manier was om mijn vrouw erbuiten te houden. Ik moest zeggen dat de drugs van mij waren, van mij alleen en dat ik ze buiten haar medeweten had vervoerd. Alleen op die manier zouden zij een voorwendsel hebben... hoe noem je dat... een beweegreden om haar niet te arresteren. Zo konden ze motiveren...'

'Natuurlijk. Dan konden ze in het proces-verbaal van de arrestatie een motivering geven waarom ze u wel hadden gearresteerd en uw vrouw niet. Ook omdat de auto op naam stond van uw vrouw, nietwaar?'

'Ja, de auto is van haar.'

'Dus u legde deze verklaring af en uw vrouw mocht vertrekken terwijl u werd gearresteerd. Aan het begin van dit verhoor heeft u verklaard onschuldig te zijn. Is het juist om te zeggen dat u de verklaring tegenover de douanerecherche alleen heeft afgelegd met het doel uw vrouw buiten deze zaak te houden?'

'Ja. De drugs waren niet van mij. Ik kwam er pas achter dat ze in mijn auto zaten toen de rechercheurs ze daar aantroffen.'

'Heeft u een duidelijk idee of misschien een vermoeden wanneer de drugs in uw motorrijtuig zijn verstopt?'

Het was een vraag waartegen de advocaat-generaal in theorie bezwaar had kunnen maken. Doorgaans is het niet toegestaan om een getuige te vragen een persoonlijke mening of een vermoeden te uiten. Maar dit was een bijzondere zaak en bovendien was de reuzeninktvis slechts een fysieke aanwezigheid. Uit niets bleek dat hij het had opgemerkt. Dus Paolicelli kon ongestoord antwoorden. Hij vertelde over het parkeerterrein van het hotel, over de sleutels die bij de portier achtergelaten moesten worden, over hoe makkelijk het geweest moest zijn om de auto in de nacht vol te stoppen met drugs. Hij formuleerde zijn antwoorden goed, helder en op een spontane manier. Hij maakte de indruk van iemand die de waarheid spreekt, wat dat ook waard moge zijn.

Toen we klaar waren met het onderdeel Montenegro, gingen we over naar Macrì. We herhaalden in het kort de dingen die Natsu al had gezegd en daarna concentreerden we ons op de gesprekken in de gevangenis.

'Wat zei Macrì toen u hem vroeg wie de personen waren die uw vrouw hadden benaderd?'

'Hij zei dat ik me geen zorgen hoefde te maken, dat vrienden hem de opdracht hadden gegeven om mij te helpen.'

'Vrienden van wie?'

'Dat weet ik niet. Hij zei *vrienden*, zonder verdere uitleg.'

'Maar begreep u, vermoedde u naar wie hij verwees?'

'Absoluut niet.'

'Heeft u of had u gemeenschappelijke vrienden?'

'Nee.'

'Heeft u ooit tegen advocaat Macrì gezegd dat u onschuldig was?'

'Nee.'

'Waarom niet?'

'Omdat ik de indruk had dat hij dat heel goed wist.'

'Wat gaf u die indruk?'

'Hij zei meerdere malen tegen me: ik weet dat je on-schuldig bent, het was pure pech, maar we zullen alles re-gelen, vertrouw op mij. Niet precies in deze bewoordin-gen, maar dat was de strekking.'

'Wat zei Macrì tegen u vóór het verhoor door de rech-ter-commissaris?'

'Hij zei dat ik gebruik moest maken van mijn zwijgrecht.'

'Waarom?'

'Hij zei dat ik anders het risico liep de situatie te verer-geren. En voegde eraan toe dat ik me geen zorgen hoefde te maken, dat hij alles voor me zou regelen. Ik moest alleen geduld hebben.'

'Zei hij dat hij vrijspraak voor u zou kunnen krijgen?'

'Nee. Dat heeft hij nooit gezegd. Wel heeft hij bij meer-dere gelegenheden gezegd dat, als ik hem liet begaan en geduld had, hij erin zou slagen om een veel lagere straf voor mij te krijgen. Hij zei dat op een veelbetekenende toon, alsof hij de juiste kanalen kende... ik weet niet of ik duidelijk genoeg ben.'

'Ja, u bent duidelijk genoeg,' zei ik terwijl ik naar de rechters keek.

'U heeft zich geheel verlaten op deze onbekende advo-caat, die in uw leven is verschenen onder nogal onduide-lijke omstandigheden. Kunt u uitleggen waarom?'

'Ik voelde me – en ik voel me nog steeds – verstrikt in een onbegrijpelijk raderwerk. Macrì leek te weten wat hij deed, het leek of hij *dingen* wist... ik weet niet hoe ik het moet zeggen... het leek of hij werkelijk in staat was te doen wat hij beloofde.'

'Kende u geen advocaat die u vertrouwde en die u had kunnen toevoegen aan Macrì?'

'Ik kende niemand goed genoeg om hem te vertrouwen.

Zoals ik u al zei, sprak Macrì op een toon die erop leek te zinspelen...'

De president interrumpeerde.

'U moet het geven van indrukken en persoonlijke gevoelens vermijden. Als er feiten zijn, laat ze dan horen, maar houd uw persoonlijke meningen en vermoedens voor u.'

'Met alle respect, mijnheer de president, maar de verdachte was bezig uit te leggen waarom...'

'Advocaat, op dit punt staat mijn beslissing vast. Gaat u door met een andere vraag.'

Eigenlijk had hij al gezegd wat ik wilde horen. Hoe nuttig het zou zijn, was een ander verhaal. Nu kon ik toewerken naar de afsluiting van het verhoor. Ik liet Paolicelli vertellen over zijn laatste ontmoeting met Macrì in de gevangenis en over de ruzie die er tussen hen was ontstaan. Ik had hem aangeraden zijn toon af te zwakken bij zijn verslag van die ontmoeting, en in het bijzonder had ik hem gezegd niets te vertellen over de bedreigingen van Macrì. Ik wilde vermijden dat het hof het getuigenverhoor van Macrì zou weigeren met het, overigens juiste, argument – wat het einde zou hebben betekend van onze zaak – dat het onmogelijk is iemand als getuige op te roepen en hem vervolgens eventueel bezwarende verklaringen over zichzelf te laten afleggen.

Paolicelli deed het goed. Hij vertelde de dingen op de juiste manier, waarbij hij het idee versterkte dat er in het gedrag van Macrì iets was wat niet klopte, maar zonder te overdrijven, zonder hem openlijk van iets te beschuldigen. Toen zijn verhaal over die ontmoeting klaar was, zei ik tegen mijzelf dat we tot dat moment alles wat we konden doen zo goed mogelijk hadden gedaan. Het moeilijkste moest nog komen.

Paolicelli werd weer naar de kooi gebracht, en nadat de

president met veel vertoon op zijn horloge had gekeken, wendde hij zich tot mij.

'We moeten nog een uitspraak doen over een verzoek om een getuigenverklaring, ingediend door de verdediging tijdens de eerste zitting. Handhaaft u dit verzoek, advocaat Guerrieri?'

Ik stond op en trok mijn toga goed over mijn schouders, een vast gebaar, bijna een tic. Ik zei dat ik het verzoek handhaafde. Voor ons was die getuigenverklaring belangrijk en, na de verklaringen die we tijdens die zitting hadden gehoord, was het belang ervan mijns inziens overduidelijk geworden.

Heel in het kort behandelde ik de bezwaren die de advocaat-generaal had gemaakt tijdens de vorige zitting wat betreft de toelaatbaarheid van die getuigenverklaring en probeerde uit te leggen waarom die bezwaren niet gehonoreerd dienden te worden. Vervolgens trok het hof zich terug in de raadkamer om tot een beslissing te komen.

34

De president had gezegd dat ze hoogstens twintig minuten in de raadkamer zouden blijven. Ze kwamen er pas na anderhalf uur uit terwijl ik me afvroeg – zoals ik al vaker had gedaan bij soortgelijke vertragingen – of ze totaal niet in staat waren om te voorzien hoe lang iets zou duren, of dat ze het met opzet deden. Een kleingeestige, min of meer bewuste vorm van machtsvertoon.

Mirenghi ging zitten, controleerde of de griffier op zijn plaats zat, wierp een blik op mij en op de reuzeninktvis, net lang genoeg om zich ervan te vergewissen dat wij er ook waren, zette zijn bril op en las zijn beslissing voor.

'Het hof heft zijn voorbehoud op ten aanzien van het verzoek om gedeeltelijke heropening van het proces, ingediend door de verdediging, en komt, de mening gehoord hebbende van de procureur-generaal, tot de volgende verklaring. Het verzoek om de vorige verdediger van verdachte Paolicelli te mogen horen als getuige stuit niet op belemmeringen van formele aard. De bezwaren van de advocaat-generaal en de daaropvolgende opmerkingen van de verdediging in overweging nemende, kan worden vastgesteld dat:

1. Gegeven de uiteenzetting van de verdediging, waar we ons aan moeten houden om de toelaatbaarheid van de verzoeken te beoordelen, zou de getuigenverklaring van de heer Macrì niet moeten gaan over gedrag van voornoemde

maar over omstandigheden waar hij kennis van heeft; binnen dergelijke beperkingen is zijn getuigenis toelaatbaar;

2. Er bestaat geen belangenverstrengeling op grond van artikel 197 van het Reglement van Strafvordering: de heer Macrì heeft geen onderzoekswerk verricht ten behoeve van de verdediging en valt onder geen van de andere voorwaarden vermeld in voornoemd artikel;

3. Tijdens zijn depositie kan getuige een beroep doen op zijn beroepsgeheim, maar op zichzelf beschouwd is dit geen reden om zijn getuigenis ontoelaatbaar te verklaren.

Op deze gronden wordt het verzoek om advocaat Macrì als getuige te mogen oproepen ingewilligd.'

De president sloot het voorlezen van de beslissing af met de datum van de volgende zitting en enige formaliteiten, en verklaarde vervolgens de zitting voor gesloten.

Terwijl de rechters opstonden om te vertrekken, liep ik naar de kooi terwijl ik de ogen van Natsu in mijn rug voelde. Ik zei tegen Paolicelli dat het goed was gegaan, en dat we tevreden konden zijn. Ik zei niet wat ik kort daarvoor had gedacht, aan het einde van zijn verhoor. Het moeilijkste moest nog komen.

35

Het telefoontje kwam 's middags, terwijl ik een cliënt op bezoek had.

Maria Teresa belde me op de binnenlijn en, voordat ik haar kon zeggen dat ik niet gestoord wilde worden als ik met een cliënt bezig was, zei zij dat het advocaat Corrado Macrì was, uit Rome.

Ik zweeg enige seconden. Ik herinner me dat mijn letterlijke gedachte was: waarom is het in godsnaam niet bij me opgekomen dat hij me zou kunnen bellen?

'Oké, verbind hem maar door.' En terwijl ik de hoorn met mijn hand bedekte vroeg ik aan de cliënt tegenover me – de heer Martinelli, een gepensioneerde met een schaapachtige blik wiens mooie landhuisje, dat hij zonder vergunning had gebouwd in beschermd bosgebied, in beslag was genomen door Staatsbosbeheer – of hij mij een paar minuten wilde excuseren, aangezien het een zeer dringende zaak betrof. Wat ik bedoelde was: of hij alsjeblieft een paar minuten mijn kamer uit wilde gaan, maar zo vatte hij het niet op. Hij zei dat het geen probleem was, dat ik gewoon mijn gang moest gaan, en bleef zitten op zijn stoel.

'Hallo?'

Pauze. Geluiden op de achtergrond. Hij zat waarschijnlijk in de auto. Daarna een nogal lage, warme stem. Met een nauwelijks waarneembaar Calabrees accent, veel minder

opvallend dan ik had verwacht op grond van mijn stereo-
tiepe beeld.

'Collega Guerrieri?'

'Met wie spreek ik?'

'U spreekt met collega Macrì, uit Rome.'

Jawel, collega.

'Zegt u het maar.'

Weer een pauze, maar korter. Hij had er niet veel tijd
voor nodig om te besluiten dat het hem geen donder kon
schelen dat ik hem met u had aangesproken.

'Luister, collega, ik wil er niet lang omheen draaien. Ik
heb vandaag een schrijven ontvangen van de griffie van
het Hof van Beroep te Bari. Een oproep om te komen
getuigen in het proces tegen een zekere Paolicelli die ik
in eerste aanleg heb verdedigd, zoals je weet.'

Verdedigd lijkt me niet helemaal het juiste woord.
Laten we maar zeggen dat je hem in eerste aanleg hebt
verneukt.

'Ik heb vernomen dat jij hem nu bijstaat en ik wilde je
vragen waarom ze mij hebben opgeroepen. Was het een
initiatief van de advocaat-generaal?'

Er klonk een nauwelijks waarneembare ondertoon van
ongerustheid in die warme stem. Hij wist niet waarom hij
was opgeroepen. Dus hij wist nog niet dat hij het aan mij
te danken had. Het meest amusante gedeelte van het telefoongesprek moest nog komen.

'Kijk Macrì – niks geen "u" meer, dat had toch geen
zin – we hebben er behoefte aan om een aantal details
boven water te krijgen...'

'Sorry, Guerrieri, wie zijn "wij"?'

De zweem van ongerustheid had nu een agressieve bij-
klank gekregen.

'Ik en mijn cliënt hebben...'

'Jij en jouw cliënt? Bedoel je Paolicelli? Begrijp ik het

goed dat jij erom hebt gevraagd dat ik zou worden opgeroepen?'

'Zoals ik je al zei, hebben wij er behoefte aan om bepaalde omstandigheden...'

'Maar waar heb je het in christusnaam over? Jij hebt mij laten oproepen? Mij, een collega?'

Oké. De fase van nuanceringen was voorbij. Instinctmatig drukte ik de hoorn tegen mijn oor en wierp een blik op mijn cliënt. Deze keek vrij ongeïnteresseerd naar de ingelijste reproductie van Domenico Cantatore die ik een paar weken daarvoor in mijn kantoor had opgehangen.

'Luister, ik ben niet gewend om te praten met mensen die hun stem verheffen – ik besefte dat ik volslagen lulkoek uitkraamde – en ik neem aan dat het ook jou duidelijk wordt dat het geen zin heeft dit gesprek voort te zetten. Ik ben de verdediger in een zaak waarin jij, of je dat nu wilt of niet – ik schepte een pover genoegen in het uitspreken van de woorden *of je dat nu wilt of niet* – zult moeten verschijnen om een getuigenverklaring af te leggen. Wanneer je verschijnt op de zitting...'

'Verschijnt op de zitting? Maar ben jij volslagen krankzinnig?'

Hij stikte nu bijna van woede. 'Heb jij soms stront in je hoofd in plaats van hersens? Denk je dat ik deze poppenkast ga opvoeren voor een Hof van Beroep? Zet het maar gerust uit je domme hoofd dat ik naar Bari zal komen om zo'n kutvertoning op te voeren.'

Even bleef ik stil, aarzelend tussen twee soorten antwoorden. Toen ademde ik diep in en antwoordde op een schijnbaar volmaakt kalme toon.

'Het zou een heel slecht idee zijn om niet te verschijnen. Als je op de dag van de zitting niet aanwezig bent, zal ik de president vragen je te laten ophalen door de carabinieri. Ik hoop dat ik duidelijk genoeg ben geweest.'

Stilte. Geluiden op de achtergrond. Het leek alsof ik zijn gejaagde ademhaling kon horen, maar misschien verbeeldde ik me dat alleen maar. Net zoals ik me heel even de moordlustige gedachten verbeeldde die door zijn hoofd moesten gaan. Ik besloot gebruik te maken van de situatie.

'Zou je me nu willen excuseren, ik heb een cliënt op bezoek...'

Precies op dat moment kwam hij weer tot leven. Hij zei dat ik niet besefte met wie ik te maken had en dat ik heel goed moest oppassen. Het was het laatste wat ik hoorde voordat ik de telefoon erop gooide met een enigszins onbeheerst gebaar. Zoals iemand de deur achter zich dichtgooit om aan een achtervolging te ontkomen.

'Alles in orde, advocaat?' vroeg mijn cliënt met een zweem van nieuwsgierigheid en zelfs een sprankje bezorgdheid in zijn schaapachtige blik.

'Alles in orde,' antwoordde ik, en ik moest mijn best doen om geen uitleg te geven. Ik wist heel goed dat dat alleen maar een manier zou zijn geweest om me een houding te geven.

Alles in orde, me reet. Ik merkte dat mijn handen trilden, en ik moest ze op het bureau leggen en niet meer optillen om geen figuur te slaan tegenover de heer Martinelli.

In wat voor heilloze ellende was ik terechtgekomen?

36

Toen ik die avond mijn kantoor verliet, keek ik om me heen. Naar rechts, naar links, en toen een blik op de zijingang van het oude gebouw aan de overkant, voor het geval de killer, die in allerijl door Macrì op me was afgestuurd, zich daar had verstopt, wachtend op mijn komst.

Vervolgens haalde ik mijn schouders op en ging op weg.

Zo langzamerhand was ik rijp voor de longstayafdeling van een psychiatrisch ziekenhuis, zei ik zachtjes tegen mezelf, in een poging te relativeren. In werkelijkheid voelde ik me klote. Ik had last van dat gevoel van onzekerheid, van kwetsbaarheid. Maar wat kon die klootzak eigenlijk uitrichten? Hij kon me toch niet echt laten doodschieten? Dat kon toch niet? Hij had stennis gemaakt omdat hij bang was in de problemen te komen. Hij had duidelijk iets te verbergen. Maar wat doen maffiosi als ze iets te vrezen hebben? Ze reageren natuurlijk.

Deze enigszins onsamenhangende gedachten bleven door mijn hoofd spelen totdat ik thuiskwam. Toen verveelden ze me. Het is mijn geluk dat alles me uiteindelijk verveelt. Zelfs angst. Eigenlijk konden, wat mij betrof, Macrì en zijn vrienden allemaal de kolere krijgen.

Toch zou ik, voor alle zekerheid, de volgende dag Tancredi bellen.

37

Tancredi moest die morgen optreden als getuige. Het gebruikelijke proces vanwege de verkrachting van een meisje.

Gebruikelijk. Een fraai bijvoeglijk naamwoord voor bepaalde zaken.

Soms vroeg ik me af hoe Carmelo het klaarspeelde om zich dag in dag uit bezig te houden met die drek, en al zo lang. Wanneer ik mij soms als civiele partij stelde voor misbruikte kinderen, leek het alsof ik in het donker liep, in gangen vol insecten en ander weerzinwekkend ongedierte. Je ziet ze niet, maar ze zijn er wel, je kunt elk moment voelen hoe ze bewegen, vlak bij je voeten, je kunt ze ruiken, ze hechten zich kleverig aan je gezicht.

Op een keer besloot ik hem te vragen hoe hij het in godsnaam klaarspeelde.

Toen ik hem de vraag stelde, flitste er over zijn gezicht een sombere, metaalachtige gloed. Het gebeurde razendsnel, het was nauwelijks waarneembaar en bijna angstaanjagend.

Toen hij zich weer had hersteld, deed hij alsof hij erover nadacht en gaf een voor de hand liggend, afgezaagd antwoord. Dat iemand dat werk toch moest doen, dat weinig politieagenten zin hadden om op die afdeling te werken, et cetera.

Ik kwam de rechtszaal binnen. Tancredi zat op de getuigenbank, en een dikke, jonge advocaat die ik niet kende was bezig hem te onderwerpen aan een tegenverhoor.

Ik ging zitten om op hem te wachten, en overigens ook om te genieten van het schouwspel.

'In antwoord op de vragen van de officier van justitie heeft u gezegd dat mijn cliënt *op de loer lag in de omgeving van de basisschool*. Kunt u ons uitleggen wat u bedoelt met *op de loer lag*? U heeft een heel specifieke uitdrukking gebruikt en ik zou willen dat u het gebruik daarvan rechtvaardigde. Wat deed verdachte? Verschool hij zich achter auto's, gebruikte hij een verrekijker, wat precies?'

Vetzak eindigde zijn vraag met een glimlachje. Ik ben er zeker van dat hij zijn best moest doen om er zich van te weerhouden een blik van verstandhouding te wisselen met zijn cliënt die naast hem zat.

Tancredi keek even naar hem. Hij leek te aarzelen, alsof hij naar de woorden zocht. Ik wist heel goed dat hij toneelspeelde en dat zijn schijnbaar onschuldige blik die was van een kat die op het punt staat een muis te pakken. Een gróte muis, om precies te zijn.

'Ja. De beklaagde, ik bedoel de hier aanwezige verdachte, kwam omstreeks tien voor halfeen bij de school aan en bleef dan staan op de hoek aan de overkant. Een paar minuten later kwamen de kinderen naar buiten. Vanaf die plek bleef hij naar ze kijken totdat ze allemaal weg waren.'

'Altijd op het trottoir aan de overkant.'

'Ja, dat heb ik al gezegd.'

'Hij is nooit de straat overgestoken en heeft nooit een van de kinderen benaderd?'

'Niet in de week dat wij hem hebben geobserveerd. Vervolgens hebben we andere zaken ontdekt...'

'Sorry, maar we zijn nu vooral geïnteresseerd in wat u heeft gezien, en in wat u níet heeft gezien gedurende die week. Is er een café in de buurt van die school?'

'Ja, café Stella di Mare.'

'Is mijn cliënt, gedurende de periode dat u hem observeerde, ooit dat café binnengegaan?'

'Vooropgesteld dat ik hem niet de gehele periode persoonlijk heb geobserveerd, is hij, voor zover ik me kan herinneren, een paar keer dat café in gegaan. Hij bleef dan een
paar minuten binnen en kwam weer naar buiten als de kinderen de school uit kwamen.'

'U weet toch, inspecteur, dat mijn cliënt vertegenwoordiger is in etenswaren en andere producten voor cafés?'

'Ja.'

'Weet u of de exploitant van café Stella di Mare een
klant is van verdachte?'

'Nee.'

'Kunt u de mogelijkheid uitsluiten dat mijn cliënt zich
ophield in de buurt van die school en dat café om redenen
die verband houden met zijn werk, dus om heel andere redenen dan u heeft verondersteld in uw verslag en vervolgens in uw getuigenverklaring?'

Hij was er zeker van dat hij het dodelijke schot had af-
gevuurd.

'Ja,' antwoordde Tancredi simpelweg.

De advocaat was verbijsterd, het leek bijna of hij fysiek
uit zijn evenwicht was gebracht.

'Ja, wat?'

'Ja, dat kan ik uitsluiten.'

'O ja? En hoe denkt u dat te kunnen uitsluiten?'

'Weet u, advocaat, we hebben de heer Armenise verscheidene dagen geschaduwd. Wij hebben hem ook gevolgd wanneer hij aan het werk was, wanneer hij naar cafés
en restaurants ging om redenen die verband houden met
zijn werk. Dan had hij altijd een leren tas bij zich en een
map voor het opbergen van losse bladen. Zo'n map die
wordt gebruikt voor het tonen van afbeeldingen en ken-
merkende eigenschappen van de producten in het assor-

timent. In de periode dat hij werd geobserveerd bij de school, had hij die tas of die map nooit bij zich.'

'Sorry, maar wanneer de heer Armenise het café Stella di Mare binnenging, was u of een van uw ondergeschikten dan in die ruimte aanwezig en in staat zijn gesprekken met de exploitant af te luisteren?'

'Nee, onze observatiepost was aan de overkant van de straat.'

'Dus louter en alleen op grond van een botte veronderstelling...'

De officier van justitie greep in.

'Bezwaar, mijnheer de president. De verdediger moet zich onthouden van formuleringen die beledigend zijn voor de getuige.'

Vetzak stond op het punt te reageren maar de president was hem te snel af.

'Advocaat, onthoud u van commentaar alstublieft. Beperk u op dit moment tot het stellen van vragen. Eventuele overwegingen kunt u later kwijt in uw pleidooi.'

'Goed, mijnheer de president. Is het overigens wel juist om te stellen dat u in de week dat jullie de heer Armenise hebben geobserveerd geen enkele bevestiging heeft gekregen van de binnengekomen klachten?'

'Nee, dat is volgens mij niet juist. Als ouders aangifte doen dat hun kinderen worden lastiggevallen in de buurt van een basisschool en ik ontdek dat de betreffende persoon de gewoonte heeft om zich bij een andere basisschool op te houden op het tijdstip dat de school uitgaat, dan is dat voor mij een bevestiging. Natuurlijk, als we onderzoek doen om bewijsmateriaal te verzamelen voor een aangifte en daarbij iemand op heterdaad betrappen bij het plegen van seksueel misbruik, zoals soms gebeurt, dan zouden we direct overgaan tot arrestatie. Maar dat zijn twee verschillende dingen.'

Dikzak probeerde nog te betogen dat dit persoonlijke meningen waren maar de officier van justitie hoefde deze keer zelfs niet in te grijpen. Op een geenszins vriendelijke toon vroeg de president of hij nog verdere vragen had over de *feitelijkheden* van de zaak. Zo niet, dan kon het tegenverhoor als beëindigd beschouwd worden. De man mompelde nog iets onverstaanbaars en ging zitten. De officier van justitie had geen verdere vragen voor Tancredi, dus bedankte de president hem en zei dat hij mocht gaan.

'We gaan ergens buiten koffiedrinken,' zei Tancredi. Dus verlieten we het gerechtsgebouw en gingen op weg door de straten van de wijk Libertà. Al wandelend vertelde ik hem over de laatste ontwikkelingen en in het bijzonder over het telefoongesprek met mijn sympathieke collega. Tancredi luisterde zonder commentaar te geven, maar toen ik zei dat die man mij had bedreigd vertrok hij even snel zijn gezicht.

'Wat denk je te gaan doen?' vroeg hij terwijl we koffiedronken in een bar vol smokkelaars, hoeren, advocaten en politieagenten.

Het beviel me niet dat hij die vraag stelde. Het leek een manier om me te vragen of ik overwoog de zaak op te geven.

Ik antwoordde dat er niet veel te kiezen viel. Als hij op de zitting verscheen op de dag dat hij was opgeroepen om te getuigen, zou ik hem ondervragen en proberen zaken naar boven te krijgen die nuttig waren voor mijn cliënt. Mocht hij niet komen opdagen, dan zou ik vragen of hij kon worden opgehaald door de carabinieri, en ja, ik wist heel goed dat hij razend zou worden, maar daar kon ik niets aan doen.

'Maar jij kunt me nog een handje helpen.'

'Zal ik je gewapende begeleider worden voor het geval

de huurmoordenaars van de "ndrangheta" op je worden afgestuurd?'

'Heel geestig. Ik heb nog wat meer informatie nodig over die Macrì.'

'Wat voor soort informatie?'

'Iets wat ik kan gebruiken wanneer ik hem verhoor. Iets waarmee ik hem kan overvallen om te kijken of ik hem in moeilijkheden kan brengen. Hou in gedachte dat ik dit allemaal doe op goed geluk af, en als die man overtuigend weet over te komen, is mijn proces afgelopen.'

Tancredi bleef even roerloos staan, stak een sigaar op en keek me recht in de ogen.

'Jij hebt wel ongelooflijk veel lef, zeg.'

Ik zei niets. Ik kon hem geen ongelijk geven.

38

De volgende dag kwam Tancredi langs op mijn kantoor.

Hij kwam mijn kamer binnen, ging zitten en keek me aan zonder iets te zeggen.

'En?'

'Ik weet niet of jij geluk hebt, of juist niet.'

'Wat bedoel je daarmee?'

'Weet je wat het *verblijfsarchief* is?'

'Eerlijk gezegd, nee. Zou ik dat moeten weten?'

'Het is een onderdeel van de databank van het ministerie van Binnenlandse Zaken, waarin alle overnachtingen in hotels en pensions, en de verhuur van appartementen worden geregistreerd. Ik heb een zoekactie ondernomen met de naam van onze vriend Macrì, en raad eens wat ik heb gevonden?'

'Ik weet zeker dat je op het punt staat het me te zeggen.'

'Vooropgesteld dat de heer Macrì behoorlijk veel reist – zijn naam komt heel vaak voor in het *verblijfsarchief* – ben ik verscheidene overnachtingen in hotels in Bari tegengekomen. Vóór en na de arrestatie van Paolicelli. De keren na de arrestatie zijn niet zo belangrijk voor ons. De keren daarvoor des te meer. En in het bijzonder twee daarvan zouden wel eens heel belangrijk kunnen zijn.'

'Waarom?'

'Raad eens wie die twee nachten in hetzelfde hotel heeft overnacht?'

'Daar ben ik slecht in. Zeg het maar.'

'Luca Romanazzi. En diezelfde Romanazzi heeft ook de nacht na de arrestatie van Paolicelli in dat hotel doorgebracht.'

Godver. Dat zei ik niet maar ik maakte wel geluid bij de gedachte.

'Dát is nog eens nieuws.'

'Ja, maar nu moet je een manier vinden om het te gebruiken.'

'Hoe bedoel je?'

'Ik bedoel dat je niet kunt zeggen dat een bevriende inspecteur van politie voor jou een illegale zoekactie heeft ondernomen in de databank van het ministerie van Binnenlandse Zaken.'

'Oké.'

'Probeer het hem te laten zeggen wanneer je hem ondervraagt. Laat hem denken dat je een privédetective hebt ingeschakeld die erin is geslaagd om de gastenlijsten van het hotel in te zien. Bedenk maar wat.'

'Dankjewel, Carmelo.'

Hij knikte, als om te zeggen: tot je dienst maar ik weet niet of je er echt veel aan zult hebben. Hij legde de papieren die hij tot dat moment in zijn hand had gehouden op mijn bureau.

'Leer uit je hoofd wat erin staat en gooi ze dan weg. In technische zin vormen ze een corpus delicti.'

39

De middag voorafgaand aan de zitting waarop we Macrì zouden horen raakte ik het dossier zelfs niet aan. Ik deed iets heel anders. Ik stelde een beroep op dat eigenlijk pas een week later ingeleverd hoefde te worden. Ik schreef een paar declaraties uit voor cliënten die een betalingsachterstand hadden. Ik borg afgelegde dossiers op.

Maria Teresa had door dat er iets aan de hand was, maar stelde heel verstandig geen vragen. Toen het tijd was om het kantoor te sluiten en zij haar hoofd om de hoek van de deur stak om te groeten, vroeg ik of ze de gebruikelijke pizza met bier voor me wilde bestellen.

Ik begon pas na negenen te werken. Ook dat – beginnen te werken als de tijd bijna om is – is typisch voor mij. Een lastminutespecialist. Als een taak moeilijk is, of belangrijk, of wellicht beide, kan ik me er pas mee bezighouden als het water me tot de lippen stijgt, of zelfs iets hoger.

Ik herlas alle – weinige – stukken in het dossier, en ik herlas mijn eigen aantekeningen. Ook niet zoveel. Ik begon een reeks vragen neer te pennen; ik schreef er zo'n twintig, geordend op grond van een beoogde strategie, zoals sommige handboeken suggereren. Opeens voelde ik me een kluns; en ik bedacht vooral dat ik me een kluns zou voelen wanneer ik die vragen zou oplezen tijdens het verhoor van Macrì.

Ik zei tegen mezelf dat je je niet op een bokswedstrijd

kunt voorbereiden door een lijst op te stellen van alle klappen, zijsprongen en andere bewegingen die je van plan
bent in de ring te maken, van de eerste bel tot de laatste.
Zo werkt het niet. Niet in een bokswedstrijd en niet in een
proces. En niet in het leven.

Terwijl ik mijn lijst met domme vragen verfrommelde
en in de prullenbak gooide, kwamen beelden bij me boven
van de wedstrijd tussen Mohammed Ali en George Foreman, in 1974 in Kinshasa, om de wereldtitel zwaargewicht.

Het meest bijzondere gevecht uit de geschiedenis van
het boksen.

In de dagen voorafgaande aan de ontmoeting had Foreman gezegd dat hij Ali in twee of drie ronden zou vloeren.
Hij was daartoe in staat en begon dan ook als een bezetene
erop los te slaan. Het zag ernaar uit dat het gevecht niet lang
zou duren, niet lang zou kunnen duren. Ali probeerde weg
te duiken, beschermde zichzelf, werd tegen de touwen gedrukt, incasseerde slagen die als stenen zijn lichaam troffen.

Zonder te reageren.

Maar hij praatte. Je kon de woorden niet horen, maar het
was iedereen duidelijk dat, te midden van de storm van het
door Foreman ontketende geweld, de lippen van Ali voortdurend bewogen. Hij zag er niet uit als iemand die veel
klappen krijgt en aan de verliezende hand is.

Tegen alle verwachtingen in werd Ali niet gevloerd in de
eerste paar ronden, en ook niet daarna. Foreman bleef ver-
woed op hem inbeuken, maar zijn slagen werden steeds
minder verpletterend. Ali bleef wegduiken, bleef zich beschermen, bleef incasseren, en hij bleef praten.

Midden in de achtste ronde, toen Foreman alleen nog
door zijn mond kon ademen en zijn armen nauwelijks
meer kon optillen na honderden vruchteloze vuistslagen,
maakte Ali zich opeens los van de touwen en bracht hem
een ongelooflijke combinatie van tweehandige slagen toe.

Foreman viel neer, en tegen de tijd dat hij weer opstond was de wedstrijd voorbij.

Ik sloot het dossier en stopte het in mijn tas. Vervolgens zocht ik tussen de cd's naar een album van Bob Dylan. Ik herinnerde me dat ik dat op kantoor had laten liggen. Het was er. En een van de nummers was 'Hurricane'.

Ik deed het licht uit, zette de cd aan, ging op mijn plek zitten, zakte diep weg in mijn stoel en legde mijn voeten gekruist op het bureau.

Ik luisterde drie keer naar dat lied. In het halfduister, terwijl er heel veel dingen door mijn hoofd gingen.

Dat ik soms blij was dat ik advocaat was.

Dat wat ik deed soms echt iets te maken had met rechtvaardigheid. Wat dat woord ook betekende.

Toen deed ik het licht uit en ging naar huis. Om te slapen, of om een poging daartoe te doen.

40

Ik stond een paar minuten voor tienen in de omgeving van de rechtszaal. Terwijl ik dichterbij kwam had ik een lichte verandering in het ritme van mijn hartslag gevoeld en een prikkeling in mijn keel. Alsof er een hoestbui aan zat te komen, rechtstreeks veroorzaakt door mijn versnelde hartslag. Dat overkwam me soms ook in mijn studententijd, in de laatste dagen vóór een belangrijk examen.

Ik keek om me heen op zoek naar Macrì, ook al had ik geen idee hoe hij eruitzag. Maar ik kende alle mensen die bij de rechtszaal stonden, in ieder geval van gezicht. De gebruikelijke fauna van advocaten, gerechtelijke ambtenaren, stagiairs en secretaresses.

Op weg naar het gerechtsgebouw had ik met mezelf gewed dat hij zou komen. Terwijl ik nog een keer om me heen keek, alvorens de rechtszaal te betreden, zei ik tegen mezelf dat ik verloren had. Klaarblijkelijk had hij niet geloofd in mijn dreiging dat ik hem zou laten ophalen door de carabinieri.

Ik legde mijn tas en toga op de bank. Ik bedacht hoe vervelend het zou zijn om de rechter te verzoeken om zo'n dwangmaatregel. Ik vroeg me af wie de advocaat-generaal zou zijn voor die zitting.

Toen, alsof ik werd geroepen, draaide ik me om naar de ingang van de zaal en zag Macrì. Ik weet niet waarom, maar ik was er op hetzelfde ogenblik zeker van dat hij het was. Hij kwam in werkelijkheid volstrekt niet overeen met het fysieke stereotype dat ik me op weg naar het gerechtsgebouw, in een poging me een idee te vormen van wat er stond te gebeuren, had voorgesteld: een man van gemiddelde lengte, donkere teint, gitzwart haar, iets te zwaar, misschien een snor.

Corrado Macrì was blond, langer dan ik en veel forser. Met zijn een meter negentig en minstens honderd kilo, zag hij eruit als iemand die geen grammetje vet te veel heeft, zich voedt met proteïnerijke milkshakes en een groot deel van zijn tijd doorbrengt met het heffen van gewichten en halters.

Hij was heel goed gekleed – antracietgrijs pak, regimentsdas, regenjas over de arm – en zijn omvang in aanmerking genomen moesten zijn kleren op maat zijn gemaakt.

Hij kwam rechtstreeks op mij af. Hij liep veerkrachtig, als een atleet in vorm.

Een hinderlijke gedachte schoot door mijn hoofd. Hoe, van wie en sinds wanneer wist hij dat ik het was?

'Guerrieri?'

'Ja?'

Hij stak zijn hand naar mij uit waarmee hij me overviel.

'Ik ben Macrì,' zei hij met een glimlach. Hij viel vast in de smaak bij vrouwen, dacht ik, – in ieder geval bij bepaalde vrouwen – en dat wist hij heel goed.

Ik beantwoordde zijn handdruk en, mijns ondanks, ook zijn glimlach. Het gebeurde buiten mijn wil. Die man had namelijk iets wat sympathie opriep. Ik wist heel goed wie hij was – een drugshandelaar vermomd als advocaat – en toch weerhield dat me niet om hem, op een of andere manier, sympathiek te vinden.

'We hebben elkaar al gesproken via de telefoon,' zei hij, en glimlachte weer, met de uitdrukking van iemand die bezig is excuses te bedenken, voor de verandering.

'Ja,' antwoordde ik, niet wetend wat ik precies moest zeggen. De situatie was me niet duidelijk.

'Ons eerste contact was... hoe zal ik het zeggen... niet zo geslaagd. Waarschijnlijk was dat mijn schuld.'

Deze keer zei ik zelfs niet *ja*, maar knikte alleen maar. Het leek het enige wat ik kon opbrengen in een dergelijke conversatie. De man aarzelde even, voordat hij weer begon te praten.

'Zullen we koffie gaan drinken?'

Ik had nee, dank u moeten zeggen, beter van niet. De zitting staat op het punt te beginnen, we kunnen beter niet te ver weg gaan. Vergeet niet dat ik je ga ondervragen en dat ik je behoorlijk pijnlijke vragen ga stellen, het is niet het moment om al te vriendschappelijk te worden.

Oké, zei ik, we konden wel even koffie gaan drinken, de rechters zouden toch pas over een kwartier, twintig minuten arriveren.

We liepen de zaal uit en, terwijl we op weg gingen naar de bar, viel me een man op die een paar meter achter ons bleef lopen. Ik draaide me om en keek naar hem, om erachter te komen wie hij was.

'Maak je geen zorgen, Guerrieri. Dat is mijn chauffeur. Hij blijft op een afstand omdat hij weet dat wij moeten praten. Het is een bescheiden jongen. Hij weet wat hem te doen staat.'

Hij sprak de laatste zin – *hij weet wat hem te doen staat* – op een enigszins andere manier uit. Met een andere intonatie. Vanaf dat moment begon ik te letten op de carabinieri die rondliepen in het gerechtsgebouw. Het feit dat er zo veel waren stelde me – een beetje – gerust.

'Allemaal hetzelfde, die rechtbanken. Dezelfde chaos, dezelfde geur, dezelfde gezichten. Toch, Guerrieri?'

'Dat zou ik niet weten, daar heb ik nooit over nagedacht.'

We kwamen in het souterrain, baanden ons een weg door de spitsdrukte en namen koffie. Macrì betaalde en vervolgens verlieten we de ruimte weer. Achter ons liep nog steeds de man die wist wat hem te doen stond.

'Guerrieri, ik wil het nog een keer herhalen. Ik ben in de fout gegaan tijdens ons telefoongesprek. Ik heb op een toon gesproken die je onder collega's niet gebruikt. Jij doet gewoon je werk, overigens net zoals ik het mijne heb gedaan.'

Ik knikte terwijl ik me afvroeg waar hij naartoe wilde.

'Aangezien jij gewoon je werk doet, wil ik het jou niet moeilijk maken. Maar hetzelfde geldt voor jou naar mij toe.'

'Wat bedoel je?'

'De zitting begint zo, wat wil je van me weten?'

Ik had hem niet moeten antwoorden. Ik had moeten zeggen dat hij gauw genoeg zou horen wat ik van hem wilde weten. Zodra zijn getuigenverklaring was begonnen. In plaats daarvan zei ik, op een toon die tot mijn ergernis enigszins verontschuldigend klonk, dat ik opheldering wilde over een aantal punten ten aanzien van het begin van zijn relatie met Paolicelli.

Terwijl ik hem dit antwoord gaf, voelde ik me een zak.

Er verscheen een overdreven indringende uitdrukking op zijn gezicht, in geen verhouding tot de onbeduidende inhoud van mijn antwoord. Hij deed alsof hij nadacht over wat hij moest zeggen, en vervolgens nam hij mij al wandelend bij de arm.

'Luister, Guerrieri. Ik geef natuurlijk alleen antwoord op vragen die mij niet zullen noodzaken mijn beroepsgeheim te schenden. Op bepaalde vragen zal ik niet kunnen antwoorden, maar dat zal je helemaal niet verbazen, toch? Maar dat is niet het belangrijkste. Er zijn mensen die voor Paolicelli willen zorgen. Laten we het er niet meer over hebben of hij schuldig of onschuldig is. Hij zit in de gevangenis, en daar zal hij een poosje blijven, ook al doe jij je

uiterste best voor hem. Dat is goed en het siert je. Het betekent dat je een serieuze vakman bent.'

Hij hield even op en keek me recht in mijn gezicht. Om
te zien of zijn verhaal overkwam. Ik weet niet of mijn gezicht hem de indruk gaf dat ik hem volgde maar hij ging
in ieder geval door.

'Hij heeft een vrouw – een móóie vrouw, ik weet niet
of je haar hebt leren kennen – en een dochtertje. Hij zit in
de problemen en heeft hulp nodig. Hij heeft geld nodig. In
hoger beroep krijgt hij sowieso een flinke strafvermindering, dat zul je zien. Dan wordt het vonnis definitief en na
verloop van een paar jaar kan hij al recht hebben op bepaalde gunsten. En al die tijd zou financiële hulp – *forse* financiële hulp – goed van pas komen, toch?'

'Ja, dat zou goed van pas komen,' antwoordde mijn stem
onwillekeurig.

Hij glimlachte waarbij hij zijn hoofd een beetje naar mij
toe draaide. Dat antwoord gaf hem het idee dat we elkaar
begonnen te begrijpen. Eindelijk. Hij was een man van de
wereld, iemand die wist wat hem te doen stond.

'Heel goed. Het is natuurlijk iets wat jij en ik moeten bespreken. We moeten het er nu over hebben en de zaak regelen. Ik ben echt niet met lege handen gekomen.' Terwijl hij
dat zei, raakte hij zijn jasje aan ter hoogte van de binnenzak.

'En jou vergeten we natuurlijk ook niet. Al jouw werk,
alle tijd die je in deze zaak hebt gestoken. En verder moet
je niet vergeten dat deze mensen – over wie ik zei dat ze
voor onze cliënt willen zorgen – vaak advocaten nodig
hebben. Goede advocaten, zoals jij. Van bepaalde cliënten
kan een capabele advocaat schatrijk worden. Je weet natuurlijk waar ik het over heb, toch?'

Hij bleef zeggen: *toch*? Het vraagteken was er wel, maar
het was geen vraag.

Een niet te stuiten stroom van gedachten ging door

mijn hoofd. Alles zou zoveel makkelijker zijn. Geld voor hem, en blijkbaar ook geld voor mij. Hoeveel geld zit er in dat jasje, hoe schatrijk kan een capabele advocaat als ik worden, vroeg ik me af, zonder in staat te zijn die obscene vragen te stoppen. Paolicelli nog een paar jaar in de gevangenis. Of wat langer.

Ik vrij.

Natsu en haar dochtertje vrij, bij mij.

Iemand die weet wat hem te doen staat. Deze zin kwam weer bij me op. Maar nu had hij geen betrekking op de bodyguard van Macrì. Het was de nieuwe omschrijving van Guido Guerrieri, capabel advocaat. Bereid om een cliënt te verkopen voor geld, liefde en brokstukken van een leven dat hij zelf niet had kunnen opbouwen.

Bereid om het leven van een ander te stelen.

Het duurde, denk ik, een paar seconden. Of iets langer.

Zelden, of misschien nooit, heb ik zo'n walging voor mezelf gevoeld.

Macrì merkte dat er iets niet klopte. Ik stond daar, met een vreemde uitdrukking op mijn gezicht, zonder te antwoorden op zijn vraag.

'Ik ben duidelijk genoeg geweest, toch?'

Ik zei dat hij duidelijk genoeg was geweest. Vervolgens zocht ik even naar een adequate opmerking, maar ik kwam op niets. Toen zei ik alleen dat we zijn royale aanbod in overweging zouden nemen als het bestaande vonnis inderdaad werd bevestigd.

Dat wás, als ik er nu goed over nadenk, wellicht een adequate opmerking.

Hij bleef staan en keek me aan, met een vragende blik. Hij keek me aan en probeerde het te begrijpen. Was ik stom, maakte ik idiote grapjes, of was ik gek.

Van mijn gezicht kon hij niets aflezen, en toen hij weer begon te praten, was zijn toon veranderd.

'Heel geestig, maar misschien is het beter, nu de zitting bijna begint, om de zaak serieus te bespreken. Ik heb hier...'

'Je hebt gelijk, de zitting begint bijna. Ik moet naar de rechtszaal.'

Ik wilde me omdraaien maar hij legde zijn grote hand op mijn arm om me tegen te houden. Ik zag *de-man-die-wist-wat-hem-te-doen-stond* een paar stappen in onze richting doen. Ik haalde mijn arm weg en keek hem recht in zijn ogen.

'Pas op, Guerrieri.'

'Waarvoor?'

'Dit is een spel waarbij het slecht met je kan aflopen.'

Ik was nu rustig. Ik antwoordde met zachte stem, bijna fluisterend.

'Heel goed. Zo zie ik je liever. Deze rol gaat je beter af.'

'Pas op,' herhaalde hij, 'ik vermorzel je.'

Mijn hele leven had ik erop gewacht dat iemand – iemand zoals hij – die zin tegen me zou zeggen.

'Kom maar op,' antwoordde ik.

Toen draaide ik me om en liep naar de rechtszaal.

41

Ik groette de advocaat-generaal – weer de reuzeninktvis – en vervolgens, nadat ik mijn toga had aangetrokken en mijn plaats had ingenomen, hield ik mijn ogen hardnekkig gericht op de zetels van de rechters. Ik hield ze erop gericht toen de rechters nog niet binnen waren en ik hield ze erop gericht – op het hout van de zetels, niet op de rechters – zelfs toen ze binnengekomen waren en de zitting was begonnen. Zonder me ooit om te draaien.

Ik vroeg me af hoe ik alle schakeringen van het hout zou kunnen benoemen. Ik vroeg me af wat de oorzaak was van bepaalde zwarte vlekken die zich hadden gevormd waar de nerven elkaar kruisten. Ik dacht aan niets anders. Ik neem aan dat het een soort mentale zelfverdediging was. De geest leegmaken en leeg houden zodat de angst niet binnen kan komen.

Als bij het boksen. Het enige onderdeel van mijn leven waaruit ik inspirerende wijsheden wist te halen, zinvolle beelden, metaforen.

Ik hield even op, om mijn hand op te steken naar Paolicelli die me had gegroet toen de escorte van gevangenisbewakers hem de rechtszaal binnenbracht. Vervolgens ging ik weer door met het bestuderen van de patronen in het hout van de zetels van het hof.

Ik was zo geconcentreerd op het nervenpatroon van het hout dat ik niet hoorde dat de president zich tot mij richtte. Of liever gezegd: ik was in een lichte trance geraakt waarin ik zijn stem in de verte hoorde, als iets wat mij niet aanging.

'Advocaat Guerrieri, bent u erbij?' vroeg de president met een iets luidere stem, om mij beleefd duidelijk te maken dat dit zijn rechtszaal was en geen tempel voor zenmeditatie.

'Ja, mijnheer de president, neemt u mij niet kwalijk. Ik was bezig mijn gedachten te ordenen en...'

'Al goed, al goed. Bent u klaar om de getuige die wij op uw verzoek hebben opgeroepen te verhoren.'

'Ja, mijnheer de president.'

'...strikt genomen zou eerst het hof hem moeten horen, aangezien het getuigenverhoor is toegestaan op grond van artikel 603, paragraaf 3 van het Reglement van Strafvordering, maar ik denk dat we deze formaliteit wel kunnen overslaan en u kunnen laten beginnen omdat u in concreto weet wat u aan getuige wilt vragen. Als de partijen het daarover eens zijn, natuurlijk.'

De partijen waren het erover eens. Dat hield in dat ik het ermee eens was en dat de advocaat-generaal elders was met zijn gedachten. Al minstens tien jaar.

De president vroeg de gerechtsambtenaar getuige Macrì op te roepen.

Deze verscheen met zijn regenjas over de arm, groette het hof beleefd, ging zitten en las rustig de belofte om de waarheid te spreken. Hij straalde zekerheid en zelfvertrouwen uit.

'U bent zelf advocaat en ik hoef u dus niets uit te leggen,' zei de president. 'De verdediger van verdachte heeft verzocht u te mogen horen ten aanzien van bepaalde specifieke omstandigheden en zal nu zijn vragen tot u richten. Als u met betrekking tot sommige van deze vragen meent u te kunnen beroepen op uw beroepsgeheim, gezien de rol die u heeft gespeeld in de vorige fase van dit proces, doet u dat dan gerust en dan zullen wij per geval een beslissing nemen. Akkoord?'

'Ja, mijnheer de president, dank u.'

Mirenghi wendde zich tot mij en zei dat ik kon beginnen. Macrì keek strak voor zich uit.

Ik keek hem even recht in zijn gezicht. Daar gaan we dan, zei ik tegen mezelf.

'Advocaat Macrì, bent u de verdediger geweest van de heer Paolicelli, in de eerste aanleg van het proces dat wij nu voeren in hoger beroep?' Een volstrekt overbodige vraag, aangezien dit feit onomstotelijk uit de stukken bleek. Maar ik moest toch ergens beginnen. Hij gaf geen commentaar en probeerde niet sarcastisch te zijn.

'Ja,' antwoordde hij simpelweg.

'Wanneer heeft u de heer Paolicelli leren kennen?'

'Toen ik hem voor het eerst ben gaan opzoeken in de gevangenis.'

'Herinnert u zich wanneer dat was?'

'De exacte datum kan ik me niet herinneren, maar hij was twee dagen daarvoor gearresteerd en zou worden gehoord door de rechter-commissaris. Met deze gegevens moet de datum eenvoudig te achterhalen zijn. Ervan uitgaand dat het van enig belang is.'

Er klonk een zweem van agressiviteit in zijn stem. Ik negeerde zijn poging om te provoceren. Macrì bleef voor zich uit kijken.

'Was u aangesteld door de heer Paolicelli?'

'Nee, door de vrouw van de heer Paolicelli.'

'Kent u de vrouw van de heer Paolicelli?'

'Nadat ik was aangesteld heb ik haar persoonlijk leren kennen, tijdens mijn tweede bezoek aan Bari vanwege de zitting van het Hof van de Vrijheid. Ook dat is terug te vinden in de stukken.'

'Weet u waarom mevrouw Paolicelli juist u heeft aangesteld?'

'Het lijkt me dat u dat aan mevrouw Paolicelli moet vragen.'

'Vooralsnog vraag ik het aan u. Weet u waarom...'

'Mogelijkerwijs heeft een kennis van haar mijn naam genoemd. U bent ook advocaat, u weet hoe dat werkt.'

'Laat een ziens of ik dit goed heb begrepen. U wordt aangesteld door iemand die u niet kent, in een stad vierhonderd kilometer bij uw standplaats vandaan... U houdt praktijk in Rome, toch?'

'Ja.'

'Heeft u altijd in Rome praktijk gehouden?'

Ik keek hem strak aan, en zag dat hij zijn kaken op elkaar klemde toen ik deze vraag stelde. Hij was er zeker van dat ik ertoe over zou gaan hem te vragen naar zijn onaangename ervaringen met justitie. Zo eenvoudig is het niet, mijn vriend. Je zult nog een flinke tijd geroosterd worden, vuile klootzak, dacht ik, en de woorden 'vuile klootzak' klonken hardop in mijn hoofd.

'Nee.'

'Oké. Laten we even recapituleren: u wordt aangesteld door een onbekende vrouw die in Bari woont, ver van uw standplaats, het is een noodgeval: haar man is zojuist gearresteerd vanwege een zeer ernstig misdrijf. U snelt naar Bari, neemt contact op met de arrestant, stelt een verdedigingsplan op, en tijdens uw tweede bezoek leert u ook de vrouw van verdachte kennen. En toch vraagt u haar niet waarom ze juist u heeft aangesteld, u brengt het onderwerp zelfs niet ter sprake tegenover haar, en ook niet tegenover haar man. Is dat juist?'

Hij deed alsof hij nadacht en liet zo'n twintig seconden voorbijgaan.

'Misschien hebben we er wel over gesproken. Ik herin-

ner me het niet maar het is mogelijk. Waarschijnlijk hebben ze gezegd dat iemand die mij kende mijn naam heeft
genoemd.'

'Had u daarvoor al vaker cliënten in Bari gehad?'

'Waarschijnlijk wel, ik kan me dat nu niet herinneren.'

'U heeft dus veel cliënten?'

'Aardig wat, ja.'

'Een goedlopende praktijk.'

'Ik mag niet klagen.'

'Hoeveel mensen werken er op uw kantoor?'

'Ik heb een secretaris, verder heb ik er altijd de voorkeur
aan gegeven alleen te werken.'

En het zal me niet verbazen als die secretaris de gorilla
is die je begeleidt.

'Wat is het adres van uw kantoor?'

De president greep in. Terecht.

'Advocaat Guerrieri, wat heeft het adres van het kantoor
van getuige te maken met de voorliggende zaak?'

Ik dacht een geringe beweging te bespeuren in het gezicht van Macrì, iets als het begin van een kwaadaardige
glimlach.

'Mijnheer de president, ik besef dat mijn vraag enige
verwondering kan wekken. In feite is het een detail dat mij
zal helpen andere zaken, die meer rechtstreeks verband
houden met de voorliggende zaak, te verhelderen.'

Mirenghi rolde nauwelijks merkbaar met zijn ogen. Girardi leek de scène aandachtig te volgen. Russo – en dat
was iets uitzonderlijks – was nog niet in slaap gevallen.

'Gaat u door, advocaat. Houdt u er wel rekening mee
dat er nog meer zaken op de rol staan voor deze zitting en
dat we vroeg of laat allemaal weer graag met onze gezinnen verenigd zouden willen worden.'

'Dank u, mijnheer de president.' Ik wendde me weer tot
Macrì. De beginnende glimlach was verdwenen, of mis-

schien had ik me het slechts verbeeld. 'Zou u ons het adres van uw kantoor willen geven... en dan ook maar gelijk uw telefoon- en faxnummer?'

Deze keer draaide hij zich naar mij toe voordat hij antwoordde. Zijn ogen stonden vol onvervalste haat. Kom maar op, zei ik in mijn hoofd. Kom maar op, vuile klootzak.

Hij gaf het adres van zijn kantoor. En vervolgens, na enige aarzeling die ongetwijfeld alleen mij opviel, zei hij dat hij geen vaste telefoon had, omdat hij er de voorkeur aan gaf voor alles zijn mobiele telefoon te gebruiken.

'Dus als ik het goed begrijp, heeft u geen vaste telefoon, en dus ook geen fax?'

'Zoals ik al zei – hij articuleerde nu heel nadrukkelijk, en het was duidelijk waarneembaar hoeveel moeite het hem kostte om zijn irritatie te beheersen –, geef ik er de voorkeur aan om voor alles mijn mobiele telefoon te gebruiken. We hebben computers met internetverbinding, en, zo nodig, gebruiken we de computer en de printer om te faxen.'

Na zijn antwoord wendde hij zich tot de president.

'Mijnheer de president, ik weet niet waar advocaat Guerrieri heen wil, en dat kan me ook niet zoveel schelen. Wel wil ik zeggen dat ik word geraakt door zijn onnodig agressieve, bedreigende toon. Het lijkt me niet de toon die je aan hoort te slaan tegenover een collega...'

'Goed, advocaat Macrì. Over de aard van zijn toon kunnen we nog uren discussiëren zonder tot een voor ieder aanvaardbaar resultaat te komen. Tot nog toe waren zijn vragen toelaatbaar, en, naar de mening van het hof, niet kwetsend voor de waardigheid van de getuige, dat wil zeggen de uwe. Als u daar anders over denkt kunt u zich wenden tot de raad van de Orde van Advocaten om u te beklagen. Advocaat Guerrieri mag zijn verhoor nu voortzetten, zolang hij rekening houdt met de waarschuwing die ik hem al eerder heb gegeven en met het feit dat wij graag zo snel mogelijk ter zake zouden komen.'

Mirenghi was geïrriteerd geraakt door Macrì. Dat was niet noodzakelijkerwijs een goede zaak. Wanneer hij geïrriteerd raakte, had hij de neiging zich af te reageren op iedereen die binnen schootsafstand kwam, om het even wie als eerste zijn wrevel had veroorzaakt. Het leek me beter om het kort te houden.

'U zei dat u niet altijd in Rome praktijk heeft gehouden. Dat heb ik goed begrepen, toch?' Ik realiseerde me dat ik mijn vragen steeds afsloot met 'toch?', zoals hij eerder ook had gedaan, toen we elkaar op de gang spraken.

'Ik weet heel goed waar u heen wilt.'

'Dat doet mij genoegen. Misschien zou ik me de moeite van het vragen stellen kunnen besparen. Zou u ons willen zeggen waar u praktijk hield voordat u naar Rome vertrok, en om welke reden en naar aanleiding van welke gebeurtenis u bent verhuisd?'

'Ik ben uit Reggio Calabria, waar ik praktijk hield, vertrokken om zeer persoonlijke redenen, redenen van het hart, als u begrijpt wat ik bedoel.'

'Ah. Was er iets gebeurd voordat...'

Hij onderbrak me waarbij hij snel sprak.

'Ik was verwikkeld in een strafproces en ben vrijgesproken omdat ik onschuldig was. Maar dat heeft niets te maken met mijn verhuizing naar Rome.'

Op dat moment dacht ik te zien, vanuit mijn ooghoeken, dat zelfs Porcelli enigszins tot leven was gekomen en een elementaire belangstelling toonde voor wat er gaande was.

'Heeft u een beknotting van uw persoonlijke vrijheid ondergaan?'

'Ja.'

'Huisarrest, gevangenis, of anderszins?'

'Ik ben gearresteerd en vervolgens ben ik, zoals ik u heb gezegd – maar ik denk dat u dat allang wist –, vrijgesproken van alle beschuldigingen. Omdat ik, en ik zeg dit nogmaals, onschuldig was.'

'Kunt u ons zeggen wat de punten van aanklacht waren?'

'De punten van aanklacht waren lidmaatschap van een criminele organisatie en medeplichtigheid aan georganiseerde drugshandel. En vanwege deze valse beschuldiging, en vanwege die hele zaak, heb ik een schadeloosstelling van de staat ontvangen ter compensatie van onrechtmatige detentie. Dit ter aanvulling van uw informatie.'

Ik stond op het punt hem te vragen op basis waarvan hij was gearresteerd en op basis waarvan hij was vrijgesproken. Maar ik realiseerde me dat de president dat af zou kappen en dat ik het risico liep alles in gevaar te brengen.

Het was tijd om ter zake te komen.

'Heeft u ooit tegen de heer Paolicelli gezegd dat u wist dat hij onschuldig was?'

'Misschien. We zeggen zoveel tegen cliënten, vooral tegen degenen die meer klagen dan anderen, die niet bestand zijn tegen de gevangenis. Paolicelli was daar een van. Alsmaar klagen, dat weet ik nog heel goed.'

'Zou u ons de inhoud van uw gesprekken met Paolicelli willen vertellen? Ten eerste, hoe vaak heeft u elkaar ontmoet?'

'Ik kan me niet herinneren hoe vaak we elkaar hebben ontmoet, vijf, zes, zeven keer. Maar ik zeg u nu dat ik, uit respect voor de waardigheid van ons beroep, niet van plan ben te spreken over de met cliënt gevoerde gesprekken, nog afgezien van het gewicht ervan. Wat deze vragen betreft maak ik gebruik van mijn recht om niet te antwoorden op grond van het beroepsgeheim.'

Mirenghi wendde zich tot mij, met een vragende blik.

'Mijnheer de president, ik ben van mening dat het be-

roepsgeheim van de verdediger bedoeld is om de vrije uitoefening van het beroep te garanderen en, meer in het bijzonder, om de privacy van de cliënt te beschermen. Het is
geen privilege voor individuele advocaten. Ik zal proberen
dit uit te leggen. De wet geeft verdedigers het recht om te
weigeren zaken openbaar te maken die ze in een professionele setting hebben gehoord. Maar daar is een specifieke
reden voor. Dit recht is bedoeld om de *cliënten* van advocaten maximale vrijheid te geven om de eigen verdediger
alles toe te vertrouwen zonder bang te hoeven zijn dat
deze vervolgens gedwongen kan worden om de inhoud
van hun gesprekken openbaar te maken. Dat is, uiterst kort
samengevat, de achterliggende reden van de zwijgplicht
van verdedigers. Het is een manier om de cliënt en het
vertrouwelijke karakter van de verhouding tussen cliënt en
verdediger te beschermen, en geen onvoorwaardelijk privilege van advocaten.'

Alle drie de rechters luisterden naar me. Russo keek naar
me, en zijn gezicht leek – hoe zal ik het zeggen – anders.

'Als deze interpretatie juist is, wat ik geloof, dan vervalt
de zwijgplicht op grond van het beroepsgeheim, du moment dat de cliënt, voor wiens bescherming bovengenoemd recht is bedoeld, verklaart dat hij zijn verdediger
– of ex-verdediger – ontheft van zijn verplichting tot geheimhouding. In het onderhavige geval ontheft de heer
Paolicelli, die u hier en nu om bevestiging kunt vragen, advocaat Macrì van bovengenoemde verplichting. Ik vraag u
om, nadat u deze bevestiging heeft gekregen, de zwijgplicht van getuige op te heffen en hem op te dragen mijn
vragen te beantwoorden.'

Macrì probeerde iets te zeggen.

'Mijnheer de president, ik zou graag enige opmerkingen
maken over wat advocaat Guerrieri heeft gezegd.'

'Advocaat Macrì, u bent hier als getuige en als zodanig

bent u niet gerechtigd om op verzoeken en opmerkingen van de partijen te reageren. Paolicelli, bevestigt u wat advocaat Guerrieri heeft gezegd, dat wil zeggen, verklaart u dat u uw ex-verdediger ontheft van de verplichting tot geheimhouding van de gesprekken die tussen u hebben plaatsgevonden over de feiten van deze zaak?'

Paolicelli bevestigde dit. De president vroeg aan de advocaat-generaal of hij nog opmerkingen had. Deze zei dat hij zich verliet op het hof. De president vroeg Macrì zich naar de getuigenkamer te begeven.

Vervolgens stonden de drie rechters op en trokken zich terug in de raadkamer.

Ik stond ook op, en toen ik mij omdraaide zag ik dat Tancredi en Natsu in de zaal waren, slechts een paar stoelen van elkaar verwijderd.

42

Natsu stond op, ik liep op haar af en schudde haar de hand om een toneelstukje op te voeren. Ik voelde de ogen van de wereld op me gericht en in het bijzonder die van Paolicelli. Ik hield haar hand maar heel even vast waarbij ik vermeed haar in de ogen te kijken.

Vervolgens vroeg ik haar mij te excuseren omdat ik met iemand moest spreken. Terwijl ik naar Tancredi liep merkte ik op dat *de-man-die-wist-wat-hem-te-doen-stond* was verdwenen. Hetgeen me tegelijkertijd een gevoel van opluchting gaf en een nieuw soort onrust.

'Wat doe jij hier?' vroeg ik hem.

'Ik moest naar het parket, en was eerder klaar dan ik had verwacht, en aangezien jij me toch al zozeer hebt betrokken bij deze zaak, ben ik gekomen om te zien wat er gebeurt. Wat doet het hof? Zullen ze hem opdragen te antwoorden?'

'Ik weet het niet. En, eerlijk gezegd, weet ik niet wat ons beter uitkomt.'

'Wat bedoel je?'

'Als het hof hem opdraagt te antwoorden en hij leugens vertelt zonder te veel tegenstrijdigheden, dan is het het woord van Paolicelli tegen het zijne.'

'En als ze zeggen dat hij zich mag bedienen van het beroepsgeheim?'

'Dan kan ik van die zwijgzaamheid nog altijd een punt

maken in mijn pleidooi. Edelachtbare rechters, u heeft met eigen ogen gezien dat getuige Macrì heeft geweigerd iets te zeggen over zijn gesprekken met zijn ex-cliënt. Hij heeft gebruiktgemaakt van zijn zwijgplicht. Formeel is alles in orde, en in overeenstemming met uw beslissing. Maar wij moeten ons afvragen: waarom? Waarom heeft hij geen verslag willen doen van de inhoud van die gesprekken, terwijl de cliënt zelf wilde dat hij dat wel deed? Blijkbaar omdat het informatie betrof die híj, in zijn eigenbelang, niet wenste te onthullen.'

Toen ik klaar was met mijn technische uitleg, leek het me verstandig om hem te vertellen over de bodyguard die Macrì had meegenomen.

'In ieder geval is de heer Macrì niet alleen gekomen.'

Tancredi draaide langzaam zijn hoofd, om de rechtszaal te inspecteren. De vriend van Macrì was echter verdwenen en dus vertelde ik hem wat er vóór de zitting was voorgevallen.

'Ik ga nu een paar van mijn jongens bellen. Wanneer de getuigenverklaring van Macrì voorbij is, laten we jouw sympathieke collega en zijn vriend schaduwen. Als ze met de auto gaan, laten we ze op de snelweg aanhouden door de verkeerspolitie. Het moet een toevallige controle lijken om geen argwaan te wekken. Als het tweetal per vliegtuig teruggaat, alarmeren we de collega's van de grenspolitie. Zo kunnen wij de bodyguard identificeren en zien of deze mijnheer alleen chauffeur en boodschappenjongen is of iets ergers.'

Kijk, ik voelde me al iets beter. Een beetje gerustgesteld. Tancredi praatte intussen door.

'Dus als iemand jou laat verdwijnen, kun je ervan uitgaan dat het niet ongestraft zal blijven. Die twee pakken we op.'

Ik weet niet waarom, maar ik kon het grappige van die

opmerking niet inzien. Ik was bezig te zoeken naar een snedig weerwoord toen de bel ging en het hof weer binnenkwam.

43

De president las de beslissing van het hof voor met de houding van iemand die vindt dat een bepaalde zaak zich te lang voortsleept en die wil dat iedereen zich dat realiseert.

'Het hof, kennisgenomen hebbende van de verklaring van getuige, waarin deze zegt gebruik te willen maken van zijn beroepsgeheim wat betreft alle vragen over zijn gesprekken met verdachte Paolicelli ten tijde van zijn functioneren als diens raadsman; kennisgenomen hebbende van de verklaring van Paolicelli en van de opmerkingen van diens huidige verdediger, die verzoekt dat getuige wordt opgedragen te antwoorden aangezien hij ontheven is van de verplichting tot geheimhouding wat betreft zijn relatie met cliënt, een verplichting die op zich het recht om te zwijgen zou rechtvaardigen; vastgesteld hebbende dat bovengenoemd recht ondeelbaar is, aangezien de mogelijkheid om zich te bedienen van het beroepsgeheim strekt tot bescherming van zowel cliënt als diens raadsman, en in het algemeen bedoeld is om de advocaat gelegenheid te geven zijn delicate taak in alle rust en vertrouwelijkheid uit te voeren; op deze gronden geconcludeerd hebbende dat de verklaring van de heer Paolicelli niet voldoende is om bovengenoemde zwijgplicht op te heffen, die ook bedoeld is ter bescherming van de verdediger; verwerpt om deze redenen het verzoek van advocaat

Guerrieri, en verklaart dat getuige Macrì het recht heeft om gebruik te maken van zijn beroepsgeheim ten aanzien van alle vragen betreffende zijn relatie met zijn ex-cliënt Paolicelli, en bepaalt dat het proces wordt hervat.'

Vervolgens wende hij zich tot mij. Ik keek hem aan en tegelijkertijd observeerde ik het gezicht van Macrì. Hij had zijn oude uitdrukking weer terug. Hij was tevreden en dacht dat hij over een paar minuten naar huis zou kunnen.

'Advocaat Guerrieri, u heeft kennisgenomen van de beslissing van het hof en als u geen andere vragen heeft, ik bedoel vragen die geen betrekking hebben op de inhoud van de gesprekken tussen getuige en verdachte, kunnen we waarschijnlijk...'

'Ik heb kennisgenomen van uw beslissing, mijnheer de president. Maar ik heb nog wel een paar vragen. Vanzelfsprekend over onderwerpen die niet vallen onder het beroepsgeheim.'

Hij keek me aan. Hij begon zijn geduld te verliezen en deed niets om dat te verbergen.

'U mag deze vragen stellen, maar houdt u er rekening mee dat vanaf nu uiterst kritisch zal worden gekeken of ze relevant zijn.'

'Dank u, mijnheer de president. Advocaat Macrì, ik heb nog een paar vragen, met uw welnemen.'

Ik keek hem aan, voordat ik verderging. Op zijn gezicht waren verschillende dingen te lezen. Waaronder: Guerrieri, je gaat eraan. Ik heb je de gelegenheid geboden om hier elegant uit te stappen, maar helaas ben je een klootzak, en dus loop ik over een paar minuten naar buiten, fris als een hoentje, nonchalant, en met het geld nog in mijn zak.

'De echtgenote van verdachte, mevrouw Paolicelli, heeft ons verteld dat, toen het beslag op haar motorrijtuig werd opgeheven, u het in eigen persoon bent gaan ophalen in de garage waar het in bewaring was gegeven. Kunt u deze omstandigheid bevestigen?'

'Ja. Mevrouw vroeg mij of ik zo vriendelijk wilde zijn, en gezien het feit dat ze alleen was, in een moeilijke situatie...'

'Mevrouw heeft mij iets anders verteld. Zij vertelde dat u het was die aanbood de auto op te halen.'

'Ik denk dat het geheugen van mevrouw haar in de steek laat. Of iemand heeft haar geadviseerd om het zich zo te herinneren.'

Ik voelde hoe het bloed naar mijn gezicht steeg. Ik moest me inspannen om niet toe te happen.

'Goed. We stellen vast dat u en mevrouw verschillende dingen zeggen. Nu zou ik u willen vragen of u een zekere Luca Romanazzi kent.'

Hij beheerste zich, maar kon niet verhinderen dat hij even opschrikte. De vraag over de auto had hij verwacht. Deze niet. Ik had de indruk dat hij heel snel en nerveus een mentale inschatting maakte over wat hij het best kon zeggen. Hij moet hebben geconcludeerd – terecht – dat ik, als ik Romanazzi te berde bracht, iets in handen moest hebben om te bewijzen dat ze elkaar kenden, dus zou het stom zijn dat te ontkennen.

'Ja, die ken ik. Het is een cliënt van me.'

'Bedoelt u dat u hem hebt verdedigd in een strafproces.'

'Ik geloof van wel.'

'U gelóóft van wel? En voor welk hof?'

'Wat bedoelt u?'

'Waar vond het proces plaats? Reggio Calabria, Rome, Bari, Bolzano?'

'Dat kan ik me niet herinneren, hoe moet ik... en wat heeft Romanazzi eigenlijk te maken met dit alles?'

Dit was een uiterst delicaat moment. Als de president ingreep en mij om uitleg vroeg, zou naar alle waarschijnlijkheid alles verloren zijn.

'U herinnert zich dus niet voor welk hof. Weet u zeker dat u hem heeft verdedigd in een proces of is het mogelijk dat u hem alleen juridisch advies heeft gegeven.'

'Dat is mogelijk.'

'Goed.'

'Maar ik herhaal dat ik wil weten wat Romanazzi te maken heeft met dit alles. Overigens stelt u mij ook in dit geval vragen over mijn relatie met een cliënt, vragen waarop ik niet van plan ben te antwoorden.'

Ik stond op het punt te reageren, maar Mirenghi was me voor. Ik had even daarvoor gezien dat Russo hem iets in het oor fluisterde.

'Eerlijk gezegd, advocaat Macrì, is het niet hetzelfde. In dit geval wordt u gevraagd of u een zekere persoon kent en onder welke omstandigheden u hem heeft leren kennen. U wordt niet gevraagd mededelingen te doen over zaken die betrekking hebben op een professionele relatie. Dit soort informatie valt niet onder het beroepsgeheim. Beantwoord de vraag, alstublieft.'

'Misschien heb ik hem niet verdedigd in een proces.'

'U heeft hem dus advies gegeven, is dat juist?'

'Dat is juist.'

'Toen u nog in Reggio Calabria werkte?'

'Nee. Absoluut daarna, in Rome.'

'Goed. Ik veronderstel dat u elkaar heeft ontmoet op uw kantoor.'

Hij maakte een beweging met zijn hoofd. Het kon ja betekenen, maar ik wilde dat het in het verslag zou worden opgenomen. In de loop van een paar minuten was trouwens de stemming van Macrì behoorlijk omgeslagen. Het gelazer was nog helemaal niet voorbij. Integendeel.

'Betekent dat ja?'

'Ja.'

'Is het juist te zeggen dat u en de heer Romanazzi elkaar

alleen maar op uw kantoor hebben ontmoet om professionele redenen?'

'Ik kan niet uitsluiten dat ik hem ooit toevallig buiten mijn kantoor ben tegengekomen...'

'Oké, u heeft gelijk. Is het dan juist te zeggen dat de relatie tussen u en Romanazzi altijd louter van professionele aard is geweest?'

En nu stonden er op zijn gezicht nog andere emoties te lezen, afgezien van haat natuurlijk. Een hiervan was het begin van angst. Hij antwoordde niet op deze vraag, maar dat was voor mij geen probleem en ik ging door.

'Kunt u ons zeggen of de heer Romanazzi een strafrechtelijk verleden heeft?'

'Volgens mij heeft Romanazzi een blanco strafregister.'

'Weet u misschien of hij ooit is aangeklaagd, in het verleden of het heden, wegens internationale drugshandel?'

Ik had graag zijn brein kunnen lezen, om te zien wat er in zijn hoofd gebeurde. Wat voor koortsachtige toeren hij uithaalde om te beslissen hoe hij zich moest opstellen, wat hij kon ontkennen en wat hij wel gedwongen was toe te geven om niet het gevaar te lopen gelogenstraft te worden.

'Ik geloof dat hij aangeklaagd is wegens drugs, maar hij is nooit veroordeeld.'

Zijn bovenlip was bedekt met zweetdruppeltjes. Ik zat hem op zijn hielen.

'Nu zou ik u willen vragen of u op de hoogte bent van het feit dat de heer Romanazzi zich aan boord bevond van dezelfde veerboot waarop verdachte Paolicelli reisde, voordat hij werd gearresteerd.'

Hoe wist ik dat in godsnaam?

'Daar weet ik absoluut niets van.'

'Goed. Heeft u ooit aanleiding gehad om met de heer Romanazzi op te trekken buiten uw professionele relatie om? Om, laten we zeggen, privéredenen?'

'Nee.'

Ik haalde diep adem voordat ik de volgende slag toebracht. Alvorens hard toe te slaan moet je inademen en vervolgens de lucht naar buiten stoten op het moment dat je vuist het doelwit bereikt.

'Heeft u ooit samen met de heer Romanazzi gereisd?'

De slag raakte hem in zijn zonnevlecht en benam hem de adem.

'Gereisd?'

Wanneer een getuige een vraag beantwoordt met een wedervraag is dat een betrouwbare aanwijzing dat hij in de problemen zit. Hij wil tijd winnen.

'Ja, gereisd.'

'Ik geloof niet...'

'Bent u ooit in Bari geweest met de heer Romanazzi?'

'In Bari?'

Weer een wedervraag om tijd te winnen. Je wilde me toch vermorzelen, klootzak?

'Heeft u ooit, samen met uw *cliënt* Luca Romanazzi, gelogeerd in Hotel Lighthouse?'

'Afgezien van de verdediging van Paolicelli ben ik een aantal keren in Bari geweest, en ik geloof dat ik inderdaad een kamer heb genomen in het hotel dat u noemde. Maar niet met Romanazzi.'

Terwijl hij zijn antwoord afmaakte, gleed de regenjas uit zijn handen en viel op de grond. Hij boog zich om hem op te rapen en het viel me op dat zijn bewegingen veel minder soepel waren dan daarvoor.

'U weet heel goed dat we eenvoudig kunnen nagaan, in de gastenlijsten van het hotel, of uw *cliënt* daar ook was toen u er overnachtte.'

'Jullie kunnen nagaan wat je wilt. Het is mij niet bekend of Romanazzi zich in dat hotel bevond toen ik er ook was, maar we zijn er niet samen naartoe gegaan.'

Hij geloofde er zelf niet in. Zoals boksers die mechanisch hun armen opheffen, omdat hun instinct dat ingeeft. Ze pareren niet meer. Ze incasseren de ene slag na de andere en weten dat ze gevloerd gaan worden.

'Zou het u verbazen te vernemen dat u en de heer Romanazzi niet bij een, maar bij twee gelegenheden dezelfde nacht hebben doorgebracht in hetzelfde hotel, Hotel Lighthouse?'

'Mijnheer de president – zijn stem klonk nu hoger, maar erg onvast – ik weet niet waar advocaat Guerrieri het over heeft, maar ik zou graag willen weten hoe hij aan deze gegevens komt, en of ze op wettige wijze zijn verkregen en...'

Ik onderbrak hem.

'Mijnheer de president, ik hoef het hof niet te vertellen dat het de verdediging vrijstaat om onderzoek te verrichten. En dit ís informatie die onder het beroepsgeheim valt. Hoe dan ook, om misverstanden te voorkomen, de vraag is niet: *hoe is advocaat Guerrieri aan bepaalde informatie gekomen?* De vraag is: *is deze informatie juist of niet?*'

Ik keek Mirenghi recht aan, voordat ik doorging.

'Gaat u door, advocaat Guerrieri.'

'Dank u, mijnheer de president. Ik resumeer: u ontkent dat u zich samen met de heer Romanazzi naar Bari heeft begeven en bij beide gelegenheden heeft gelogeerd in Hotel Lighthouse...'

'...ik weet niet of bij toeval...'

'...en u weet niet of bij toeval, bij beide gelegenheden dat u naar Bari bent gekomen en heeft overnacht in Hotel Lighthouse, ook de heer Romanazzi in dat hotel verbleef.'

Het moest zelfs hem te absurd in de oren klinken, om het zo hardop te horen zeggen. Dus zei hij niets, hij hief alleen zijn handen op, de handpalmen naar boven.

'En u bevestigt dat u niet wist dat de heer Romanazzi

aan boord was van dezelfde veerboot waarop verdachte Paolicelli reisde, voordat hij werd gearresteerd.'

'Daar weet ik niets van.'

'En u weet dus niet dat Romanazzi, bij zijn terugkeer uit Montenegro, in Bari heeft overnacht, heel toevallig weer in Hotel Lighthouse?'

'Ik weet niet waar u het over heeft.'

Ik liet zijn laatste woorden in de lucht hangen. Alsof ik op het punt stond nog een vraag te stellen. Ik liet hem een paar seconden bungelen, in afwachting van de volgende klap. Ik genoot van het moment, ik alleen. Omdat ik alleen wist dat de wedstrijd voorbij was en de anderen, alle anderen aanwezigen in de zaal, niet.

Ik vermorzel je.

Kom maar op.

Ik vroeg me af of Natsu in de zaal was gebleven en alles had gevolgd. Ik herinnerde mij zintuiglijk haar parfum en haar gladde, compacte huid. Het maakte me duizelig.

'Dank u, mijnheer de president, ik heb geen vragen meer.'

Mirenghi vroeg aan de advocaat-generaal of hij nog vragen had voor de getuige. Hij zei nee, dank u, hij had geen vragen meer.

'U kunt gaan, advocaat Macrì.'

Hij stond op, zei goedendag, en vertrok zonder naar mij te kijken. Zonder naar wie dan ook te kijken.

Er heerste een geladen sfeer in de zaal. Het soort energie dat je af en toe voelt wanneer een proces uit het spoor van voorgekookte oplossingen raakt en naar ongeplande bestemmingen reist. En als het gebeurt, merkt iedereen het.

Zelfs Russo merkte het en misschien ook de advocaat-generaal.

'Zijn er nog verdere verzoeken voordat we de zitting voor gesloten verklaren?'

Ik stond langzaam op.

'Ja, mijnheer de president. Naar aanleiding van het verhoor van getuige Macrì wil ik u vragen bepaalde bewijsstukken toe te voegen aan het dossier. Om redenen die ik, naar ik aanneem, niet hoef uit te leggen verzoek ik dat het politiedossier van Romanazzi wordt toegevoegd; een kopie van de passagierslijst van de veerboot waarop Paolicelli reisde; een kopie van de gastenlijsten van Hotel Lighthouse voor de jaren 2002 en 2003.'

De president wisselde een paar woorden met de andere twee rechters. Hij sprak met zachte stem maar ik kon net horen dat hij de andere twee vroeg of ze het nodig vonden zich terug te trekken in de raadkamer om een beslissing te nemen over het verzoek. Ik hoorde niet wat de andere twee zeiden, maar ze trokken zich niet terug in de raadkamer en hij dicteerde een korte beslissing waarin hij mijn verzoeken inwilligde en het proces een week verdaagde, voor het deponeren van de stukken en de voorbereiding van de afsluitende betogen.

44

Die week ging zeer snel voorbij, zonder dat ik er erg in had.

Terwijl ik, de dag vóór de zitting, de stukken nog eens doornam en probeerde een samenvatting uit mijn pen te krijgen van wat ik in mijn pleidooi zou zeggen, kwam er een vreemde, buitenissige gedachte bij me op. Mijn tijd was een veer die tot het uiterste in elkaar was gedrukt en op het punt stond eindelijk losgelaten te worden. Om mij wie weet waarheen te schieten.

Ik vroeg me af wat dat beeld betekende dat, zonder enige reden, op zo'n intense, onverwachtse en raadselachtige manier in mijn hoofd was verschenen. Ik kon geen antwoord vinden.

Tegen achten 's avonds kwam Natsu op mijn kantoor. Een bliksembezoek om me even gedag te zeggen en te vragen hoe het ging met de voorbereiding voor de volgende dag, zei ze.

'Je ziet er moe uit. Je gezicht is getekend.'

'Bedoel je dat ik minder mooi ben dan normaal?'

Een middelmatige poging om geestig te zijn. Zij antwoordde serieus.

'Je bent zo zelfs mooier.' Ze stond op het punt er nog iets aan toe te voegen maar besloot toen dat ze dat beter niet kon doen.

'Moet je nog lang doorwerken?'

'Ik denk van wel. We balanceren op het scherp van de

snede, en het probleem is om de juiste argumenten te selecteren uit de verschillende dingen die ik zou kunnen aanvoeren. Argumenten die indruk zouden kunnen maken op de rechters. In een proces als dit is het volstrekt geen uitgemaakte zaak welke dat zijn.'

'Hoe groot is de kans dat hij wordt vrijgesproken?'

Dat was nou net de vraag waar ik op zat te wachten, een paar uur voordat ik mijn pleidooi moest houden, terwijl mijn brein onbegrijpelijke en licht verontrustende beelden produceerde.

Er zijn processen waarbij je zeker weet dat je cliënt veroordeeld zal worden, en je werk bestaat dan alleen uit het beperken van de schade. Bij andere processen weet je zeker dat hij zal worden vrijgesproken, ongeacht jouw bijdrage, en zelfs zonder steun van een advocaat. In die gevallen werk je louter om de cliënt te laten geloven dat zijn vrijspraak afhangt van jouw buitengewone bekwaamheid, en om je honorarium te rechtvaardigen.

In alle andere gevallen is het beter, veel beter, om je niet te wagen aan voorspellingen.

'Dat is moeilijk te zeggen. Onze uitgangspositie is allesbehalve gunstig.'

'Zestig/veertig in ons nadeel? Zeventig/dertig?'

Laten we maar zeggen negentig/tien. En dat is nog aan de optimistische kant.

'Ja, zeventig/dertig is volgens mij een realistische benadering.'

Misschien geloofde ze me, misschien niet. Aan haar gezicht kon ik dat op geen enkele manier zien.

'Mag ik roken?'

'Ja. Maar zeg bij het weggaan tegen Maria Teresa dat jij het bent geweest. Vanwege de lucht, weet je. Sinds ik gestopt ben controleert ze me als een officier van het Leger des Heils.'

Ze glimlachte flauw. Toen stak ze een sigaret op en rookte die voor de helft op, voordat ze weer begon te praten.

'Ik moet er vaak aan denken hoe het tussen ons zou kunnen zijn. In andere omstandigheden.'

Ik zei niets, en probeerde zo neutraal mogelijk te kijken. Ik weet niet of me dat lukte, maar het was een nodeloze inspanning want zij keek niet eens naar mij. Ze keek naar een plek in zichzelf, en buiten die kamer.

'En ik denk vaak aan die avond dat jij bij mij thuiskwam. Toen Midori nachtmerries had en jij haar hand vasthield. Het is vreemd, weet je. Als ik aan jou denk komt vooral die avond bij me boven. Veel vaker dan de keren dat we samen waren in jouw huis.'

Fantastisch. Bedankt voor de nadere verklaring. Het geeft mijn mannelijke trots een geweldige opkikker.

Dat zei ik niet.

Ik antwoordde dat iets dergelijks met mij aan de hand was, maar dat ik behalve aan die avond vaak moest terugdenken aan die zondagmorgen, in het park. Ze knikte alsof ik iets had gezegd dat ze al wist. Iets waaraan geen van ons beiden nog iets kon toevoegen.

'Ik moet je nog een vraag stellen, Guido, en je moet me de waarheid zeggen.'

Stel hem maar, zei ik, en intussen kwam iets bij me op, geheel onafhankelijk van mijn wil, iets wat ik jaren geleden had gelezen in een boek over paradoxen. Iets over de relativiteit van de waarheid.

'Is Fabio onschuldig? Even afgezien van het hele proces, alle stukken, jouw onderzoek, jouw verdediging. Ik wil weten of jij overtuigd bent van zijn onschuld. Ik wil weten of hij mij de waarheid heeft gezegd.'

Nee, dat kun je me niet vragen. Die vraag kan ik niet beantwoorden. Ik weet het niet. Waarschijnlijk heeft hij je de waarheid gezegd, maar ik kan niet met zekerheid de

mogelijkheid uitsluiten dat hij onder één hoedje heeft gespeeld met Romanazzi, Macrì en met wat voor drugshandelaars nog meer. Evenmin kan ik de mogelijkheid uitsluiten, nu we het er toch over hebben, dat jouw echtgenoot
nog ergere dingen heeft gedaan, in zijn verre verleden als
jonge fascist.

Dat had ik haar moeten antwoorden, en moeten zeggen
dat het niet tot mijn taak als advocaat behoorde om erachter te komen of een cliënt de waarheid spreekt.

'Hij heeft je de waarheid gezegd.'

Precies op dat moment zag ik onze banen, die elkaar tijdens die korte periode hadden geraakt, uit elkaar gaan in
de richting van verschillende, steeds verder van elkaar ver-
wijderde punten in de ruimte. Er gingen een paar minuten
voorbij zonder dat een van ons tweeën iets zei. Misschien
had zij een soortgelijke gewaarwording gehad, of misschien
dacht ze alleen aan het antwoord dat ik haar had gegeven.

'Zien we elkaar morgen in de rechtszaal?'

'Ja,' antwoordde ik.

Morgen in de rechtszaal. Ik zei het nog een keer, hardop, toen ik eenmaal alleen was.

45

Die ochtend was Montaruli weer de advocaat-generaal.

Twee zittingen voor de slechtste magistraat van het Openbaar Ministerie en twee voor de beste, dacht ik, zonder een poging te doen origineel te zijn.

Ik had teleurgesteld moeten zijn. Als het Porcelli was geweest, of iemand zoals hij, had ik me niet ook nog eens zorgen hoeven te maken over het requisitoir van de advocaat-generaal. Sommige advocaten-generaal staan op wanneer de president hun het woord geeft, en zeggen alleen: 'Ik vraag u het aangevochten vonnis te handhaven', en daarmee denken ze hun honorarium te hebben verdiend.

Sommigen hebben zelfs het lef te klagen over de te grote werkdruk.

Montaruli mocht dan moe, gedesillusioneerd en wat niet al zijn, hij maakte geen deel uit van die club. Ik had teleurgesteld moeten zijn dat hij het was, het deed me echter plezier.

'U heeft in dit proces uitstekend werk verricht,' zei hij terwijl hij op mijn tafel toe kwam.

Ik stond op en hij vervolgde: 'Toen ik gisteren de verslagen las, was het dat wat bij me opkwam: uitstekend werk. Ik zal vragen om handhaving van het vonnis maar ik wil dat u weet dat ik er lang over heb moeten nadenken. Veel langer dan ik normaal doe in vergelijkbare gevallen.'

Terwijl het hof de rechtszaal binnenkwam gaf hij mij een hand, en om een of andere reden bespeurde ik in zijn handdruk een lichte treurigheid, een ondoorgrondelijke nostalgie. Vervolgens draaide hij zich om en keerde terug naar zijn plaats, en daarom zag hij niet dat ik een heel lichte buiging maakte waarbij ik met mijn gebalde vuist mijn hoofd aanraakte. Een groet en een teken van respect dat Margherita mij had geleerd.

Waar was zij op dat moment?

Een paar seconden – na die vraag – vervaagden de dingen om me heen en werden stemmen onduidelijk. Toen mijn waarnemingsvermogen zich weer redelijk had hersteld, had Montaruli al het woord genomen.

'...dus we waarderen de inzet van de verdediging. Een inzet van zo'n ongebruikelijke betrokkenheid en niveau moet erkenning krijgen. Ondanks deze ongebruikelijke inzet van de verdediging, zijn er aan het proces geen elementen toegevoegd die doorslaggevend zouden kunnen zijn ten gunste van de verdachte.

Geconfronteerd met bewijsmateriaal van buitengewoon belang – de vondst van de drugs in de privéauto van verdachte – is de verdediging er alleen maar in geslaagd een reeks veronderstellingen te produceren die als zodanig onvoldoende zijn om de bewijsgronden te ontkrachten waarop het vonnis in eerste aanleg is gebaseerd. Het hoeft geen betoog dat door het suggereren van vage alternatieven voor de hypothese van de openbare aanklager deze hypothese niet automatisch komt te vervallen.

Als dat zo was, zou nooit iemand veroordeeld worden. Het is altijd mogelijk hypothetische alternatieven te formuleren voor de versie van de feiten die heeft geleid tot veroordeling van een verdachte. Opdat deze alternatieven een hechte basis kunnen vormen voor een verzoek om vrijspraak door de verdediging, laat staan voor een vonnis tot vrijspraak door het hof, moeten ze echter wel enigszins geloofwaardig zijn.

Het Hof van Cassatie heeft meermalen gesteld dat indirect bewijs met zo'n grote mate van zekerheid de reconstructie van het delict en het vaststellen van de verantwoordelijkheid moet ondersteunen dat de aannemelijkheid van iedere andere redelijke oplossing uitgesloten kan worden. Meer abstracte en onwaarschijnlijke mogelijkheden, die het resultaat zijn van speculatief giswerk, hoeven echter niet op deze manier uitgesloten te worden. Anders zou het voldoende zijn om tegen de rechter te zeggen: *kijk, de zaken zouden wel eens niet zo gegaan kunnen zijn als de openbare aanklager beweert, want alles is mogelijk*, en om die reden vrijspraak te krijgen voor de verdachte.

Als dat zo was, zou men niet meer moeten spreken over indirect bewijs, maar over bewijsvoering *per absurdum*, volgens regels die alleen gelden voor de exacte wetenschappen, en waarvan de toepassing niet geëist kan worden voor de uitoefening van de rechtspraak.

In een proces wordt de mate van aannemelijkheid beoordeeld van de hypotheses die door de partijen naar voren zijn gebracht om hun zaak te bepleiten. De uiteindelijke beslissing moet worden geschraagd door de meest aannemelijke hypothese, dat wil zeggen die welke in staat is om álle elementen die naar voren zijn gekomen tijdens het onderzoek en het proces in te passen in een coherent en overtuigend kader.

In het onderhavige geval kan geen enkel onderdeel van het nieuwe bewijsmateriaal dat naar voren is gebracht door de verdediging onverenigbaar worden geacht met de hypothese van de openbare aanklager. Integendeel, alles kan daarin moeiteloos worden ingepast. En ik zal u snel laten zien hoe.'

Hij legde kort uit hoe. Wat hij zei was zinnig en overtuigend.

Ik dwaalde een paar minuten af terwijl ik me probeerde voor te stellen wat voor requisitoir een andere advocaat-generaal zou hebben gehouden. Porcelli, bijvoorbeeld. Toen ik me weer concentreerde op de woorden van Montaruli, sprak hij over Macrì.

'Ongetwijfeld heeft getuige Macrì geen helder gedrag vertoond, noch tijdens zijn verklaring, noch tijdens de hele affaire in het algemeen.

Hij heeft zeker niet de hele waarheid gesproken ten aanzien van zijn relatie met Luca Romanazzi. Het is zeer wel mogelijk dat deze Romanazzi op een of andere manier betrokken is bij de illegale handel naar aanleiding waarvan dit proces wordt gevoerd.

Maar geen van de nieuwe elementen die naar voren zijn gekomen naar aanleiding van het door de verdediging voorgestelde getuigenverhoor is strijdig met de oorspronkelijke aanklacht. Laten we aannemen dat Romanazzi betrokken is bij het binnensmokkelen van de cocaïne. Dat wil zeggen, laten we voor waar aannemen wat niet meer is dan een veronderstelling, zij het een redelijke. En dan? Houdt dat in dat Paolicelli onschuldig is?

Zou het feit dat Paolicelli vervolgens wordt verdedigd door dezelfde advocaat die banden heeft met Romanazzi juist geen verdere aanwijzing kunnen zijn dat Paolicelli deel uitmaakt van een goed georganiseerde criminele bende, die ook in staat is, zoals al die organisaties, om juridische bijstand te verzorgen voor haar leden die in de problemen geraken?

Laten we nog eens een andere veronderstelling opperen. Paolicelli en Romanazzi reizen samen op de veerboot omdat beiden meewerken aan het illegaal importeren van de cocaïne. Bij de grens wordt Paolicelli gesnapt door de douanerecherche. Romanazzi wil hem helpen en doet dat op de enig mogelijke manier, gezien de ontwikkelingen.

Hij kan moeilijk de kazerne van de douanerecherche bestormen om zijn vriend te bevrijden. Hij laat een advocaat komen die hij vertrouwt en wiens taak het is, nog steeds volgens deze veronderstelling, om juridische bijstand te verlenen aan leden van de bende die verstrikt zijn geraakt in de mazen van de wet.'

Hij zweeg enige ogenblikken om op adem te komen. Niet om tegelijk zijn gedachten te ordenen want die leken me helder genoeg.

'Laat ik mijn standpunt zo goed mogelijk verhelderen. Ik zeg niet dat het zo gebeurd is, omdat ik niet genoeg bewijs in handen heb om dat onvoorwaardelijk te kunnen stellen. Ik zeg dat het zo gegaan zou kúnnen zijn. Ik zeg dat dit een redelijke veronderstelling is die het nieuwe bewijsmateriaal, dat tijdens het hoger beroep is verkregen op initiatief van de verdediging, verenigt met de oorspronkelijke aanklacht. Het is een veronderstelling die minstens even redelijk is als die welke de verdediger van verdachte u aanstonds in zijn pleidooi zal voorleggen.

Minstens even redelijk, zeg ik uit voorzichtigheid. Maar in werkelijkheid is het een véél redelijker veronderstelling dan de hypothese dat er een complot, een soort intrige gaande was ten koste van Paolicelli.

We hebben dus twee hypotheses – en hiermee sluit ik af – die de nieuwe elementen kunnen verklaren die naar voren zijn gekomen in het aanvullende onderzoek dat heeft plaatsgehad ten overstaan van dit hof. De eerste, die volledig verenigbaar is met het verpletterende bewijsmateriaal dat in eerste aanleg is ingebracht, leidt tot handhaving van de oorspronkelijke veroordeling.

De tweede hypothese, die door de raadsman van de verdediging ongetwijfeld met veel overtuigingskracht gepresenteerd zal worden als zijnde goed onderbouwd, is gebaseerd op een bouwsel van speculatief, fantasierijk giswerk.

Dat wat u zal worden gepresenteerd om vrijspraak te vragen van de verdachte is geen gerede twijfel, maar, vergeef mij de uitdrukking, een fantastische twijfel. Een twijfel ontsproten aan de verbeelding en niet het resultaat van een rigoureuze methode van bewijsvoering.

Ik ben er zeker van dat de verdediger in staat zal zijn u deze fantasierijke reconstructie op een suggestieve, aanlokkelijke wijze aan te bieden. Ik weet ook zeker dat u de rigoureuze methode van bewijsvoering in gedachte zult houden, waarzonder slechts willekeur bestaat.

En het is in naam van deze methode dat ik u vraag het oorspronkelijke vonnis te handhaven.'

46

Slow motion.

Eén beeldje tegelijk.

De advocaat-generaal sluit zijn requisitoir af en gaat zitten. De president zegt dat ik kan beginnen met mijn pleidooi. Na een korte aarzeling sta ik langzaam op. Met mijn vaste gebaar trek ik mijn toga goed over mijn schouders. Vervolgens trek ik de strik van mijn stropdas aan. Ik pak mijn papier met aantekeningen. Dan verander ik van gedachten en leg het terug op mijn tafel. Ik duw mijn stoel achteruit, loop om de tafel heen totdat ik er met mijn rug naartoe sta.

De rechters zitten tegenover me, en kijken naar me.

Ik denk aan veel dingen die niets te maken hebben met het proces. Of misschien wel, maar op een manier die moeilijk uit te leggen valt, ook naar mezelf toe.

Hoe de zaken ook zullen uitpakken, denk ik, na het proces ben ik weer alleen. Ik zal dat kleine meisje nooit meer zien.

In ieder geval niet als klein meisje.

Misschien kom ik haar over heel veel jaren een keer op straat tegen, toevallig. Ik zal haar zeker herkennen. Ik zal witte haren hebben – ik heb er overigens nu al een paar – en zij zal me voorbijlopen zonder acht op me te slaan. En waarom zou ze ook?

Waar is Margherita nu? Hoe laat is het in New York?

Slow motion.

De president schraapte zijn keel door even te hoesten. En opeens begon de tijd weer normaal te lopen. Ook de mensen en de voorwerpen in de rechtszaal namen weer vaste vorm aan.

Ik sloeg een blik op mijn horloge en begon te praten.

'Dank u, mijnheer de president. De advocaat-generaal heeft gelijk. Om tot een beslissing te komen moet u, zoals altijd, strikte criteria toepassen bij het beoordelen van de bewijzen. Hij heeft gelijk als hij het, in *theoretische* termen, heeft over *methode*. We zullen nu proberen in concreto te verifiëren of hij, ten aanzien van het specifieke geval waarmee we ons hier bezighouden, op basis van plausibele uitgangspunten tot een aanvaardbare conclusie is gekomen.'

Ik draaide me om naar mijn tafel en pakte mijn papier met aantekeningen weer.

'De advocaat-generaal, het Hof van Cassatie citerend, heeft gezegd... ik heb zijn woorden genoteerd...

...het Hof van Cassatie heeft gesteld dat het indirect bewijs met zo'n grote mate van zekerheid de reconstructie van het delict moet ondersteunen dat de aannemelijkheid van iedere andere redelijke oplossing uitgesloten kan worden. Meer abstracte en onwaarschijnlijke mogelijkheden hoeven echter niet op deze manier uitgesloten te worden. Anders zou men niet meer moeten spreken over indirect bewijs, maar over bewijsvoering per absurdum, volgens regels die alleen gelden voor de exacte wetenschappen, en waarvan de toepassing niet geëist kan worden voor de uitoefening van de rechtspraak.

Dat is juist.

Waar het op neerkomt is dat het niet mogelijk moet zijn de onderbouwing van de hypothese van de aanklager af te breken door alternatieven te bedenken gebaseerd op verbeelding, of in ieder geval op louter giswerk. De advocaat-generaal heeft dit concept uitgewerkt door te stellen dat men, geconfronteerd met een abstracte veelheid van verklaringen, de voorkeur moet geven aan díe verklaring die in staat is om álle aanwijzingen in te passen in een coherent kader. En dat men dus, op grond van – let op want hierin schuilt de zwakte van de argumentatie van de aanklager – het criterium van aannemelijkheid, dat kan worden uitgedrukt in statistische termen, dus in termen van waarschijnlijkheid, geen ruimte moet laten voor fantasierijke, op giswerk gebaseerde reconstructies.

Aannemelijkheid, in de opvatting van de advocaat-generaal, betekent dat iets terug te vinden is in een draaiboek dat tot stand is gekomen op basis van wat normaal gebeurt, of liever wat *gewoonlijk* gebeurt.

Dat wat gewoonlijk gebeurt, gecombineerd met feitelijke gegevens, wordt dus het criterium dat we toepassen om te besluiten wat er in één specifiek geval gebeurd kan zijn.'

Ze luisterden alle drie naar mij. En, merkwaardig genoeg, leek Russo de meest aandachtige.

Ik ging over tot het recapituleren van alles wat tijdens het proces naar voren was gekomen. Ik besteedde er niet te veel tijd aan. Het waren bewijzen die zij zelf hadden toegevoegd aan het dossier, ze kenden ze net zo goed als ik, en die samenvatting diende alleen om mijn belangrijkste argument te introduceren.

'Wat doen wij, alles bij elkaar genomen, tijdens strafprocessen? Ik bedoel, wij allemaal. Politieagenten, carabinieri, officieren van justitie, advocaten, rechters? We vertellen allemaal verhalen. We nemen het uit aanwijzingen bestaande ruwe bewijsmateriaal, voegen deze aanwijzingen samen, maken er een zinvol geheel van in de vorm van een verhaal dat op plausibele wijze gebeurtenissen uit het verleden moet weergeven. Het verhaal is aannemelijk als het alle aanwijzingen verklaart, er niet één weglaat, en opgebouwd is volgens de criteria van een consistente vertelling.

En of een vertelling consistent is hangt af van hoe betrouwbaar de regels zijn die we toepassen om aanwijzingen uit te werken tot verhalen die gebeurtenissen uit het verleden weergeven. Verhalen die we in zekere zin – in etymologische zin – *verzinnen*.

Laten we eens kijken welke twee verhalen verteld kunnen worden op basis van het materiaal dat uit het proces naar voren is gekomen.

Het verhaal dat wordt verteld in het vonnis in eerste aanleg is simpel. Paolicelli verschaft zich een grote hoeveelheid drugs in Montenegro; hij probeert de drugs, die hij heeft verstopt in zijn motorrijtuig, het land binnen te smokkelen. Hij wordt gesnapt en gearresteerd. En legt zelfs een bekentenis af.

Dit verhaal berust op slechts één betekenisvol gegeven: de vondst van de drugs in de auto van Paolicelli bij de grenspost. Om van één vaststaand feit (de aanwezigheid van drugs in de auto van Paolicelli) te komen tot de niet vaststaande sequentie van gebeurtenissen die het verhaal vormen zoals verteld in het vonnis in eerste aanleg, moeten we een logisch traject doorlopen.

Hoe weet ik dat het verhaal dat zich in het verleden heeft afgespeeld samenvalt met het verhaal dat ik heb verteld? Door op het vaststaande feit van de vondst van de drugs in de auto van Paolicelli een op ervaring gestoelde regel toe te passen die we als volgt kunnen samenvatten: als iemand een hoeveelheid drugs vervoert in zijn auto, dan zijn die drugs van hem.

Het betreft een hoogst betrouwbare regel. Hij komt overeen met het gezonde verstand. Als ik iets in mijn auto heb – en vooral als het iets van grote waarde is – dan behoort dat iets mij normaliter toe. Dat is een ervaringsnorm. Maar het is geen wetenschappelijke wet, en hij *laat ruimte voor alternatieven.*

De openbare aanklager voegt hieraan toe, en hij heeft gelijk, dat de nieuwe elementen die naar boven zijn gekomen bij de behandeling in hoger beroep niet onverenigbaar zijn met dit verhaal.'

Ik wierp een blik op de advocaat-generaal alvorens door te gaan.

'Maar laten we nu eens zien welk ander verhaal verteld kan worden op basis van de gegevens waarover we beschikken.

Een gezin brengt een week vakantie door in Montenegro. 's Nachts blijft hun auto op de parkeerplaats van het hotel staan en – voor het geval hij verplaatst moet worden – worden de sleutels achtergelaten bij de portier. De nacht vóór hun vertrek worden die sleutels door iemand meegenomen.

Iemand die weet dat Paolicelli en zijn gezin de volgende dag zullen terugkeren naar Italië, met die auto.

Die iemand demonteert, met zijn handlangers, de carrosserie van de auto van Paolicelli – van de vrouw van Paolicelli, om precies te zijn – en verstopt er een grote hoeveelheid drugs in. Dan gaat alles weer terug op zijn plaats, auto en sleutels. Het is een mooi systeem om een zeer lucratieve operatie uit te voeren terwijl het risico tot een minimum wordt teruggebracht. Een operatie waarbij een georganiseerde bende betrokken is, die gespecialiseerd is in deze professionele aanpak waarbij rollen en taken duidelijk verdeeld zijn. Een van deze taken is natuurlijk het controleren of alles goed gaat met het transport, het volgen van de nietsvermoedende koerier, en het weer in bezit krijgen van de drugs zodra ze in Italië zijn gearriveerd. Dit laatste wordt naar alle waarschijnlijkheid uitgevoerd door doelgerichte diefstal van het voertuig zelf.

Bij de grenspost in Bari gaat er iets fout. De douanerecherche vindt de drugs en arresteert Paolicelli, die overigens een schuldbekentenis aflegt zonder enige juridische bijstand – een bekentenis die daarom volstrekt onbruikbaar is – met als enig doel de arrestatie van zijn vrouw te voorkomen.

Onmiddellijk na de arrestatie suggereert iemand, in omstandigheden die op zijn minst bizar genoemd kunnen worden, de vrouw van Paolicelli om een advocaat uit Rome aan te stellen. Deze advocaat heeft op een kwalijke wijze te maken gehad met justitie, hij is gearresteerd, aangeklaagd en vervolgens vrijgesproken van het strafbare feit lid geweest te zijn van een criminele organisatie van drugshandelaren. Diezelfde advocaat heeft onduidelijke contacten met een mijnheer tegen wie – dat heeft Macrì ons zelf gezegd – een strafzaak loopt wegens drugshandel. Deze mijnheer reisde op dezelfde veerboot als Paolicelli, een uiterst curieuze samenloop van omstandigheden.

Het zou natuurlijk kunnen, zoals de openbare aanklager veronderstelt, dat deze mijnheer en Paolicelli medeplichtigen zijn in deze illegale operatie.

Maar hierbij moet ik wel vermelden dat er ten minste één sterk gegeven bestaat dat deze veronderstelling tegenspreekt. In het dossier bevinden zich de tabellen van de mobiele telefoongesprekken van de verdachte, en ook van die van zijn vrouw, gedurende de hele week voorafgaande aan zijn arrestatie. Ze werden terecht opgevraagd om te proberen mogelijke medeplichtigen te identificeren, maar uit het betreffende onderzoek is niets van belang naar voren gekomen. De zeer weinige gesprekken die in die week zijn gevoerd zijn bijna allemaal tussen de mobiele telefoons van beide echtelieden, geen enkel gesprek naar een Montenegrijns nummer. En geen gesprek naar abonnees die in verband gebracht konden worden met Romanazzi. Als de douanerecherche die hadden aangetroffen, zouden ze daar zeker de aandacht op hebben gevestigd, aangezien Romanazzi geregistreerd staat wegens drugsdelicten. Daarentegen vermeldt het begeleidend briefje, dat samen met deze tabellen naar het Openbaar Ministerie is gestuurd, simpelweg dat uit het betreffende onderzoek niets relevants naar voren is gekomen.

Het is dus mogelijk om de aanwezigheid van Romanazzi aan boord van die veerboot te verklaren vanuit de behoefte om, zonder enig risico voor hemzelf, het drugstransport door de nietsvermoedende Paolicelli van dichtbij in de gaten te houden, en om de volgende fase, het weer in bezit nemen van de drugs, te regelen.

En het zou kunnen zijn dat het juist Romanazzi is geweest die, via een soort koerier, de vrouw van Paolicelli heeft gesuggereerd Macrì aan te stellen.

Waarom zou hij dat doen? Bijvoorbeeld om van dichtbij, via een persoon die hij 100 procent vertrouwde, het gerechtelijk onderzoek te kunnen volgen en te kunnen sturen. Om te voorkomen dat Paolicelli tegenover degenen die het onderzoek leidden verklaringen zou afleggen die de organisatie in gevaar zouden kunnen brengen. Bijvoorbeeld ten aanzien van het hotel in Montenegro, ten aanzien van de persoon aan wie hij de autosleutels had afgegeven, et cetera. En inderdaad raadt Macrì Paolicelli aan om gebruik te maken van zijn zwijgrecht en het hele proces in eerste aanleg voltrekt zich dan ook zonder dat de verdachte enige verklaring aflegt, afgezien van de pseudobekentenis onmiddellijk na zijn arrestatie.

Laten we niet vergeten dat Macrì zich ervoor inzet dat het beslag op het motorrijtuig – eigendom van de vrouw van Paolicelli – wordt opgeheven. En vooral dat hij de moeite neemt om de auto in eigen persoon op te halen in de garage waar hij in bewaring was gegeven.

Welke advocaat doet zoiets? En waarom doet hij het? In

de regel, zoals we allen weten, zorgt een advocaat voor het opheffen van het beslag en vervolgens is het aan de cliënt om de auto te gaan ophalen.

Macrì gedraagt zich op een hoogst ongebruikelijke manier waarvoor we op zijn minst een redelijke verklaring moeten zien te bedenken. Is het niet mogelijk dat er in de auto iets zat dat de recherche niet had gevonden en dat degenen die verantwoordelijk waren voor de operatie *heel graag* weer in handen wilden krijgen? Nog meer drugs misschien. Of wellicht een gps-tracker die in de auto was aangebracht gelijktijdig met de drugs. Ik ben ervan overtuigd dat u weet wat een gps-tracker is.'

Natuurlijk was ik ervan overtuigd dat ze het níet wisten.

'Een gps-tracker is een apparaat dat signalen doorgeeft naar een satelliet. Het wordt gebruikt in dure auto's om diefstal tegen te gaan en de politie gebruikt het om de wagens in de gaten te houden van individuen naar wie een onderzoek is ingesteld. Met een gps-tracker is het mogelijk om, vanaf een grote afstand, de plaats van een auto te bepalen binnen een straal van een paar meter. En dit systeem maakt gebruik van mobiele netwerken. Als het apparaat dat in de auto is geïnstalleerd wordt gevonden, is het mogelijk om de mobiele nummers die gebruikt zijn voor de plaatsbepaling te achterhalen. Wat moet ik hier nog aan toevoegen? Is het zo absurd te veronderstellen dat de bende handelaars, die de drugs verstopte in de auto van Paolicelli, voor de zekerheid ook een gps-tracker hebben geïnstalleerd, en dat de rechercheurs die niet hebben gevonden? Is het zo absurd te veronderstellen dat Macrì de auto *in eigen persoon* heeft willen ophalen om eventueel achtergebleven drugs of dat compromitterende apparaat te laten verdwijnen? Het apparaat waarmee de telefoonnummers van de drugshandelaren achterhaald hadden kunnen worden als het was gevonden door de douanerecherche? Hoe kunnen we anders het gedrag verklaren van een advocaat die er niet alleen voor zorgt dat het beslag op het voertuig wordt opgeheven – een volstrekt normale procedure –, maar die ook het voertuig zelf gaat ophalen, wat volstrekt abnormaal is?'

Op dit punt aangekomen moest ik de opwelling onderdrukken me om te draaien en te kijken wie er in de zaal zaten. Om te controleren of er ook een onbekend, verdachte uitziend gezicht bij was. Iemand die door Macrì was gestuurd om in de gaten te houden wat ik zei. Om vast te stellen hóe stom ik was en wat voor risico ik wenste te lopen. Voor wie luisterde moet het een zuiver technische pauze hebben geleken, die je inlast om de aandacht erbij te houden.

Ik draaide me vanzelfsprekend niet om. Maar toen ik weer begon te praten, bleef ik op de achtergrond een onaangenaam gevoel houden, een gevoel van onbehagen. Binnensluipende angst.

'Is dit een fantasierijk verhaal? Misschien, in de zin dat het het resultaat is van een reeks redelijke veronderstellingen. Is het een absurd verhaal? Nee, zeker niet. Het is sowieso een verhaal dat – in ieder geval wat betreft het vervoeren van drugs op de wijze die wij veronderstellen – al eerder is verteld, bij andere onderzoeken. In andere gevallen hebben onze rechercheurs, en die van andere landen, soortgelijke illegale drugstransporten ontdekt, waarbij dezelfde methode werd gehanteerd.

Men zou kunnen tegenwerpen: dat zeg jij, Guerrieri.

Het is waar, dat zeg ík, maar, mocht u enige twijfel hebben ten aanzien van het bestaan van een dergelijke modus operandi, dan bent u nog steeds op tijd, ook nadat u zich naar de raadkamer hebt begeven, om te besluiten dat nog meer bewijsmateriaal aan het dossier moet worden toegevoegd, bijvoorbeeld een verklaring van het

hoofd van de narcoticabrigade van Bari, of van een wille-
keurige andere inspecteur van de opsporingsdienst werk-
zaam bij de drugsbestrijding, die zullen kunnen bevestigen dat zij dergelijke criminele praktijken inderdaad
hebben aangetroffen.'

Op dat moment keek ik op mijn horloge en realiseerde
me dat ik al een uur aan het woord was. Te lang.

Aan hun gezichten te zien volgden ze me nog steeds,
maar ik zou hun aandacht niet zo heel lang meer kunnen
vasthouden. Ik moest proberen af te sluiten. Ik keerde snel
terug naar algemene thema's: de methode van bewijsvoering, mijn interpretatie van het bewijsmateriaal en die van
de advocaat-generaal.

'Telkens wanneer het mogelijk is om een *veelheid van verhalen* te construeren die allemaal in staat zijn alle aanwijzingen in te passen in een coherent kader, moet men toegeven dat het bewijs twijfelachtig is, dat er geen juridische
zekerheid bestaat, en dat de verdachte vrijgesproken dient
te worden.

Het behoeft geen betoog dat het hier geen wedstrijd
betreft tussen gradaties van waarschijnlijkheid. Om het in
andere bewoordingen te zeggen: als de advocaat-generaal
met een *waarschijnlijker* verhaal komt, is dat nog steeds niet
voldoende om de zaak te winnen.

Om de zaak te winnen, om de veroordeling in eerste
aanleg bevestigd te krijgen, moet hij komen met het énige
aanvaardbare verhaal. Dat wil zeggen met de enige aanvaardbare uitleg van de feitelijke gebeurtenissen. De verdediging hoeft alleen maar te komen met een mogelijke
verklaring.

Ik herhaal: het gaat hier niet om een wedstrijd tussen
gradaties van waarschijnlijkheid. Ik weet heel goed dat het
verhaal van de advocaat-generaal waarschijnlijker is dan het
mijne. Ik weet heel goed dat de op ervaring gestoelde regel

die ten grondslag ligt aan het verhaal van de advocaat-generaal sterker is dan de mijne. Maar deze op ervaring gestoelde regel is niet het leven zelf. Zoals alle op ervaring gestoelde regels is het *een manier om de feiten van het leven te interpreteren*, in een poging er betekenis aan te geven. Maar het leven, en vooral die fragmenten van het leven waarmee justitie te maken krijgt, is te gecompliceerd voor onze pogingen om het terug te brengen tot rubriceerbare regels en coherente, geordende verhalen.

Een filosoof heeft gezegd dat feiten en daden op zichzelf geen enkele betekenis hebben. Het enige wat betekenis kan hebben is het verhaal dat we achteraf vertellen op grond van die gebeurtenissen en daden.

Wij construeren verhalen – en niet alleen in processen – om betekenis te geven aan feiten die op zichzelf geen enkele betekenis hebben. Om te proberen orde aan te brengen in de chaos.

Welbeschouwd zijn die verhalen het enige wat we hebben.'

Ik zweeg, overvallen door een onverwachtse gedachte. Tegen wie zei ik al deze dingen? Tegen wie had ik het eigenlijk?

Sprak ik echt tot de rechters tegenover mij? Of tegen Natsu die zich achter mij bevond, ook al kon ik haar niet zien? Of tegen Paolicelli die, hoe het ook zou aflopen, nooit de betekenis van dit verhaal zou kennen? Of sprak ik tegen mezelf en was al het andere – ál het andere – niets dan een erbarmelijk voorwendsel?

Even leek ik alles te doorzien, en ik voelde een flauwe, melancholieke glimlach op mijn gezicht verschijnen. Heel even maar. Toen verdween dat inzicht, als het er al was geweest.

Ik zei tegen mezelf dat ik door moest gaan met praten, en tot een conclusie komen. Maar ik wist niet meer wat ik moest zeggen. Of liever, ik had geen zin meer om iets te zeggen. Ik wilde alleen maar weg, verder niets.

Mijn stilte duurde te lang. Ik zag een vragende, enigszins ongeduldige uitdrukking op de gezichten van de rechters verschijnen.

Ik moest tot een conclusie komen.

'Het leven bestaat niet alleen uit een selectie van de meest waarschijnlijke, meest aannemelijke of meest geordende verhalen. Het leven kent geen ordening en beantwoordt niet aan onze op ervaring gestoelde regels. In het leven kun je boffen of pech hebben. Je wint de loterij of je krijgt een zeer zeldzame, dodelijk ziekte.

Of je wordt gearresteerd voor iets wat je niet hebt gedaan.'

Ik haalde diep adem terwijl ik het gevoel had of alle vermoeidheid van de hele wereld over mij uit was gestort.

'We hebben vele dingen tegen u gezegd, de advocaat-generaal en ik. Dingen die ons helpen om over zaken te debatteren en tot conclusies te komen. Ze helpen ons om onze argumenten en onze beslissingen te rechtvaardigen, om ons de illusie te geven dat het rationele argumenten en beslissingen zijn. Soms zijn ze dat, soms niet, maar dat is echt niet het belangrijkste. Het belangrijkste is dat u op het beslissende moment alleen staat – dat wíj alleen staan – tegenover de vraag: ben ik er zeker van dat deze man schuldig is?

We staan alleen tegenover de vraag: wat is de juiste beslissing? Niet *in abstracto*, niet volgens een methode of een theorie, maar *in concreto*, in dít geval, met betrekking tot het leven van déze man.'

Ik had de laatste woorden bijna fluisterend gezegd. Vervolgens was ik blijven staan, zwijgend. Voortbordurend op een gedachte, denk ik. Misschien zocht ik een zin om mee af te sluiten. Of misschien zocht ik naar de betekenis van alles wat ik had gezegd, en liet ik de woorden hun eigen weg vinden.

'Bent u klaar, advocaat Guerrieri?'

De toon van de president was beleefd, bijna voorzichtig. Alsof hij zich iets had gerealiseerd en niet opdringerig of tactloos over wilde komen.

'Dank u, mijnheer de president. Ja, ik ben klaar.'

Vervolgens richtte hij zich tot Paolicelli, die met zijn hoofd rustte tegen de tralies die hij met zijn handen omklemd hield.

Hij vroeg hem of hij nog iets wilde zeggen voordat het hof zich terugtrok in de raadkamer om tot een beslissing te komen. Paolicelli draaide zich naar mij toe, en daarna weer naar de rechters. Het leek alsof hij op het punt stond iets te zeggen. Ten slotte schudde hij zijn hoofd en zei, nee, dank u, mijnheer de president, hij had verder niets te zeggen.

Het was op dat moment, terwijl de rechters hun stukken bij elkaar zochten om zich in de raadkamer terug te trekken, dat ik werd overvallen door het gevoel te zweven tussen droom en werkelijkheid.

Hadden de gebeurtenissen van de laatste vier maanden echt plaatsgevonden? Hadden Natsu en ik echt de liefde bedreven, twee keer, in mijn huis? Had ik met Natsu en de kleine Midori gewandeld in het park bij het Largo Due Giugno en had ik toen een paar minuten onrechtmatig de rol van vader gespeeld, of had ik me dat alleen maar verbeeld? En was verdachte Fabio Paolicelli inderdaad de Fabio Raybàn die een obsessie voor me was geweest in mijn jeugd? En was het nog steeds belangrijk voor me om de waarheid te ontdekken over gebeurtenissen uit het verre verleden, ervan uitgaande dat er ooit een waarheid te ontdekken was geweest? Op grond waarvan kunnen we met zekerheid zeggen dat een beeld in ons hoofd het resultaat is van waarneming of van verbeelding? Door wat worden onze dromen écht onderscheiden van onze herinneringen?

Het duurde een paar seconden. Toen de rechters in de raadkamer verdwenen, werden mijn gedachten weer normaal.

Wat dat woord ook moge betekenen.

47

Die dag waren er verscheidene zittingen met gedetineerden, in verschillende rechtszalen, en er was weinig bewakingspersoneel. Daarom had het hoofd van de bewaking de president toestemming gevraagd om Paolicelli te mogen terugbrengen naar de beveiligde vertrekken, zodat hij zijn mannen kon inzetten in andere rechtszalen. Wanneer het moment daar was dat de rechters op het punt stonden hun beslissing kenbaar te maken, zou de griffier het hoofd van de bewaking bellen en zou Paolicelli naar de zaal worden teruggebracht om aanwezig te zijn bij het voorlezen van het vonnis.

Alleen Natsu en ik bleven in de rechtszaal achter. We gingen achter de plek van de advocaat-generaal zitten.

'Hoe gaat het met Midori?'

Ze haalde haar schouders op, een geforceerde glimlach op haar lippen.

'Goed. Redelijk goed. Vannacht heeft ze een nachtmerrie gehad, maar die duurde niet zo lang. De laatste tijd zijn ze korter, en minder heftig.'

We keken elkaar een paar seconden aan en toen streelde ze mijn hand. Langer dan verantwoord was vanuit een oogpunt van voorzichtigheid.

'Goed gedaan. Het was geen gemakkelijk verhaal, maar ik heb alles begrepen. Je bent heel goed.' Ze aarzelde even. 'Ik had niet verwacht dat je je er zo in zou verdiepen.'

Nu was het mijn beurt om geforceerd te glimlachen.

'En wat gaat er nu gebeuren?'

'Dat is niet te voorspellen. Ik kan het in ieder geval niet. Alles is mogelijk.'

Ze knikte. Ze had eigenlijk geen ander antwoord verwacht.

'Kunnen we ergens naartoe gaan om koffie te drinken of zo?'

'Natuurlijk, het zal wel een flinke tijd duren voordat ze naar buiten komen met het vonnis.'

Ik stond op het punt eraan toe te voegen dat het geen goede zaak was als ze heel snel naar buiten kwamen. Dat zou betekenen dat ze de veroordeling hadden bevestigd zonder zelfs maar in overweging te nemen wat ik had proberen over te brengen. Ik hield me in. Het was zinloze informatie, op dat moment.

We verlieten het gerechtsgebouw, dronken koffie, maakten een wandeling, en keerden weer terug. We zeiden heel weinig. Het strikt noodzakelijke om de stilte te markeren. Ik weet niet wat er door haar heen ging. Daar zei ze niets over en ik was niet in staat het aan te voelen. Of misschien wilde ik dat niet. Ik voelde een treurige, gespannen tederheid. Een ongrijpbare berusting. Een geruis in de verte.

Om vijf uur liep het gerechtsgebouw leeg. Deuren werden gesloten, gehaaste stemmen, voetstappen.

Daarna de onmiskenbare stilte van verlaten kantoorgebouwen.

Even voor zessen zagen we de bewakingsagenten in de zaal terugkomen met Paolicelli. Ze liepen vlak langs ons. Hij keek naar me, en zocht naar een boodschap in mijn ogen. Hij vond niets. In mijn carrière als advocaat ben ik maar weinige keren zo onzeker geweest over de uitkomst van een proces, zo onmachtig om een voorspelling te doen.

Ik liep weer naar mijn plaats terwijl de bewakingsagenten Paolicelli lieten plaatsnemen in de kooi, de advocaat-generaal kwam de zaal weer in en Natsu begaf zich weer naar de nu verlaten publieke tribune.

Vervolgens kwamen de rechters uit de raadkamer, zelfs zonder dat de bel had geklonken.

Mirenghi las het vonnis snel voor. Zelfs voordat ik mijn toga over mijn schouders had kunnen trekken. Hij las het voor met een zeer gespannen uitdrukking op zijn gezicht, en ik was er zeker van dat ze geen unanieme beslissing hadden bereikt. Ik was er zeker van dat de president had gestreden voor de bevestiging van de veroordeling, maar dat de anderen twee voor vrijspraak hadden gestemd waardoor hij in de minderheid was.

Het hof vernietigt het aangevochten vonnis en spreekt Fabio Paolicelli vrij van het hem ten laste gelegde omdat *de handeling geen misdrijf vormt.*

In ons jargon kan de uitdrukking *de handeling vormt geen misdrijf* vele dingen betekenen, zelfs vrij uiteenlopende dingen. In dit geval betekende het dat Paolicelli daadwerkelijk en concreet de drugs had vervoerd − over dit feit was geen twijfel − maar zonder dat hij zich daarvan bewust was. Een psychologische component ontbrak, er was geen opzet.

De handeling vormt geen misdrijf.

Vrijspraak.

Onmiddellijke invrijheidstelling van de verdachte tenzij sprake is van detentie uit anderen hoofde.

Mirenghi kwam even op adem en ging toen door met lezen. Er was nog iets.

'Het hof beschikt verder dat het vonnis en de verslagen van de beroepszittingen worden overgedragen aan het regionale antimaffiadirectoraat, om te bepalen of deze zaak onder hun bevoegdheid valt.'

Dat betekende dat de zaak hier niet mee was afgelopen. Het betekende dat het regionale antimaffiadirectoraat zich zou moeten bezighouden met mijn collega Macrì en zijn vriend Romanazzi.

Het betekende problemen voor mij, misschien. Maar ik had geen zin daarover na te denken.

De president zei dat de zitting gesloten was en draaide zich om en vertrok. Ook Girardi draaide zich om.

Russo talmde echter even. Hij keek me aan en ik keek hem aan. Zijn ogen waren levendig, en intens. Hij hield zijn schouders recht en leek tien jaar jonger, zoals ik hem nog nooit had gezien. Hij knikte, nauwelijks waarneembaar.

Vervolgens draaide ook hij zich om en volgde de anderen naar de raadkamer.

48

Ze lieten Paolicelli uit de kooi zonder hem de handboei-
en om te doen, omdat hij nu een vrij man was, ook al
moesten er in de gevangenis nog wat formaliteiten worden
afgehandeld. Hij liep op me af, omringd door de agenten,
en omhelsde me.

Ik reageerde waardig op zijn omhelzing, ik klopte hem
op de rug, en hoopte dat het snel voorbij zou zijn. Na mij
omhelsde hij zijn vrouw, kuste haar op de mond en zei dat
ze elkaar die avond thuis zouden zien.

Ze zei dat ze hem zou komen afhalen maar hij zei nee,
dat wilde hij niet.

Hij wilde niet dat ze ooit nog naar *die plek* zou gaan. Hij
zou alleen naar huis komen, lopend.

Hij wilde zich voorbereiden op het weerzien met zijn
dochtertje – zíjn dochtertje – en een wandeling zou daar
ideaal voor zijn.

En bovendien was het lente. Het was mooi om in de
lente je vrijheid terug te krijgen, voegde hij eraan toe.

Zijn onderlip trilde en zijn ogen waren vochtig, maar hij
huilde niet. Tenminste niet zolang hij in de rechtszaal was.

Toen zei het hoofd van de bewaking op vriendelijke
toon dat zij weg moesten.

Een oudere agent, een keiharde om te zien, helblauwe
ogen, een litteken dat vanaf zijn neus via zijn lippen helemaal naar zijn kin liep, kwam op me af. Hij had een hese

stem van het roken en van alle jaren doorgebracht tussen dieven, verkrachters, drugshandelaars en moordenaars. Ook een gevangene die pas vrij zou komen op de dag van zijn pensionering.

'Gefeliciteerd, advocaat. Ik heb naar u geluisterd en alles begrepen. U heeft die man daar gered.' Hij wees op Paolicelli die al wegliep met de andere bewakers.

Toen snelde hij weg om zijn collega's in te halen.

Dus bleven we weer alleen achter, Natsu en ik. De laatste keer.

'En nu?'

'Vaarwel,' zei ik tegen haar.

Het kwam er, geloof ik, goed uit. Vaarwel is een moeilijk woord om te zeggen. Je loopt altijd het gevaar pathetisch te klinken, maar op dat moment trof ik de juiste toon.

Ze keek me lang aan. Als ik haar beeld enigszins liet vervagen en haar ogen verving door twee grote blauwe kijkers, kon ik haar dochtertje Midori zien, zoals ze over twintig jaar zou zijn.

In 2025. Ik had geen zin om uit te rekenen hoe oud ik dan zou zijn, in 2025.

'Ik denk niet dat ik ooit nog iemand zal ontmoeten zoals jij.'

'Dat mag je hopen,' zei ik. Het was geestig bedoeld, maar ze lachte niet.

In plaats daarvan keek ze om zich heen, en toen ze er zeker van was dat de rechtszaal echt verlaten was, gaf ze me een kus.

Een echte kus, bedoel ik.

'Vaarwel,' zei ze, net als ik, voordat ze verdween in de verlaten gangen.

Ik gaf haar vijf minuten voorsprong en toen stapte ik ook op.

49

Alle ramen van mijn huis stonden open, maar de geluiden die van de straat kwamen waren op een vreemde manier omfloerst. Ze leken op de geluiden van heel veel jaar geleden, toen ik een klein jongetje was en we op middagen in mei naar het park gingen om te voetballen.

Ik zette een cd op, en pas na een aantal nummers besefte ik dat het dezelfde cd was die ik had gedraaid de eerste avond dat Natsu bij mij thuis was.

These days miracles don't come falling from the skies.

Naar de muziek luisterend schonk ik mezelf een whisky met ijs in, en dronk hem op terwijl ik kauwde op geroosterde maïskorrels en pistachenoten. Toen ging ik lang onder de koude douche en droogde me niet af. Ik dwaalde door het huis terwijl ik genoot van de geur van het badschuim op mijn huid, van de muziek, de lichte duizeligheid vanwege de whisky, en van de rillingen vanwege het briesje dat door de geopende ramen kwam.

Toen ik eenmaal droog was kleedde ik me aan, deed nog een onnodig geurtje op en ging naar buiten.

Op straat was het zacht, en ik besloot, voordat ik ging eten, een wandeling te maken tot aan Piazza Garibaldi, waar het huis stond waarin ik als kind had gewoond met mijn ouders.

Voor het huis werd ik overvallen door de ondefinieerbare, schrijnende vreugde die je alleen maar voelt wanneer je wordt teruggezogen in de tijd. Het park van Piazza Garibaldi leek op die namiddag in mei precies op dat van zo veel jaren geleden, en onder de jongens die er aan het voetballen waren bevonden zich de schimmen van mij en mijn vriendjes, korte broeken, bretels, en de Super Santos-bal waar we allemaal voor hadden gelapt.

Ik ging op een bankje zitten en bleef daar zitten kijken naar honden, kinderen en oude mensen totdat het donker werd en iedereen was vertrokken. Toen ging ook ik weg, op zoek naar een plek om te eten. Ik liep in de richting van de zee toen mijn telefoon ging. Anoniem nummer, stond er op het display.

'Hallo?'

'Je hebt het gered. Dit keer zou ik er echt geen cent om hebben gewed.'

Ik had een paar seconden nodig om te reageren omdat ik Tancredi niet gelijk had herkend.

'Van wie weet je het?'

'Hé, makker, weet je niet wie ik ben? Ik ben de Politie, ik weet alles wat in de stad gebeurt. Soms weet ik het al voordat het gebeurt.'

Terwijl Tancredi praatte bedacht ik dat ik eigenlijk niet zo veel zin had om in mijn eentje rond te wandelen, te eten en me wellicht te bezatten.

'Ben je nog op kantoor?'

'Nog wel. Maar ik denk dat ik nu de tent sluit en vertrek.'

'Voel je er iets voor om samen te gaan eten? Deze keer betaal ik echt.'

Hij zei dat hij daar wel voor voelde en we spraken af dat we elkaar over een halfuur zouden zien op Piazza del Ferrarese, bij het begin van de oude muur.

We kwamen gelijktijdig aan, vanuit verschillende richtingen, punctueel als we beiden waren.

'Dus jij had gelijk. Felicitaties zijn op zijn plaats.'

'Je wist heel goed dat ik gelijk had, anders had je me niet geholpen. En als jij me niet had geholpen, was ik nergens geweest.'

Hij stond op het punt iets te zeggen, maar bedacht toen waarschijnlijk dat het niet snedig genoeg was. Dus haalde hij zijn schouders op, en we gingen op weg.

'Het hof heeft ook beschikt dat de stukken overgedragen moeten worden aan het regionale antimaffiadirectoraat. Vanwege Macrì en Romanazzi natuurlijk. Morgen vraag ik een wapenvergunning aan.'

'Die zul je niet nodig hebben.'

'En of ik die nodig zal hebben. Als ze er iemand voor willen laten boeten, sta ik boven aan de lijst.'

'Ik heb je gezegd dat je die vergunning niet nodig zult hebben. Over zeer korte tijd zullen Romanazzi, Macrì, zijn chauffeur en hun vrienden andere dingen aan hun hoofd hebben?'

'Hoe bedoel je?'

'Ik bedoel dat ze over een paar weken met vakantie gaan op kosten van de staat. Een lange vakantie, denk ik.'

'Jullie arresteren ze.' Heel goed, Guerrieri, zei ik terwijl ik deze woorden uitsprak. Een waarlijk briljante conclusie.

'Het onderzoek loopt niet in Bari, dus zullen we hen niet zelf arresteren. Dat doen anderen. Mensen die veel harder zijn dan wij. Goed, voor vandaag heb ik wel weer genoeg uit de school geklapt. Laten we het over iets anders hebben en gaan eten.'

We gingen naar een restaurant tegenover de haven. Het was van een cliënt van me, Tommaso, beter bekend als Tommy. Een man voor wie ik een paar jaar geleden een zeer ernstige zaak had opgelost. Ik zei tegen Tommy dat we buiten wilden zitten en dat we geen zin hadden om te bestellen. Laat het maar aan mij over, antwoordde hij, zoals altijd.

Hij bracht ons zeevruchten, vis van de grill, slagroomgebak gemaakt door zijn moeder die al veertig jaar in de keuken stond. We dronken er twee karaffen witte wijn bij. Ten slotte bracht een van de obers ons een fles ijskoude citroenlikeur en stak Carmelo een sigaar op. Verdomme, dacht ik, ik kon toch wel één zo'n koleresigaret roken. Dus riep ik Tommaso en vroeg hem of hij een Marlboro voor me had. Een minuut later kwam hij terug met een nieuw pakje en een aansteker. Hij legde ze allebei op tafel en wilde weglopen.

'Nee, Tommy, ik wil ze niet allemaal,' zei ik terwijl ik het pakje opzij schoof.

Hij drong aan, en zei dat ik later misschien weer trek in een sigaret zou krijgen. Ik wist *absoluut* zeker dat ik later zin zou krijgen om er nog eentje op te steken. En nog een, en nog een. Daarom was het beter dat ik het pakje niet bij me hield.

'Dank je, Tommy. Een is genoeg.'

Ik stak de sigaret aan, rookte hem zwijgend op en vroeg toen aan Tancredi of hij een verhaal wilde horen. Hij stelde geen vragen. Hij schonk nog een beetje likeur in en met een handgebaar nodigde hij me uit te beginnen. Ik vertelde hem alles, vanaf die middag in september tot aan het laatste bedrijf dat zich een paar uur daarvoor had afgespeeld.

Toen ik klaar was met mijn verhaal waren de obers bezig de stoelen omgekeerd op de tafels te zetten en waren wij nog de enige gasten. De volgende ochtend moesten we allebei werken, maar toch besloten we een wandeling te maken langs de verlaten boulevard.

'Carmelo?' zei ik nadat we een minuut of tien hadden gelopen zonder iets te zeggen.

'Ja?'

'Herinner jij je *Casablanca*?'

'Bedoel je de film?'

'Ja.'

'Natuurlijk herinner ik me die.'

'En herinner je je de laatste zin?'

'Nee. Ik herinner me de scène heel goed, maar niet de zin.'

'*Louis, this could be the beginning of a beautiful friendship.*'

Hij stopte en bleef een paar seconden staan, in gedachten verzonken, alsof hij probeerde de precieze betekenis te vatten van wat ik had gezegd, om een toepasselijk antwoord te kunnen geven. Maar uiteindelijk knikte hij alleen maar, zonder me aan te kijken.

Ik knikte ook, en vervolgens liepen we waggelend verder, naast elkaar, zonder nog iets te zeggen, naar de rand van de stad.

Daar waar huizen, restaurants, en reclameborden ophouden, en het vriendelijke, maar raadselachtige licht van gietijzeren lantaarnpalen het enige is wat overblijft.